Gabriele d'Annunzio

L'innocente

无辜者

[意]
加布里埃莱·邓南遮
——著

沈萼梅 刘锡荣
——译

上海译文出版社

圣洁无瑕的人们万福……

我到法官面前对他说:“我犯了罪。要不是我摧残他,那可怜的小宝贝是不会死的。是我,图利奥·赫尔米亲自把他杀死的,是我蓄谋在我家杀死他的。我确实是在神志非常清醒,而且很有把握的情况下犯的罪。尔后,我带着隐私继续生活在自己家里,至今已整整一年了。今天是一周年纪念。现在我落在你们手里。你们听我悔罪。你们判决我吧。”我能到法官面前去这样对他说吗?

我不能,也不愿意。人类的法律裁决不了我。地球上没有任何法庭能判我的罪。

但我仍得谴责自己,供认我自己的罪行。我需要向某人倾诉我的隐秘。

向谁呢?

这是我最初的回忆。

那是在四月份。我和朱丽亚娜带着我们的两个女儿玛丽亚和娜塔利亚，在拉巴迪奥拉乡下我母亲那所宽敞的老房子里过复活节，已待了好几天。那是我们婚后的第七个年头。

在那幢白色的幽静得像座修道院、四周散发着紫罗兰芳香的别墅里，三年前我们也过过一次复活节，我觉得那是一次和美、宁静而又充满爱的休假；那时才离开襁褓的二女儿娜塔利亚刚开始学走路，像朵从蓓蕾中绽开的花，朱丽亚娜对我显得十分宽容，尽管她脸上总挂着一丝忧郁的微笑。那是在我第一次有了对她极为不忠诚的行为之后，内疚而又顺从地回到了她身边。我那不知内情的母亲，亲手把一根橄榄枝插在我们床头，还把挂在墙上的银制小圣水盒注满了水。

然而，三年之后的现在，变化多大呀！我与朱丽亚娜之间有了一道难以言喻而又无法弥补的裂痕。我对她犯下的过失越积越多。我肆无忌惮、毫无节制地以最残酷的方式欺凌她，贪婪地追求性的满足，追逐一时的情欲冲动，精神堕落而不能自拔。她的挚友中有两个是我的情妇。我在佛罗伦萨与黛莱莎·拉福纵情地度过了几个星期。我曾与冒充公爵的拉福决斗过，在某些激烈的场合中，我那倒霉的对手落得个威风扫地。凡此种种无一能瞒得过朱丽亚娜。但她非常自矜，几乎是默默地忍受着内心的折磨。

关于这件事，我们之间很少谈及，即使谈起，也是三言两语；但是，我在谈话中从未说过谎，我想，用我的诚实可以在那文质彬彬的温柔而又崇高的贵妇心目中，部分地减轻我的过错。

我还知道她承认我聪明过人，她把我生活上的放荡不羁部分地归因于我曾多次在她面前表白过的那些似是而非的哲理，那套人生哲理是与多数人表面上公开宣扬的伦理道德格格不入的。我肯定地认为她把我看成非同一般的男人，这就减轻了我良心上因自己的过失而感受到的压力。“总之，她也明白，”我曾想，“我不同于别的男人，我有着不同于他人的人生观，这样，我就完全有理由逃脱别人强加于我的责任，我就完全可以漠视他人的意见，而按照自己非凡的天性去生活。”

我深信，自己在精神上不仅与众不同，而且是罕见地出类拔萃；我相信我的感觉和情感的非凡卓越，这使我的任何行为都变得高贵而又出众。对自己这种罕见的特性我感到自豪而又好奇，我不懂得什么是牺牲自己，什么叫克己让人，就像我从不放过表达和发泄我的欲望一样。但在所有这些微妙的事情的深处，无一不是一种可怕的个人主义；因为，我无视一切要尽的义务，只知道按照自己的意愿行事。

由于朱丽亚娜的默许，我重又逐渐赢得了原来的自由放任，而且越发肆无忌惮，不必弄虚作假，无须偷偷摸摸，也不用编造卑劣的谎言。别人在这种事情上得千方百计地作假掩饰，而我却竭力对她坦诚真挚，毫不掩饰。我寻找一切机会，力图在我与朱丽亚娜之间确立一种新的友爱的关系，一种纯友谊的关系。她应该成为我的妹妹，成为我最知心的朋友。

我惟一的一个妹妹科斯坦扎九岁时死去了，在我心中留下了无限的哀思。我常常怀着深切的伤感之情怀念那幼小的灵魂，她没能把她那无穷的温情奉献于我，那是我梦寐以求的。在人类的一切情感中，在地球上的一切爱昵之中，我觉得兄妹之情是最崇高、最令人感到欣慰的。我常常怀着因她无可挽回的死亡所给我带来的近乎神秘的痛苦，思念着这业已失去的巨大的安慰。在这个世界上，何处去寻觅另一个妹妹呢？

这种感情上的渴求，就自然而然地转移到朱丽亚娜身上去了。

她厌恶这混杂在一起的感情，她早已弃绝一切爱抚和情感上的沉湎。长期以来，在挨近她时，我已没有丝毫性欲上的冲动；我感受到她的呼吸，吸吮着她的香味，看着她颈项上小小的褐色记痕，却勾不起任何性欲。我觉得那不可能是那天在我性欲强烈冲动之下变得脸色苍白、浑身瘫软的同一个女人。

于是我向她奉献了兄妹般的挚爱，她接受了，非常简单干脆。如果她很伤心，那我就更伤心，因为我想到我们之间的爱已经永远埋葬，没有复苏的希望；想到我们的双唇不能再相触，永远不能了。而在我的个人主义蒙蔽之下，我觉得她应该从心底里感激我的这种忧伤之情，难以医治的忧伤之情，而且我觉得她应该对此感到满足和欣慰，把我的忧伤视作昔日爱情的一种反映。

以往我们俩不仅梦想过至死相爱，还梦想过永世热恋，usque ad mortem①。我们俩都相信我们的梦幻，而且不止一次地在沉醉在爱的激情之中时，重复地说着那两个虚幻的字眼：永远相爱！至死不忘！我们甚至相信过我们俩肉体的亲合性，相信把两个怀着永不知足的欲望的生命连结在一起的那种罕见而又神秘的吸引力；我们还曾相信过，我们性的灵感，绝不会因为一个新的生命的出世而有所减弱，物种隐秘的天赋通过我们早已达到了它惟一的意向。

幻想破灭了；一切爱的火焰熄灭了。我的心灵（我发誓）真挚地悲叹这幻想的破灭。但怎样才能抵御这一必然的现象呢？如何回避这难以避免的事情发生呢？

由于难以避免的命里注定的现象的出现，爱情已经窒息而亡，这并不是谁的过错，我们还能在一种新的比原来更深厚、更高尚、更非同一般的感情的支持下，生活在同一个家中，这是一种非同一般的经历。这种非凡的经历能以一种新的幻想取代旧

① 拉丁语，意为直至死亡。

有的幻想，它使我们之间建立了一种纯洁的感情的交流，一种微妙的激情的交流，一种高雅的伤感之情的交流。

实际上，这种柏拉图式的爱情能导致何种结局呢？结局乃是让一个牺牲品含笑默默地牺牲自己。

事实上，不再是夫妇式的而是兄妹式的新生活，完全是建立在这样一个基础之上，即做“妹妹”的要绝对地忘我克己。我重新获得了我的自由，我可以去寻觅我的神经所需要的强烈的性刺激，我可以热恋另一个女人，可以不住在家里，同时又能有个“妹妹”在家里等着我，在我的房间里可以看到她辛勤操劳过的痕迹，可以在我桌子上的花瓶里看到她亲手插放的玫瑰花，可以看到家里处处井然有序、高雅体面、光洁明亮，犹如来到一个赐予人美丽和欢乐的女神住过的地方。我这样的境遇难道不令人羡慕吗？这个宁愿牺牲自己的青春，满足于接受我怀着感激和近乎宗教虔诚地在其前额上一吻的女人，难道不珍贵难得吗？

有时候，我这种感激的心情十分强烈，以至于对她变得无限的温柔和体贴。我像是最好的兄长。我不在家住时，常给朱丽亚娜写很长很长的信，信中充满了伤感和柔情，这些信经常与写给我情妇的那些信一起发出；而我的情妇是不该有什么嫉妒的，就像不能嫉妒我对妹妹科斯坦扎的思念一样。

虽然我沉湎于这种不寻常的生活强度之中，但我不时地在心里向自己提出疑问。朱丽亚娜能作出这样惊人的牺牲，是需要痴情地爱我；她这样爱着我，需要克制难以忍受的绝望，如果不是我的妹妹，她是做不到的。而这种男人，为了其他暧昧又空虚的爱情而毫无内疚地牺牲这样一个含笑忍痛、纯朴而又坚强的可怜女人，不是疯子又是什么？我记得（那时候我的性欲使我感到惊异），我常用来使自己平静下来的最有力的理由是："克服痛苦的折磨是道德崇高的表现，为了使她能有机会成为英雄的女性，就必须忍受我让她忍受的痛苦才是。"

但有一天，我发现她身体不好，她的脸色越来越苍白，有时还眼圈发青。我不止一次地发现她的脸控制不住地痉挛；她不止一次地在我面前不由自主地战栗，全身抖动，牙关紧咬，好像突然发高烧抽搐一样。一天傍晚，从远处的一间屋子里传来她一阵声嘶力竭的呼喊；我跑了过去，见她靠着衣柜站着，浑身抽搐，蜷缩着，好像吞食了毒药似的。她抓住我的一只手，像钳子一样紧紧抓住。

"图利奥，图利奥，太可怕了！啊，太可怕了！"

她站在我一旁望着我；她睁大双眼直盯着我的眼睛，在半明半暗的光线之下，她的双眼显得出奇的大。我从那双水汪汪的大眼睛里看到莫名的痛苦；这持续的目光，令人难以忍受，使我突然感到一种极端的恐惧。那是夜晚，是黄昏时刻，窗子敞开着，窗帘被风吹得鼓起来随风拍打着，对着镜子的一张桌上燃着一支蜡烛；不知为什么，窗帘的拍打声以及从镜子里反射出来的烛光的剧烈晃动，使我精神上产生一种不祥的预感，加剧了我的恐惧。我脑子里闪过毒药的念头；而就在那一刹那间，她又控制不住地喊叫了一声；因为剧痛她茫然不知所措地倒在了我的怀里。

“哦，图利奥，图利奥，救救我！救救我！”

当时我吓呆了，一句话也说不出来，连胳膊也动弹不得。

“你怎么啦？你怎么啦？朱丽亚娜！你说呀，你说呀……你怎么啦？”

听到我这极为反常的声音，她感到震惊，稍稍欠了欠身子，看着我。大概我的脸色比她更苍白，更一反常态；因为她马上慌乱地对我说：

“没什么，没什么。图利奥，你别害怕。没什么，你看……是我的老毛病犯了……你知道，我原来就这样发作过……很快会过去的。你镇静些。”

但我有一种难以消除的疑惧，不相信她说的话。我觉得我周围发生的一切事情都显得那样富有一种悲剧性，我感到内心深处像有一个声音在说：“为了你，为了你，她想去死。是你把她推向了死亡。”我抓住了她的双手，我感到她的手冰凉冰凉的，我见她额上掉下一颗汗珠……

“不，不，你在骗我，”我突然打断了她的话，“你在骗我。朱丽亚娜，我的心肝，求求你，说吧，你说吧！告诉我：你究竟怎么啦……告诉我，求求你了：你究竟怎么啦……你喝了什么啦？”

我的眼睛惊愕地在四周的家具上、地毯上和每一个角落里搜寻着线索。

于是她明白了。她又倒在我的怀里，浑身颤抖着，引得我也全身哆嗦，她把嘴巴放在我的肩头上说话（我永远也忘不了她当时讲话的那种声调），她说：

“没有，没有，没有，图利奥；没有。”

啊，宇宙中有什么能与我们内心生活急转直下的速度相等同呢？我们就那样沉默不语地待在房间里；我心中可怕而又清晰地浮现出一种令人难以想象的情愫，激荡着。“要是那是真的呢？”那声音问道，“要是那是真的呢？”

朱丽亚娜在我的怀抱里不停地哆嗦着；她还用手捂着脸；而我知道，尽管她身上很不舒服，但她只想着我可能猜疑到的事，只想到我那疯狂的恐惧。

话到嘴边的一个问题是：“你从来没有过诱惑人的欲念吗？”然后又是另一个问题：“也许是你屈服于他人的诱惑了？”但我一个也没有说出口；不过我似乎觉得她是明白的。我们俩如今已摆脱不了那死的念头，死的形象；我们俩都已进入一种极度悲伤的状态之中，忘却了产生这种状态可能是出于误会，失去了对现实的意识。而她忽然啜泣起来；她这么一哭使我也哭起来；我们的眼泪流在一起，唉！这泪水纵然是那么热，也不能改变我们的命运。

后来我得知，几个月以来，子宫和卵巢的疑难病症一直折磨着她，那可怕的隐疾妨碍一个女人生命的一切功能。我想与其谈话的那位大夫使我懂得了，在很长一段时期内，我不得与病人有任何接触，哪怕是轻微的抚摩也不行；他向我透露，她很可能又有身孕了。

这些事尽管使我很痛苦，但两方面的焦虑不安却减轻了我精神上的负担：这使我深信，朱丽亚娜的憔悴不是我的过错，这使我可以用最简单的方式对我母亲解释与她分房而居的原因，以及为何在我的家庭生活中会发生其他的变化。母亲正要从乡间返回罗马，自父亲死后，一年中大部分时间，她是与我的弟弟费代里科在一起度过的。

我母亲非常喜爱她年轻的儿媳妇。朱丽亚娜的确是理想的儿媳妇，对她的儿子来说，是个梦寐以求的好伴侣。她认为，世界上没有比朱丽亚娜更漂亮、更温柔、更高贵的女子了。她万万没有想到，我会贪恋别的女人，倒在别的女人的怀里，睡在别的女人的心口上。由于她二十年来一直受到同一个男人的爱抚，丈夫至死对她始终是那样虔诚和忠心不渝，所以她根本不知道什么是厌倦、嫌弃和背叛，也不知道夫妇同睡的床上孕育着的一切不幸和不光彩的行径。她不知道我所受到的折磨，不知道我已把那可爱的灵魂羞辱得无地自容。她被朱丽亚娜对我的宽容所蒙骗，以为我们还是幸福的。要是让她知道那可就糟糕了！

那个时期我还在黛莱莎·拉福那个毒蛇般的女人的强烈诱惑之下，她令我想起梅尼普斯[①]的情妇的形象。你还记得在那令人陶醉的诗篇中罗得岛的阿波罗尼乌斯[②]对梅尼普斯所说的那些话吗？"O beau jeune homme, tu caresses un serpent; un serpent te caresse![③]"

情况对我很有利。黛莱莎的一个姨妈死了，她不得不离开

---

① Menippus，公元前四至前三世纪叙利亚哲学家，属于犬儒学派。他是《死人的对话》中的主角。

② Apollonius of Rhodes，公元前三世纪希腊诗人。他受荷马史诗的启示，写了四卷六音步诗集，内容是关于阿耳戈英雄的（随伊阿宋到海外寻觅金羊毛的人）。

③ 法语，意为啊，漂亮的年轻人，你与一条毒蛇亲热；一条毒蛇在与你亲热！

罗马外出一段时间。我就可以一反常态经常留在妻子身边，以填补“金发女人”离去给我留下的巨大的空缺。那天晚上我激荡不安的心情尚未消逝；而几个晚上以来，一种新的难以言喻的东西萦绕在我与朱丽亚娜之间。

她的身体每况愈下，我与我母亲费了好大的劲儿才说服了她，让大夫根据她的病情施行手术。手术要求她在三十至四十天之内绝对卧床休息，而且得静养一段时间。可怜的女人在病中神经极度脆弱，性情暴躁乖戾。长久的令人厌烦的准备工作使她精疲力竭，使她恼怒，以致她不止一次地从床上跳下来，想反抗，想摆脱那摧残她、侮辱她、伤害着她的残忍的折磨……

“你说，”有一天她痛苦地问我道，“要是你想到此事，你不厌恶我吗？啊，多么可怕的事情呀！”

她做了一个对自己表示厌恶的动作；然后她皱起眉头，缄默不语。

还有一天，当我走进她的房间时，她发现消毒药水的味道刺得我难受。她顿时脸色煞白，白得像她身上穿的衬衣一样，她控制不住地喊道：

“你走开，你走开，图利奥！我求你！你走吧。等我病愈后你再回来。要是你留在这儿，你会憎恶我的。我就是这样令人憎恶；我是个可憎恶的人……你别看我。”

啜泣使她透不过气来。后来，就在那同一天，几个小时之后，当我以为她已入睡，一声不响地守候在那儿时，她像是说梦话似的带着奇怪的腔调说道：

“啊，要是我真的那样做了呢！那是个好兆头……”

“你说什么，朱丽亚娜？”

她不回答。

“你在想什么，朱丽亚娜？”

她不回答，只是动了一下嘴巴，似乎想微笑，但没能笑出来。

我好像理解了。一阵汹涌的悔恨、温情和怜悯的感情波涛冲击着我。那时只要她能看到我的灵魂，只要她能获取我那难以显露和表达的，因而是空洞的全部激情，我什么都愿意给她。“宽恕我吧，宽恕我吧。告诉我，我该怎么做才能求得你的宽恕，才能使你忘却一切罪孽……我将回到你的身边，我永远只属于你，不属于任何别人。我一生中只爱过你一个人；我只爱你一个人。我的灵魂始终向着你，并寻觅着你，怜惜你。我向你发誓：我远离你时从未感到过真正的欢乐，从未有过片刻的忘怀；从未有过，从未有过，我对你发誓。你是世界上惟一有善性和温情的女人：你是独一无二的。而我竟能那样伤害你，使你那样痛苦，竟使你渴求一死！啊，你是会宽恕我的，但我永远不能宽恕我自己；你将会忘记，而我永远不能忘记。我将始终感到无地自容；我觉得即使把我的一生全部奉献给你，也难以补偿。从今以后，你将像以往一样，是我的情人，我的女友，我的妹妹；你将像以往一样，是我的守护神，我的参谋。我将把一切都告诉你，把一切都暴露给你。你将是我的灵魂。你会痊愈的。我，我将治好你的病。你会看到，我将以无比的温柔和亲切多情来医治你的创伤……啊，这种亲切柔情你是了解的。你想一想！你想一想！

那时候你还病着，而你就只要我给你上药；我日日夜夜从未离开过你的床头。你说：‘朱丽亚娜将永远记住这一切，永远。’你当时热泪盈眶，而我全身颤抖着舔着你的泪水。圣洁的女人！圣洁的女人！你记得的。待你能起床时，等你痊愈时，我们到那边去，我们回到丁香别墅去。你也许还是有些虚弱，但你会感到好多了。而我会重新寻找到我以往的欢乐，我将使你微笑，让你欢笑。你将重新笑得那么美，那笑容曾使我舒心宽怀；你将重新获得少女般妩媚动人的神态，你还可以把发辫垂在肩头，像以往那样令我喜欢。我们还年轻。要是你愿意，我们将重获幸福。我们将好好生活，好好生活……”我就这样在心里对她说着；但话没说出口。尽管我很激动，两眼润湿，但我知道那激动是短暂的，那些许诺也是虚假的。而且我也知道朱丽亚娜是不会抱什么幻想的，她将以她那表示不信任的淡然微笑来回答我，这种微笑以往在她的嘴唇上已浮现过好多次了。那微笑像是在说：“是的，我知道你是善良的，你不愿意使我痛苦；但你是不由自主的，你不能违抗那命运的摆布。为什么你要我抱有幻想呢？”

那天我缄默不语；在尔后的几天，尽管我多次由于悔恨、臆想和迷茫的梦幻而陷于困惑不安，我还是不敢说话。“为了回到她的身边，你得放弃你曾沉湎其中的东西，你得抛弃使你堕落的女人。你有这种力量吗？”我回答我自己：“谁知道呀！”我日复一日地期待着这种力量，但它迟迟不来。我天天盼着会发生一件什么事（我不知道是什么事），导致我的问题的解决，这对我来说已是不可避免的了。我迟迟疑疑地想象着、梦想着我们的新生活，我们合法的爱情的重新萌芽和产生某些新颖感觉的奇特滋味。我们到丁香别墅去，到保留着我们最美好的回忆的房子里去；就我们两个人，因为我们将把玛丽亚和娜塔利亚交给我母亲，留在拉巴迪奥拉。气候将温和适宜；疗养中的病人将在我的搀扶下沿着熟悉的小路散步，在那里，我们每走一步都将重新唤起一种对过去的神往。而我会不时地从她那苍白的面容上看到时隐时现的淡淡红晕；我们俩相互都感到有点腼腆；有时候我们都显得心事重重；有时候我们会避开对方的目光。为什么呢？有一天，我会感到自己所处的环境和情景对我的诱惑力太强烈了，我会大胆地去与她谈谈我们开初相处在一起时的那种疯狂的激情。“你记得吗？你记得吗？你记得吗？”慢慢地我们俩越来越感到局促不安，越来越难以克制；与此同时，我们俩会紧紧地拥抱在一起，相互亲吻，我们会感到都快晕厥过去了。她，她真的会晕过去的；而我则用双臂扶住她，用在感情冲动到极点时脱口而出的名字呼唤她。她将重新睁开双眼，揭开她目光中薄薄的一层轻纱，用全部身心凝视我；我像是整个儿变了样儿。就这样，我们将重新燃烧起过去的激情，重新沉湎于伟大的幻想之中。我们俩将坚贞不渝地怀着一个同样的信念；我们将被一种难以言喻的焦灼心情所激励。我将颤抖着问她：“你的病好了吗？”而她将从我的声音中听出问话的弦外之音。她将掩饰不住地哆嗦着回答道：“还没有好！”晚上，我们分手，各自回到房间，感到痛苦极了。但一天早晨，她的眼睛里会闪耀出一种意想不到的目光，像是在对我说：“今天，今天……”而她因为害怕那神圣而又可怕的时刻的到来，便以某种幼稚的借口回避着我，推延着折磨我们的痛苦。她将说：“我们出去吧；我们出去走走吧……”我们就出去了：那将是一个阴霾的下午，四周白茫茫一片，令人感到软弱无力，又令人感到窒息。我们将吃力地走着。开始下雨了，像泪水一样温热的雨水将滴落在我们的手上和脸上。我以变了调的声音说道：“我们回去吧。”在门槛上，我突然搂住她，我感到她像昏死过去似的倒在我的怀里，我将抱她上楼，她轻得像没有分量似的。“过了那么长时间！过了那么长时间了！”因为怕伤及她的身体，怕她会疼得喊叫出来，我那种强烈的愿望减弱了。“过了那么长时间！过了那么长时间！”一种从未有过的意想不到的快感使我们的身体在神圣而又那么恐惧地彼此触碰时，融化在一起。而后我觉得她似乎快奄奄一息了，她满脸都是泪水，脸色跟枕头一样苍白。

啊，我觉得她就这样，觉得她快奄奄一息了，那天早上，当大夫让她服用三氯甲烷使她安睡时，她感到自己已陷入死亡的麻木状态，有两三次，她向我伸出双臂，想呼唤我。我心烦意乱地走出房间；我瞥见了外科手术器械，一把锋利的勺子，纱布和棉花，还有冰块和放在桌上的其他已准备好的东西。我等了两个小时，漫长得过不完似的两个小时，我过多的想象加剧了我的痛苦。对那可怜女人的强烈的怜悯绞痛了我这个男子汉的五脏六腑，那外科手术器械不仅损伤她虚弱的肉体，而且伤及她的心灵，伤及一个女人所能维护的最微妙的感情：这乃是一种对她和别的女性的怜悯，她们被对那种难以捉摸的理想爱情的渴求所控制，被在强烈欲望驱使下的男人用来蒙骗她们而编织的梦幻所迷惑，她们迫不及待地想超越升华，而她们本身却又如此虚弱，如此不健康，如此不完美，如同大自然不可消除的法则造就的没有理性的女性一样；自然强加给她们物种繁衍的法则，以可怕的疾病折磨她们，让她们忍受一切堕落的行为。我以一种令人恐惧的清醒头脑，在她身上以及别的女人身上，看到了原始的创伤，始终敞开着口的猥亵的伤口"在流血，而且散发着臭气……"

当我回到朱丽亚娜的房间时，她还在麻醉药的作用下，没有知觉，不说话：仍像一个奄奄一息的人。我母亲的脸色还是非常苍白，情绪很不安。但我觉得手术是成功的；大夫们似乎很满意。房间里充斥着一股碘酒味儿。英国修女在装冰袋；助手在裹绷带。事情在逐渐恢复正常和平静。

病人长时间处在那种昏睡的状态；她似乎有一点儿低烧。但夜里她胃痉挛发作，呕吐不止。鸦片酊镇不住她。我看着她忍受那非人所能忍受的痛苦实在受不了，我以为她快要死了，我不知道该说些什么，该做些什么。我也同她一样，已濒于死亡。

第二天，病人的情况有所好转；随后，她的身体一天天好起来。她的体力慢慢地得以恢复。

我始终守护在她的床头。我有意用我的举动让她回想起以往她生病时的护理人；但感情不同了，这始终是友爱的感情。当我给她读她所喜爱的一本书的某些片断时，我经常为远方情人一封来信中的某几句话而感到心神不宁。不在身边的情人是令人难以忘却的。不过，我偶尔在回信时感到有点乏味，甚至有点厌烦，我们相距较远，有时候奇怪地中断来往，尽管她还是有强烈的欲望，我认为这是一种感情淡漠的迹象；我不断地对自己说："谁知道！"

一天，我母亲当着我的面对朱丽亚娜说道：

"等你起床后，等你能够活动以后，我们一起去拉巴迪奥拉。是不是这样，图利奥？"

朱丽亚娜看了看我。

"是的，妈妈，"我不假思索地回答道，"我与朱丽亚娜还要去丁香别墅。"

而她又重新看了看我；她微微一笑，那是一种意想不到的、难以描绘的微笑，她显得那么天真无邪，有点儿像一个患病的孩子听到别人意外的许诺时露出的微笑。她垂下眼睑；脸上一直挂着微笑，眯着眼睛望着远处某个东西。微笑消退，消退，但并没有消失。

那时她是多么惹我喜爱呀！那时我是多么爱她呀！我深深感到，世界上没有比善良的品德所激起的情感更动人的了！

她身上散发出来的一种博大、温厚之情，像股暖流深深地沁入我的全身，充满了我的心。她卧躺在床上，头下枕着两三个枕头；披散着的浓密的栗色头发使她的脸显得那么高雅秀美，给人一种超凡的感觉。她的衬衣领和袖口都是扣着的；她掌心向下放在床单上的那双手显得那么苍白，只有蓝色的血管才使它们与白色的亚麻布区分开来。

我握住她的一只手(母亲已从房间里出去了);低声说道:

“那么,我们回到……丁香别墅去吧。”

病人说道:

“好吧。”

为了延续我们的激动心情,为了保留住我们的幻想,我们缄默不语。我们俩都知道,我们低声交谈的这短短几句话的深刻含义。一种强烈的本能告诫我们不要坚持,不要太过火了。要是我们再说下去,就得面对与幻想无法调和的现实。我们的灵魂于是就在这幻想中苟延残喘,逐渐愉快地失去了知觉而变得麻木。

那种麻木促使人幻想,促使人忘却。我们几乎总是两人单独在一起度过整个下午,我们不时读点书,经常趴在同一页书上,眼睛看着同一行字。我们在那儿有几本诗集;我们经常对诗句进行牵强附会的解释,而诗句本身并没有那种意思。我们谈论那可爱的诗人。我用手指甲划着我认为可以说明我没有表露的感情的那些章节。

> 我愿意受你支配,
> 你那充满柔情的火辣辣的眼睛,
> 由你的手牵着,我的手在颤抖,
> 径直朝前走,
> 不管是沿着那长满苔藓的小路,

也不管道路上是否布满岩石和沙砾，
是的，我愿径直平静地走在人生的道路上。

她念完诗句之后，又倒在枕头上躺了一会儿，她闭着眼睛，带着一种令人难以觉察的微笑。

你是仁慈善良，你是微笑，
你也是我的参谋，
正直而又诚挚的参谋……

而我看着她胸口的衬衣随着呼吸的节律有弹性地起伏，它犹如从床单和枕头上散发出来的鸢尾根粉的微弱香味一样，开始使我神魂颠倒了。我渴望和期待着她会出其不意、含情脉脉地用胳膊搂住我的脖子，把她的脸贴在我的脸上，这样，我就能感到她的嘴唇轻轻地碰触到我。她把瘦削的手指放在书页上，用手指甲指着页边空白，带引我激动地阅读诗句。

你所熟悉的(也是亲切的?) 声音
它如今像是一个悲伤的寡妇一样
被遮没了……
她说，声音重又清晰了，
仁慈是我们的生命……
她还谈到了做一个不再有奢求的普通人的荣誉，

谈到了金婚和一种温馨的、没有胜利的和平幸福。

接受这始终保留在那纯真的祝婚诗中的声音吧。
别忧伤！
世间没有比快乐的灵魂更美好的东西。[①]

我抓住她的手腕；一边慢慢地低下头，直到嘴唇碰触到她的手掌心，一边喃喃说道：

“你……能忘记吗？”

她捂住我的嘴，并说了她那句重要的不可违拗的口头禅：

“安静。”

这时候我母亲进来了，她宣布塔利切太太来访。我从朱丽亚娜的面部表情看出她的厌烦，我对那讨厌的来访也暗暗恼恨。朱丽亚娜叹息道：

“哦，我的上帝！”

“你对她说，朱丽亚娜正休息呢。”我以一种几乎是恳求的语调提示母亲。

她示意我，来访者就等在旁边的屋子里。在等着被接待。

这位塔利切太太饶舌多嘴，特别令人讨厌。她不时以一种好奇的神情看着我。当我母亲在谈话中偶尔说到我从早到晚几乎一直陪伴着病人时，塔利切太太看着我，以一种明显的讽刺口

① 法国诗人魏尔伦（Paul Verlaine，1844—1896）的诗作《智慧集》中的诗句。

吻大声说道：

“真是个百里挑一的丈夫啊！”

我非常恼怒，随便找了个借口就走开了。

我从家里出来，在台阶上遇到了玛丽亚和娜塔利亚，她们由女管家陪着回来了。像平时一样，她们没完没了地跟我撒娇；大女儿玛丽亚把从门房拿来的几封信交给了我。在这些信中，我很快认出有不在身边的情人的来信。我近乎不耐烦地摆脱了女儿们的纠缠，一走到大街上便停下来读信。

那封信很简短，但充满激情，有些话过分尖刻，那是黛莱莎为了扰乱我的心神所惯用的语言。远方的情人告诉我本月二十日至二十五日之间她将来佛罗伦萨，希望能像“上一次”那样与我相会。她答应会再比较准确地告诉我会面的时间和地点。

近日来我精神上的幻想和激情突然一下子就消逝了，就像是树上的花朵被一股强劲的狂风吹落下来一样。对于树来说，落下的花朵无可挽回，我精神上消失的东西也同样难以挽回：它们对我来说变得那样陌生了。我竭尽全力企图收住自己的心；但毫无结果。我开始在街上毫无目的地转悠；我走进了一家点心店，又走进一家书店；我下意识地买了些点心和书籍。黄昏来临了；灯火点燃了；人行道上熙来攘往；有两三位太太从她们所乘的马车上向我致意；一位朋友从我身边走过，他旁边是手里捧着一束玫瑰花的情人，他们有说有笑地快步走着。那富有魅力的城市生活气息冲击着我；它重又激起我的好奇心，勾起了我的贪婪欲望和嫉妒心。经受了连续几个星期的节欲之后，我浑身的血液像是突然燃烧起来。我心中重又突然清晰地闪过她的倩影。情人信中的话语攫住了我的心。我克制不住对她的欲望。

当我走上家门口的台阶，在我原先的激情平息下去时，我才意识到所发生的事情和自己所干的事情的严重性；我懂得了，几个小时之前，我真的重新建立起一种关系，我承诺了我的忠诚，许下了诺言，一种对病弱女子的无声而又庄重的诺言；我懂得我不能不顾廉耻地收回它。于是我后悔自己没有鄙弃那惑人的激情，悔恨自己过分沉湎在那缠绵的感情之中了！我仔细地审度自己那天的言谈举止，像一个阴险的商人刁滑细心地寻找借口，以逃避签署已经商定的合同。噢，我最后的那些话说得太重了。读完那些诗句之后，我说的那句“你……能忘记吗”，是带着那种语气说的，它有着一种确定无疑的决定性的效果。而朱丽亚娜那句“安静”，就像是一种认定。

“但是，”我想，“她真的相信我的悔改吗？她对我的示好不是一直抱怀疑的态度吗？”我重又见到了曾多次浮现在她嘴角的那种表示不信任的淡然微笑。“要是她心里并不相信，要是她的幻想也很快落空，那么我的后退也就不会产生过分严重的后果，也就不至于伤害她，也不会引起她的憎恨；事情就不会导致什么后果，我就仍将像过去那样自由。丁香别墅对她来说仍像是梦境一般。”一提到丁香别墅，我重又见到了她的另一种微笑，一种新的微笑，意想不到的微笑，轻信的微笑出现在她的嘴角上。“怎么办？怎么解决？我该怎么表现呢？”黛莱莎·拉福的信使我忧心如焚。

当我重又回到朱丽亚娜的房间时，我一眼就发现她在等待我。我觉得她很高兴，目光炯炯，苍白的脸上焕发出生气。

“图利奥，你去哪儿啦？”她笑着问我。

我回答说：

“塔利切太太把我吓跑了。”

她笑了起来，笑得那么灿烂，那么开心，变得判若两人。我把书和糖果盒递给她。

“给我的？”她十分高兴地大声说道，好像是一个馋嘴的小姑娘；她急忙打开糖果盒子，动作娴静而又文雅，这勾起了我对遥远的过去的几丝回忆。“给我的？”

她拿了一块糖，正要放到嘴里去，但她稍微犹豫了一下，又让糖果落在盒里，推开了盒子；并说道：

“后来，后来……”

“你知道吗，图利奥，”我母亲告诉我说，“她还没吃过什么东西呢。她想等你回来。”

“对了，我还没对你说呢……”脸色变得红润的朱丽亚娜突然说道，“我还没对你说，在你出去的时候，大夫来过了。他说我好多了。星期四就可以下床了。你懂吗，图利奥？星期四我就可以下床了……”

她又补充道：

“十天以后，最多十五天以后，我就可以乘火车旅行了。”

她在沉思片刻之后，又小声地补充道：

"丁香别墅!"

总之,她未曾想过别的,未曾梦想过别的。她曾相信过,现在仍然相信。我拼命地想掩饰自己的焦虑和不安。我带着也许有些过分的热心操办着她的小小午餐。我亲自把小餐桌放在她的膝盖上。

她以一种亲切温柔的目光看着我的一举一动,这使我很难受。"啊,她要是猜着我的心事了呢!"我母亲突然天真地大声说道:

"朱丽亚娜,你今晚真漂亮!"

的确如此,一种奇特的兴奋激动使她脸上的线条显得生动多了,使她的两眼放出异彩,整个人都显得年轻了。听母亲这么一说,她脸红了;那天晚上,她的双颊始终带着那种红晕。

"星期四我就能起来了,"她重复说道,"星期四,三天之后!我也许都不会走路了……"

她的话题始终离不开她的病愈,以及我们将去丁香别墅的事。她向我母亲了解别墅和花园的现状。

"我们最后一次在那儿时,我在鱼塘旁插了一根柳条。你还记得吗,图利奥?谁知道还能不能在那儿找到它……"

"会找到的,会找到的,"母亲容光焕发地打断她说,"你会在那儿找到它的;它已长大了;长成一棵树了。你去问费代里科。"

"真的吗?真的吗?你对我细说说,妈妈……"

似乎这样一桩小事,对她却有着一种无法估量的意义。她变得那么爱说话了。我对她如此耽于幻想感到很惊奇,梦幻竟使她如此容光焕发，令我非常惊异。“为什么？为什么这次她相信了呢？她怎么会如此克制不住自己呢？谁使她有了这非同寻常的信念呢?”一想到我即将去做那必然发生的不光彩的事，我心里像结了冰块似的。“为什么必然发生？难道我不会摆脱吗？我必须，我必须履行自己的诺言。我母亲是我的诺言的见证人。我得不惜一切代价去履行诺言。”我以一种内在的力量，几乎可以说是以一种良知的震撼，摆脱了犹豫不决的困惑；我出于一种几乎是强烈的心灵冲动转过脸去看朱丽亚娜。

她还那么讨我喜欢，像以往一样的兴奋、活泼和年轻。她使我想起从前的朱丽亚娜，在平静的家庭生活中，我曾多少次像是被骤然的狂热所驱使，突然用双臂把她举起来，跑着把她抱到卧室里去。

“不，不，妈妈；你别让我喝了。”她止住了正在给她斟酒的母亲，请求道，“我不知不觉地已喝了那么多了。啊，这种夏布利葡萄酒！你还记得吗，图利奥?”

她看着我的眼睛，一边笑，一边回想起以往的爱情，那种略带苦味的金黄色葡萄酒散发着浓郁的芳香，乃是她最喜欢喝的酒。

“记得。”我回答道。

她眯着双眼，睫毛轻轻地抖动着。然后她说：

“这里太热。是不是？我的耳朵都发烫了。”

她用两只手掌捧住脑袋摸摸是否发烫。床头燃着的烛光强烈地映照出她脸庞的轮廓；她那浓密的栗色头发中有几绺浅淡的金发闪闪发亮，纤巧的耳廓在明亮的灯光照耀下像是透明的似的。

当我帮着收拾餐具时（母亲已出去了，女佣也出去了，她们都待在隔壁的屋子里），她轻声地叫我：

“图利奥！”

她悄然做了个手势让我过去，吻了我一边的面颊。

如今，她那样深情地亲吻我，难道不该重新永远占有我的整个身心吗？对于她这样一个高傲、骄矜的女子来说，那种举动难道不意味着她已经忘记了一切，以与我重新过一种新的生活吗？她难道不会更钟情、更温柔地沉湎在我的爱的怀抱中吗？妹妹突然又变成了情人。无可指摘的妹妹在其血液里，在其最神秘的血管里，仍保留着我对她温存的记忆，那是一个女人感官上的器质性的记忆，如此栩栩如生，又如此顽强有力。当我独自一人回想时，我眼前不断呈现出过去我们朝夕相处的一幕幕情景。“一个七月的黄昏，天气炎热，天空呈一片玫瑰色，空气中饱含着神秘的奇香，这对于感到孤寂的人，对于那些怀有惋惜伤感之情的人，对于抱有某种愿望的人来说太可怕了。我走进了房间。她正坐在窗边，膝盖上放着一本书，她显得很疲惫，十分苍白，像是要晕过去的样子。‘朱丽亚娜！’她怔了一下，重又振作起来。‘你怎么啦？’她回答道：‘没什么。’从她那乌黑得出奇的眼睛里掠过一种难以确切描述的病态的东西，像是对被压抑的东西的一种亵渎。”自她悲切地看穿一切之后，她的身心曾多少次蒙受了折磨呀？我的思想萦回在那些由最近那件小事勾起的若干形象上。朱丽亚娜所表现出来的那种非同寻常的兴奋激动，使我回想起她肉体感官上极度灵敏的一些事例。也许疾病更加剧了她的这种敏感。我好奇而又不怀好意地想着，我完全可以看到那尚未痊愈的虚弱病体怎样在我的温存亲昵之下狂热激动和陶醉；而且我想，肉体上的享受似乎会有一种乱伦的味道。“要是她因此而死了呢?”我想。我重又想起外科大夫说过的某些不吉利的话。出于所有淫荡的男人实际上都有的那种残忍的心理，这种危险并未使我感到恐惧，反而诱惑着我。我怀着这种夹杂着厌恶情绪的痛苦的喜悦，迟疑地审查着自己的感情，这厌恶的情绪是我在分析自己一切内心表现时产生的，这些内心思想表现正是人性恶的一种表现。“为什么男人天生就有这种强烈要求享受的天性呢？为什么他们明知这对用来满足肉欲享受的对象是有害的，却偏偏又这样做呢？为什么每个有爱情和有欲望的男人身上都有一种令人极端憎恶的淫荡和堕落的胚胎基因呢?”

这些思想，并不是原始的自发的仁慈心和怜悯心，这些邪念使我那天夜里打定了主意，要偏袒那抱有幻想的病弱女人。不在场的情人也从远方诱惑着我。为了抵制自私自利的念头，我需要以一种新的稀有的堕落淫荡的刺激来抵消那女人媚人的堕落形象的诱惑，这种新的肉体的诱惑我打算在家里坦诚、安宁的气氛中慢慢培植起来。我在完成精神上的各种产物时所采用的几乎是炼金术般的手法，用这种手法我分析着我身上一系列特别的“精神状态”，这些“精神状态”取决于在我们共同生活的不同时期中的朱丽亚娜，从中提取某些成分，使其有助于我建立一种新的虚构的精神状态，一种特别能适应增进我想试验的那些感受强度的精神状态。譬如，为了使那种勾引诱惑我的邪念具有更刺激更辛辣的“乱伦的味道”，我就竭力想象朱丽亚娜对我表现出那种兄妹般深厚而质朴的“手足之情”时的情景。

徘徊在这可悲的细枝末节上的怪僻男人，正是几小时之前曾因看到一种意想不到的微笑而良心发现，感到自己的心猛烈颤动的那个人！他的生活就是由这样矛盾的危机组成的：缺乏逻辑，支离破碎，不能始终如一。他身上集聚了相互协调的各种倾向，以及逐渐得以缓和的一切可能的相对立的东西。随着时间和地点的变迁，随着不同场合的变化，一件微不足道的小事或者一句话，在他那十分隐秘的内心活动作用之下，他作为一个固定的人的存在形式，披上了反复无常、短暂和奇怪的外表。他气质上的一种特别的状态强化了他的一种特别的倾向；而这种倾向成了一个诱惑中心，所有精神状态和直接有关的倾向都向这个中心聚集；这种聚合逐渐蔓延传播开来。于是人们发现他的重心转移了，他变成另一种人了。宁静的心潮和无言的思想狂澜在其心灵深处逐步地或是突然地萌生出新的灵魂。他是具有多种灵魂的人。

我之所以强调此事，因为它确实标志着决定性的一点。

第二天早晨我醒来时，对所发生的一切只有一种模糊的概念，一看到黛莱莎·拉福的另一封信，我重又感到懦弱和苦恼，她在信中确认二十一日在佛罗伦萨与我幽会，还给了我明确的说明。二十一日是星期六，十九日星期四朱丽亚娜久病之后第一次起床。我心里久久地盘算着各种可能。我边思量边开始妥协了。“对，毫无疑问：必须决裂了，这是不可避免的了。但以什么方式决裂呢？以什么借口呢？我是否可以给黛莱莎写封简单的信以提出我的意图呢？我上一次的回答还是充满激情和渴求欲望的。怎么解释这突如其来的态度变化呢？可怜的女友活该受到那么出乎意料和残忍的打击吗？她曾十分爱我，现在也爱我；她曾为我冒过风险。我爱过她……现在也爱她。我们那种伟大而奇特的激情是人所共知的；也是为人所羡慕和嫉恨的……多少男人奢望能接替我的位置呀！无数的男人都有这样的奢望。”我马上列举出最令人生畏的对手，最可能接替我的人，一面还想象着那些人的形象。“罗马难道还有比她更漂亮的女人吗？还找得出有那样金黄色头发，富于魅力，值得男人渴求的女人吗？”头天晚上在我心中点燃起来的情欲之火燃遍了我的全身。而自愿放弃的想法对于我来说似乎是荒谬的，不可接受的。“不，不，我永远没有这种力量；我不愿意，我永远不能这样。”

我的不安情绪平息下来之后，接着进行无谓的思想斗争，尽管我内心已肯定自己到时候不能不动身去找她。不过，从病人的房间出来时，全身还激动得颤抖着的我，鼓起勇气给那个召唤我的女人写：“我不去了。”我编造了一个借口；而且，我记得很清楚，我几乎是本能地选择了那样一种使她觉得并不太严重的借口。“那么，你是希望她不理会这借口，而强迫你动身去找她喽？”我心里有人这样问道。我并不回避这种讥讽；一种强烈的恼怒和焦虑的心情占据了我，扰得我一刻也不能安宁。在朱丽亚娜和母亲面前，我竭力加以掩饰。我尽量避免与可怜的抱有幻想的女人单独待在一起；我似乎不时地从她那温柔湿润的眼睛里看到一种怀疑的根由，我似乎看到她那光洁的前额上掠过某种阴影。

星期三那天，我接到一封颇具威胁性的紧急电报（难道不是意料之中的吗）："你要是不来，就别想再见我。"我回电说："我来。"

那是在那种极端的下意识的冲动之下所完成的举动，我生活中一切决定性的举动都是在那种极端冲动之下完成的，之后，因为看到事情接近了结局，我很快感到一种特别的轻松。我认为已发生的事情和必然发生的事情都有其必然性，这种不负责任的心理在我身上已变得根深蒂固了。"尽管我知道我干的坏事，尽管我谴责我自己，但要是我不得不那样做，那就表明我是服从一种不可知的超然力量。我是残酷的、嘲弄人的和不可战胜的命运的牺牲品。"

然而，脚一踏入朱丽亚娜房间的门槛，我就觉得心像灌了铅一般；我停住脚步，踌躇地站在挡住我的门帘跟前。"她只要看我一眼，就会猜到一切的。"我茫然不知所措地想道。我正要往后退缩，她却用一种从未有过的温柔声调说道：

"图利奥，是你吗？"

于是我跨步进去。她见到我后喊了起来：

"图利奥，你怎么啦？你感到不舒服吗？"

“我刚才头晕……已经过去了。”我回答道。我放心地想道：“她没猜到。”

实际上她的确不知道；而我却觉得这很怪。难道得由我让她承受这残酷的打击吗？我是应当坦诚地告诉她，还是应当对她编造某些可怜的谎言呢？或是我应该突然出发，不辞而别，留下一封信忏悔我的过失？哪一种方式比较简便易行而又不致使她感到过分意外呢？

哎呀，在这艰苦的思想斗争中，我出于伤感的天性，深感我更担心的是得减轻我的而不是她的精神负担。要不是考虑到母亲，我肯定会选择突然走掉，留下一封信的办法。无论如何我得顾全我的母亲。这一次我也没逃避内心对自己的嘲弄。“啊，不管怎么样？多宽厚的心地呀！不过，算了，按老规矩行事，对你来说是多么舒服，多么保险呀……这一次也是如此，要是你愿意，牺牲品也会在意识到自己快死的时候强颜欢笑的。那么，你与她谈心里话吧，甭顾及别的，她有一颗宽厚的心。”

有时候，人在极度鄙视自己时，真的能寻找到一种特别的欢乐。

“你在想什么呢，图利奥？”朱丽亚娜问我。她以一种天真的姿态把食指按在我的两道眉毛之间，像是想按住我的思想似的。

我抓住她那只手，没有回答。那看来十分庄重的沉默本身，就足以使我重新改变精神状态；不知内情的她，声音和动作中蕴含的那种柔情和温馨，使我心软了，她激起了我脆弱的情感，令我潸然泪下；这就叫作自我怜悯。我强烈地感到需要别人的怜悯。同时，有人好像从内心提示我："你得利用目前的这种精神状态，暂时什么也别说。只需你的感情再发展一步，你会很快哭出来的。你知道，一个得到别人爱的男人的眼泪对于一个女人会产生何等不寻常的效果呀。朱丽亚娜会因此而心烦意乱的；而你像是被一种可怕的痛苦折磨得痛不欲生似的。明天，当你对她说出真相时，她在心中会想起你的眼泪。她会这样想：'啊，昨天你哭得那么伤心原来是为了这个。可怜的人！'那么你就不会被看作一个可恨的自私鬼；你似乎是竭尽全力与一种难以言喻的邪恶势力作无谓的斗争；你像是得了什么不治之症，怀着一颗被撕裂的心。那么，得抓住时机，抓住时机才是。"

"你有什么心事吧？"朱丽亚娜问我道。她声音柔弱、亲切而又充满信任。

我低着头；当然，我很感动。但为了酝酿那场有用的哭泣，分散了我的感情，中断了它的自发性，因而也就迟误了掉眼泪的生理现象。"要是我哭不出来呢？要是我掉不出眼泪呢？"我带着一种可笑而又幼稚的惊愕心理想着，似乎一切都取决于由不得我意志的那件具体的小事情。此时，那同一个人在悄悄地说："太遗憾了！太遗憾了！再也没有比这更有利的时机了。房间里黑洞洞的，刚能辨别出事物来。阴影中的哭泣会产生什么样的效果呀！"

"图利奥，你怎么不回答我？"间歇片刻之后，朱丽亚娜一边用手抚摸我的前额和头发，让我抬起脸来，一边追问道，"对我，你什么都可以说，这你知道。"

啊，真的，打那以后，我再也没听到过这么温柔的声音了。连母亲也从不这样对我说话。

我的眼睛湿润了，我感到睫毛间泪水的温热。“这，这是放声痛哭的时候。”但只有一滴眼泪；而我（真是丢人，但又是真的；而且在玩这种拙劣的把戏时，人的大部分激情在表现出来时都淡然了）抬起脸让朱丽亚娜看，在那一瞬间，我特别烦躁，生怕她看不见我晶莹的泪珠。为了提示她注意，我深深地倒吸了一口气，就像人克制住啜泣时那样。她把脸凑近了我，想靠近些看我，但因为我不作声，她又重复问道：

“你怎么不回答我?”

她隐约地看见了泪光；为了看得更清楚，她捧住我的脑袋，以一种几乎是粗暴的动作往后仰推我的脑袋。

“你哭了?”

她的声音变了。

我突然挣脱开身子，站起身想溜走，就像一个承受不了过多痛苦的人似的。

“再见了，再见了。让我走吧，朱丽亚娜。再见。”

我赶紧从房间里走了出去。

当我独自一人时，我厌恶我自己。

那天是她久病康复前夕一个十分庄重的日子。几个小时之后，当我重新露面，像平时一样去吃午饭时，又见到她由我母亲陪伴着。我母亲一见到我就大声说道：

“图利奥，明天是个值得庆祝的日子。”

我与朱丽亚娜不安地对看了一眼。然后，我们谈到了明天，谈到了她能起床的时刻，还相当勉强地心不在焉地谈到了许多琐碎的小事。我心里真希望母亲不要退席。

我还算走运，因为母亲只出去过一次，而且几乎是马上又回来了。就在母亲出去的时候，朱丽亚娜马上问我：

"刚才你怎么啦？你不想告诉我吗？"

"没什么，没什么。"

"你看，本来是值得庆贺的日子，你就这样扫我的兴。"

"不，不。我会告诉你的……我会告诉你的……待会儿。现在你别去想它；我求你。"

"你得听话！"

我母亲带着玛丽亚和娜塔利亚进来了。但朱丽亚娜的寥寥数语已足以使我相信，她没有猜到事情的真相。她也许想，我那样忧伤是因为我想到了那无法抹去而又难以补偿的过去？她也许想，我那样忧伤是因为自己曾如此伤害过她又生怕得不到她的宽恕而感到内疚？

第二天早上（为了顺她的意，我等在隔壁的房间里），当我听到她用洪亮的声音叫我时，更是感动万分。

"图利奥，你来。"

我进去了；我见她站起身来了，看起来她似乎显得高了，更纤细、更娇弱了。她穿着一件宽松、光滑、没有腰带的衣服，上面带有又长又直的褶皱，她微笑着，迟疑着，勉强地站稳了，两只手臂离开胯部，像是为保持身体的平衡，她一会儿转身对着我，一会儿又转身对着母亲。

母亲以一种难以描述的亲切表情看着她，随时准备搀扶她。我也伸出双手想去扶她。

“不，不，”她请求道，“你们别管我，你们别管我。我不会跌倒的。我要自己走到沙发椅那儿去。”

她移动脚步，慢慢朝前走了一步。她脸上浮现出一种天真无邪的欢乐。

“当心，朱丽亚娜！”

她又走了两三步；随后一种突然产生的恐慌，一种惧怕跌倒的心理支配了她，她在我和我母亲之间犹豫了一瞬之后，就倒在我的双臂之中，倒在我的怀里，把她全身的重量都压在我的身上，她像是哽咽似的颤抖着。她笑着，因为担心害怕，她喘不过气来；因为她没穿紧身胸衣，我的双手透过衣衫感到她全身是那么单薄和柔软，我的胸脯感触到她那柔软的颤动着的身躯，我的鼻孔吮吸着她秀发的馨香，我的眼睛重又见到她颈项上那小小的褐色的记痕。

“我害怕了，”她一边笑一边喘气，断断续续地说道，“我怕跌倒。”

因为她后仰着脑袋朝我母亲看，身子却又不离开我，所以我略略瞥见她那毫无血色的牙床和眼白，看出她脸上某个部位在抽搐。我深知，自己双臂抱着的是一个可怜的病人，她被疾病折磨得反常了，神经极度脆弱，血管干涸了，也许已无法治愈了。但我又想起了她出其不意吻我的那天晚上，显得完全是另一个人似的；我又一次感到我那早已丢弃了的仁义、爱情和补过赎罪之举是那样崇高。

“图利奥，你把我扶到沙发椅上去。”她说道。

我用胳臂搂住她的腰，扶着她慢慢地走；我帮她躺下；我把鹅绒垫放在椅子的靠背上，我记得我用最动听的声调叫她把头靠在上面。我还跪下来把另一个垫子搁在她的脚下；我见到了她那淡紫色的袜子和小巧的刚刚遮住大脚趾的拖鞋。就像那天晚上一样，她以一种温柔的目光看着我所做的一切动作。我把一张小桌子移近她，上面放了一瓶鲜花、几本书和一根象牙棒。在做那些照料她的动作时，我不由自主地带点儿夸张。

一种讽刺挖苦的声音又在耳边响起。“太狡猾！太机灵了！在你母亲面前你这样做太有用了。她亲眼看到了你对妻子如此温顺多情，还能有什么猜疑呢？那略为夸张的动作也没有什么坏处。她目光不太敏锐。继续这样干，继续这样干。一切都要做得天衣无缝。勇敢些！”

“啊，这里真舒服！”朱丽亚娜眯着眼睛，放松地叹了口气，大声说道，“谢谢你，图利奥。”

几分钟之后，当我母亲出去后，当我们单独在一起时，她又以一种更深情的口吻说道：

“谢谢。”

她抬起一只手伸给我，让我握住它。因为衣袖宽松肥大，她一抬手，胳臂几乎一直裸露到肘部。那洁白忠贞的手，蕴含着爱情、宽容、安详、梦幻、遗忘的手，蕴含着一切美好和一切善良的手，在空中震颤了一下，伸给了我，像是至高无上的奉献。

我深信，即使在我要死亡的时刻，在即将终止痛苦的一瞬间，我惟一再次看到的将是这个手势。

当我再次回想时，我无法再现当时我所处的境况。我可以肯定，我当时也理解我所处的时刻的极端严重性，以及我当时所做的和准备要做的一切所具有的非同寻常的意义。我的敏锐是无可指摘的，至少我自己认为是这样。我良知上的两种行程同时在内心平行地展开，毫不混乱，十分清晰。我的良知在对我要伤害的可怜人寄予深切同情和怜悯的同时，又有由于拒绝她的奉献而产生的强烈的内疚和悔恨。另一方面，在我对远方的情人有着贪婪的欲望的同时，又有一种想冷静地审视有利于我可能不受惩罚的处境的自私的感情。这两种平行的进程使我的内心生活带有一种令人难以置信的紧张感和急迫感。

决定性的时刻来到了。因为第二天我得动身，不能再犹豫不决了。为了使事情不显得令人费解和唐突，上午吃早饭时有必要向母亲宣布我要动身，并对她陈述似乎合乎逻辑的借口。在告诉母亲之前，必须先对朱丽亚娜说清楚，以免发生意外的不幸。“要是朱丽亚娜最后受不了了呢？要是她在痛苦和愤恨之下，一冲动把真相告诉我母亲了呢？怎么才能得到她的默许，让她再一次做出自我牺牲呢？”直到最后一刻，我还在内心琢磨着。“我一说她就会明白吗？要是她不明白呢？要是她天真地问我为什么要外出呢？我怎么回答呢？但她会明白的。她不可能不从她的某个女朋友那里，譬如从那位塔利切太太那里得知黛莱莎·拉福不在罗马。”

我开始支持不住了。那分秒都在增长的性欲上的奢望我是不能长期忍受的。我下了决心，神经高度紧张；而且因为她在说着话，我希望她自己能提供给我一个开口解释的机会。

她以一种奇特的随意口吻谈论到许多事，尤其是将来的事。她身上有某种我说不出来的激情，这我早就注意到了，现在似乎更明显了。我仍站在沙发椅的后面。在这之前，为了避开她的目光，我始终在沙发椅后面，故意在房间里转悠，一会儿忙着去拉上窗帘，一会儿重新去整理小书架上的书籍，一会儿又去捡掉落在地毯上的玫瑰花瓣。我站在那儿看着她头发上的分缝，她那长长的弯弯的眉毛，她微微抖动的胸脯，还有她的双手，那放在沙发椅扶手上的美丽的双手，就像那天一样手心朝下，就像那天一样苍白，“只有蓝色的血管才能让它们与亚麻衬衣区分开。”

那天！连一个星期还没过呢。为什么好像已是那么遥远的事情了？

我极度紧张地站在她的身后，像是埋伏在那儿似的，我想，她也许已本能地预感到降临到头上的威胁；我相信，我已猜想到她隐约地感到难受了。我又一次感到异常的痛苦，令人难以忍受的痛苦。

她终于突然说道：

“明天，要是我身体好一些，你扶我到阳台上去透透气……”

我打断她说：

“明天我不在这儿。”

她听出我声音中奇怪的声调，怔住了。我未等她发问，就补充道：

“我要动身……”

当时我像一个再次重击下受害者以结果其生命的歹徒一样，毛骨悚然地竭力使自己的舌头灵活些，又补充说道：

“我要去佛罗伦萨。”

“唔！”

她突然明白了。她很快转过身子，全身蜷缩着靠在垫子上看我；她这样猛地一转身，重又使我看到她的眼白和她那毫无血色的齿龈。

“朱丽亚娜！”我支吾着不知该对她说什么好，朝她俯下身子，担心她昏厥过去。

但她垂下眼帘，恢复了平静，她躲避着，全身像是冷极了似的蜷缩着。她就这样待了几分钟，闭着双眼，紧抿着嘴，一动也不动。只有颈动脉明显的跳动和双手抽搐性的收缩表明她还活着。

这难道不是一种犯罪？这是我犯下的罪行的第一桩；也许不是最小的。

我在十分可怕的境况下离开了。我离家不止一个星期。当我回家后，尤其是在我回来的头几天里，我对自己那种简直是玩世不恭的厚颜无耻感到惊讶。我被一种魔力所驱使，它使我失去了一切道德感，使我干出了最不公道和最残酷无情的事来。这一次朱丽亚娜又表现出一种惊人的力量；这次她又是缄默不语。我觉得她似乎是沉湎在静默之中，就像把自己紧锁在一副用穿不透的金刚石制成的盔甲里一样。

她与两个女儿，还有我母亲去拉巴迪奥拉了。是我弟弟陪她们去的。我留在罗马。

打那以后，我开始了一段非常忧郁、惨淡的时光，现在回想起来，仍使我深感恶心和可耻。再也没有什么比我所怀有的那种感情更能驱使男人堕落了，我完全被一个女人毁了，一个女人怎么能如此折磨一个充满激情的脆弱灵魂呢。我内心燃起猜疑的妒火，可怕的嫉妒心耗尽了内心一切善良的源泉，它们竭力吸取我兽性存在的最底层的一切渣滓为养料。

黛莱莎·拉福对我来说，变得从来没有像现在那样令我渴望，我不能把她与男性生殖器和下流污秽的东西分开。为了刺激我的贪婪欲望，她利用我对她的鄙视。难以忍受的痛楚，堕落淫荡的肉体享受，不光彩的克制屈从，厚颜无耻地提出和接受可耻的协议，比任何毒药都更为毒辣的眼泪，骤然的狂热迷恋，把我推到疯癫的边缘，堕入极端淫荡的深渊，致使我好长时间以来都昏昏沉沉地过日子，在由于嫉妒之火而激起的肉欲驱使之下，一切卑鄙龌龊的举动我都干得出来。我的家对我变得陌生了；我为有朱丽亚娜的存在而感到遗憾和不快。有时候，一连好几个星期我都不跟她说一句话。我沉湎在内心的痛苦之中不能自拔，我看不见她，也听不见她在说什么。有时候，我抬起眼睛看她，她那毫无血色的脸，她的表情，她的脸部的某种特点，都令我感到惊异，就像是看到意想不到的、奇怪新鲜的事情一样；我无从获得对现实的完整的概念。我不了解她所做的一切。我感到没有必要去查问她，去了解她；我不必为她感到任何不安、担忧和惧怕。对她，我心中萌生了一种难以解释的敌意。有时候，我对她还有一种模糊的难以理解的仇恨心理。有一天，我听见她在笑；她的笑声使我很恼火，我简直要发脾气了。

另外有一天，我听到她在一间离得较远的房间里唱歌，我的心怦怦直跳。她唱的是俄耳甫斯的咏叹调：

没有欧律狄刻我怎么办？……

好久以来她没有这样在家里边走边唱了，这是第一次；这么长时间以来，我第一次重又听见她唱歌。“她为什么唱歌？她很愉快？这非同寻常的感情抒发反映了她当时什么样的心态呢？”不知道为什么，我心烦意乱。我不假思索地朝她走去，呼唤着她的名字。

她见我走进房间，颇为惊愕；她惊讶地愣了一会儿，就骤然停下来不唱了。

“你在唱歌？”我尴尬地故意找话说，连我自己对这不寻常的举动也感到惊异。

她困惑地微微一笑，不知道该怎么回答，有些无所适从。我从她的眼神里似乎看到了一种令人困惑的好奇心，这我在先前已匆匆地注意过多次了：那是一种疯子眼里或是一种着魔中邪的人目光里流露出来的令人怜悯的好奇心。在对面的镜子里，我确实瞥见了自己的形象;我重又看到我那清瘦的面容,深陷的眼窝,厚实的嘴唇,几个月的狂热把我变成这副样子了。

“你是在穿衣服准备出去吗?”我问她道,神态极不自然,好像胆怯得很,因为我不知道该问什么,只是想打破沉默而已。

“是的。”

那是早晨;是十一月份。她站在铺着绣花桌布的桌子旁,上面放着许许多多闪光发亮的美容化妆用品。她在试一件深色驼毛上衣;手里还拿着一把金黄色的梳子,是用玳瑁制作的银背梳子。衣服式样很简单,但她体态轻盈,穿着很合身。桌上摆放的一大束雏菊有齐肩高。圣马丁小阳春时令的阳光从窗口照射进来;日光下迎面飘来一股我说不好是哪种扑粉或香精的味儿。

“现在你用哪种香水?”我问她。

她回答说:

“野苹果牌的。”

我又说道:

“我喜欢。”

她从桌上拿起一个小瓶子,把它递给了我。我久久地闻着它,想做些什么,好有时间再说一句什么别的话。我无法消除我混乱的思想,无法使自己重新那么坦诚真挚。我感到我们俩的一切情分都已结束了。她对我来说,已成了另一个女人。而此时,俄耳甫斯的咏叹调还在我心中回荡,它还令我感到不安。

在金灿灿的和煦的阳光之下,在如此芬芳柔和的香气之中,处在那些带有女性美的化妆品之中,古老旋律的幽灵似乎唤醒了一种隐秘的生命旋律,展现出我难以言喻的神秘阴影。

"你刚才唱的咏叹调真好听!"因奇特的不安心理而产生的冲动驱使我这样说。

"太好听了!"她高兴地说道。

我又有个问题到了嘴边:"不过,你为什么唱歌?"我克制住了;并且我心里在揣摩着我之所以产生那种好奇的理由。

出现了一阵短暂的沉默。她用大拇指的指甲来回拨弄着梳子齿,发出一种轻微的刺耳声(那种刺耳声在我记忆中留下的印象非常清晰)。

"你刚才在穿衣服准备出去。那你继续穿吧。"我说道。

"我只要穿好上装和大衣就行了。现在几点啦?"

"十一点差一刻。"

"啊,已经那么晚啦?"

她戴上帽子和面纱,坐到镜子跟前。我看着她。又一个问题到了嘴边:"你去哪儿?"但我再次克制住了,尽管这样问似乎是很自然的。我继续注意地看着她。

我面前出现的她与现实中的她一个样:一位举止、服饰、风度十分高雅的年轻太太,一个温柔而又高贵的形象,彬彬有礼,娴静文雅,道德高尚,总之,是一位值得敬慕的太太,从肉体和精神上说都可以算是一个妩媚动人的情妇。“要是她真是什么人的情妇呢?”于是我想道,“当然,不可能没有很多人多次对她设下圈套。我抛弃她的事是众所周知的;大家都心中了了。要是她早已委身于某个人了呢?或者她正在委身于某个人呢?她是不是认为没有必要牺牲自己的青春,是不是认为那样做既无益也不公正?她是不是已经厌倦了这长时间的一味克己?她是不是已经结识了一个比我高贵的男人,一个体贴入微、情深意浓的诱惑者,他能教会她喜新厌旧,忘记对她不忠诚的丈夫?要是我已经完全失去了她的心,一颗多次被人无情地毫不内疚地蹂躏践踏过的心了呢?”一阵惊愕不安突然向我袭来;我的焦虑是那样强烈,我甚至想:“算了,我把疑虑全对她说了吧。我将看着她的眼睛的深处对她说:‘你还是贞洁的吗?’这样我就将知道真相。她不会撒谎。”“她不会撒谎吗?哦,哦,哦!一个女人!……你知道什么?一个女人什么都干得出来。你们可得记住这一点。有时候,一件伟大的英雄主义的外衣可以掩盖半打情人。什么牺牲呀!什么克己呀!都是表面现象,都是美好动听的言词而已。谁又知道真相呢?要是你能,那你就对你妻子的忠诚发誓吧:我说的不是现在的这个妻子,而是生病以前的那个妻子。要是你能,你就发誓担保吧。”那恶毒的声音(啊,黛莱莎·拉福,你是怎么使用你的恶毒手腕的呀!),那阴险的声音,令我毛骨悚然。

“对不起,图利奥。”朱丽亚娜几乎是羞涩地对我说道,“帮我把这只饰针别在我的面罩上。”

她向上抬起双臂,并向头顶弯曲以固住面罩;她那白皙的手指怎么也别不住饰针。她的举止很文雅。那白皙的手指使我不禁想起："我们有多长时间没握手啦！啊，以往她与我握手时总那么有劲，那么热烈，像是向我保证着不管我怎么伤害她，对我都不会怀恨在心！现在她的手也许不干净啦？"一想到她已失去贞洁，当我替她把饰针别在面罩上时，立时就有一种厌恶之感油然而生。

她站起身，我帮她穿好上衣。有那么两三次，我们的目光短促地相遇在一起了；但我从她的眼神里又一次看到了那种不安的好奇的东西。她也许在问她自己："他为什么进来啦？他为什么待在这儿？他那种慌乱的神色说明了什么？他想从我这儿得到什么？他发生什么事啦？"

"对不起，请等一会儿。"她说道，并走出了房间。

我听见她在召唤女管家伊迪丝小姐。当剩下我独自一人时，我的目光无意间扫到了那张堆满信件、便条和书籍的小写字台。我走近前去；眼睛在纸条上瞟了一番，像是企图发现……"什么呢？也许是证据？"但我自己打消了这卑劣和愚蠢的念头。我看到了一本绢封面的古装书，书页中间夹着一把短剑。有人正在读这本书，已翻到一半了。这是菲利波·阿尔博里奥写的最新小说《秘密》。我在扉页上看到了题词，是作者的手迹：敬赠朱丽亚娜·赫尔米，TVRRIS EBVRNEA[①]。菲·阿尔博里奥卑微地献上。一八八五年于万圣节。

---

① 拉丁语，意为象牙之塔，象征女性最高的美，亦有很难得到之意。

那么说，朱丽亚娜早就认识这位小说家了？朱丽亚娜对他是什么态度？那位作家我在社交场合中见过几次，我想起了他那温文尔雅而又富有魅力的形象。当然，他会讨朱丽亚娜喜欢的。据有的人说，他颇能博得女人的欢心。他的那些充斥着复杂而又剧烈的内心冲突的小说，似真似假的描写，颇能挑逗多情善感的心灵，燃起令人不安的幻想，并以极为高雅的风格教诲人厌烦和憎恶平凡的生活。《一种极端的痛苦》、《虔诚的女天主教徒》、《安杰利卡·多尼》、《乔治·阿里奥拉》、《秘密》这些小说展现了紧张热烈的生活场面，就像无数的炭火普天燃烧起来一样。他笔下的每个人物都为实现自己的幻想而拼搏，投身于一场与现实毫无希望的决斗。

“这个非凡的艺术家在他的小说中所表现出来的那种可以称为纯真的道德精神的升华不也曾深深地打动过我的心吗？我不是也把那本《乔治·阿里奥拉》称作一本‘友爱’的小说吗？我不是还从他所塑造的人物中找到了一些与我的内心世界出奇相似之处吗？是不是就是这奇怪的共鸣之处使他的作品具有强大的诱惑力？朱丽亚娜是不是从他身上看到了以往我被她爱慕时在我身上所感受到的某些相似的魅力而倾心于他了呢？”我怀着一种新的惊恐心理这样想着。

她回到房间里。她看到我手里拿着那本书，就带着一种茫然的微笑，脸有些红地说道：

“你看什么呢？”

“你认识菲利波·阿尔博里奥？”我当即问她，不过我的声音并无异常，尽量以最平静最坦诚的语气说话。

“认识，”她坦率地回答道，“有人在蒙泰里西家介绍给我的。他还到这里来过几次，但没有机会遇见你。”

一个问题到了我的嘴边。“为什么你从没对我谈起过他呢？”但我克制住了。她怎么可能与我谈起他呢？那么长时间以来，我的所作所为使我们之间中断了一切信息的交流，中止了友爱的推心置腹的交谈。

“他本人比他所写的书要简单多了。”她从容不迫地补充道，同时慢慢地戴上了手套，“你读过《秘密》吗？”

“读过了。”

“你喜欢吗？”

为了在朱丽亚娜面前显示出我的优势，我本能地不假思索地回答道：

“不喜欢。是一本平庸乏味之作。”

她最后说道：

“我走了。”

她准备外出。我循着她走后留在身后的那股刚才闻到过的芳香，一直跟着她走到前厅。她对男仆只说了句：

“再见！”

她步履轻盈地跨过了门槛。

我回到自己的房间。我打开了窗户，趴在窗口那儿，探头看走在大街上的她。

她步履轻快地行走在有阳光的那侧人行道上：她目不旁视

地径直朝前走着。圣马丁小阳春时节水晶般清澈的天空披上了一层淡淡的金黄色;天气温和晴朗,像是在召唤紫罗兰的芳香。我心情十分忧郁,沮丧地倚靠在窗台上;那强烈的伤感情绪逐渐变得难以忍受。我从没有那么痛苦过,我有生以来很少有地因为怀疑突然失去了对朱丽亚娜的信念而痛苦,那是一种持续了多年的信念;我的心灵很少为追逐一种逃遁的幻想而这样强烈地呼唤过。不过,她真的无可挽回地离我而去了吗?对此我不能也不愿意使自己信服。我的整个错误的一生是由伟大的幻想伴随着的,它不仅满足我自私的需要,而且满足我对具有崇高的道德精神的美的向往。“崇高的道德是克服了剧烈的痛苦之后才获得的,为了能使她有机会变成英雄式的女子,她就有必要忍受我让她忍受的痛苦。”这种我曾多次用来克服悔恨内疚心理的格言已在我精神上深深地扎下了根,从而在我身上最美好的部分孕育出一种崇尚柏拉图式理想的幻影。骄奢淫逸、品行不端、怯懦软弱的我,喜欢在我生活的圈子里树立一个严肃、正派和坚强的灵魂,一个收买不了的灵魂;我愿意自己成为具有这种灵魂的人所爱的对象,永远被爱的对象。我的一切恶习,我的一切不幸和我的一切弱点都依傍在这种幻想上。我以为,对于我来说,要使所有有才智的人的梦幻能够变成现实——就是始终不断地背叛一个一贯忠实于你的女人。

“你寻找什么?寻找生活的一切狂热吗?那你就出去,走你的,去陶醉其中。而在你的家里,永远惦记着你的那个可怜的人,就像圣堂里挂着面纱的一幅画像一样,在默默地等待着你。

你从来不往上面添一滴油的灯始终点燃着。"这难道不是所有有才智的男人的幻想吗?

还有:"你在幽会之后,无论什么时候回家,总能重新找到她。她肯定你会回来,但她不对你说她的期待。你把头放在她的双膝上;而她则用手指尖慢慢抚摸你的鬓角以吸住你的痛苦。"

这样的一种回归是在我的预料之中的:这是人在经历了一场改变人心灵的灾难之后的最终的回归。而我所有的绝望心理拌和着一种内在的隐情,藏匿在永恒的庇护所里;在我所堕入的骄奢淫逸的深处,落下来女人的光亮,她出于对我的爱,并通过我的努力,达到了精神道德的顶峰,从而完全符合我心目中理想的模式。

只要有一点怀疑就会在顷刻之间毁掉一切吗?

我重新回顾着从我走进房间到她走出房间这段时间里,我与朱丽亚娜之间出现过的场面。

尽管我把自己大部分内心冲动归因于一种特别短暂的神经紧张,但我不能驱散那奇怪的印象,若用语言确切地表达出来的话,那就是:"我觉得她变成了另一个女人了。"她身上肯定发生了某种变化。但究竟是什么事呢?菲利波·阿尔博里奥的题词难道没有一点令人放心的意思吗?那不正好确认了TVRRIS EBVRNEA是不可侵犯的吗?这荣耀的称呼是她提示给他的,或者仅仅是因为朱丽亚娜·赫尔米的名字意味着贞洁纯真,或者是因为进攻她的企图失败了,也许他放弃了对她的围困。那么象牙之塔应该还是完好无损的。

我这样推理是为了弥补因怀疑过她所感到的内疚，我感到内心有一种隐秘的焦虑之感，近乎怕出现某种讥讽性的异议。“你知道：朱丽亚娜的皮肤异乎寻常的白。她苍白得真与她的衬衣一样。神圣的称呼也能掩盖一种渎神的含义……”可是题词中那句“卑微地献上”的含义是什么呢？“唉，唉，太吹毛求疵了！”

一种无法忍受的暴躁的冲动，中断了这有损于人格的无谓的思想斗争。我离开窗户，耸了耸肩，在屋子里转了两三圈，我机械地翻开一本书，然后又推开它。精神上的极度痛苦并未减轻。“总而言之，”我停下脚步想着，像是要对付一个看不见的对手似的，“这一切会导致什么结果呢？或者，她已经栽倒了，而且损失是无法弥补的；或者，她还处在危险之中，而我在目前状态下是不能从中帮忙挽救她的；或者，她凭借自己维护贞洁的力量而未受到玷污，那就一切都没有改变。不管在哪种情况下，我都不能做出什么举动。现在这样是必要的，将来那样也是必要的。这痛苦的危机总会过去的。需要等待。朱丽亚娜桌上的白色雏菊多漂亮呀！我要出去买一大堆雏菊来。我与黛莱莎的幽会是今天下午两点钟。差不多还有三个小时……上一次她不是对我说想把壁炉烧上火吗？天气还这么暖和，这将是今年冬天第一次生火。我觉得，她在那一星期中显得那么温顺善良。要是她一直这样就好了！不过我一有机会就要向艾乌吉尼奥·埃加诺寻衅。”我的思想顺着新的思路，有时出其不意地骤然停住，有时突然又岔开去想别的。我在想象自己即将得到肉体享受时的情景，脑海里立时又闪过了另一种我所惧怕、想要逃遁的她那失去贞洁的形象。我又想起《虔诚的女天主教徒》一书中某些大胆而又热烈的篇章。由一种痛苦引发出另一种痛苦。虽然我是怀着一种不同的痛苦心情，却把两个女人混为一谈了，我对菲利波·阿尔博里奥和艾乌吉尼奥·埃加诺同样地怨恨。

危机过去了，我心中对“妹妹”怀有一种混杂着怨恨的鄙视。我离她越来越远了，我变得越来越冷酷，越来越漠不关心，越来越置若罔闻了。我对黛莱莎·拉福的那种令人伤感的情欲变得越来越热衷了，它占据了我的一切的一切，不让我有片刻间歇。我真像个着了魔的人，一个被恶魔缠住的疯狂的男人，被一种无名的可怕的病毒侵袭了机体的人。在我的思想上，对那年冬天的回忆是混乱的、支离破碎的，夹杂着奇怪、稀有而又晦涩的东西。

那年冬天，我从未在家里遇见过菲利波·阿尔博里奥；我只在社交场合见过他几次。但一天晚上，我在击剑厅遇上了他；我们在那儿相识，是由击剑师介绍的，只说了几句话。煤气灯的光亮，木制地板的响声，刀剑碰击的丁当声和刀光剑影，击剑者各种蹩脚的或是漂亮的姿势，那弯曲成弓形的大腿的快速弹跳，击剑者身上散发出来的热气和刺鼻的味道，他们的喉咙发出的叫喊声，强烈的感叹声，爽朗的哈哈大笑声，这发生在我们身边的种种情景仍历历在目，当时我们面面相对，击剑师报着我们的名字。我重又看到菲利波·阿尔博里奥摘下防护面罩露出大汗淋漓的通红脸颊时的动作。他一手拿着面罩，一手拿着花剑，鞠了个躬。他疲惫不堪，气喘吁吁，全身还有点抽搐着，就像是一个有肌肉抽搐习惯的人一样。我本能地想到，他在击剑场上并不是值得畏惧的男人。我装出某种傲慢的样子；我故意连一句赞扬欣赏他名气的话都不说；我对他就像对任何一个不知名的陌生人一样。

"那么，"击剑师微笑着问我道，"明天再见？"

"好，明天十点钟。"

"您想斗剑？"阿尔博里奥带着明显的好奇口吻问道。

"是的。"

他迟疑了一下；又补充说道：

"跟谁？恕我冒昧。"

"跟艾乌吉尼奥·埃加诺。"

我发现他很想再知道得更多些，但我那种冷淡的态度，那表面上很不在意的样子，使他忍住了。

"大师，来一个五分钟的回合。"我说道，并转身朝更衣室走去。走到门口，我停住脚步回头朝后看，发现阿尔博里奥又开始击剑。我一眼就看出他的水平很蹩脚。

我当着众人的面开始与击剑师交手时，一种特别的激动情绪占据了我，这使我加倍用力。我感觉到了菲利波·阿尔博里奥盯着我看的目光。

随后，我们在更衣室又见面了。那间非常低矮的屋子里充溢着烟味和一股特别刺人的令人恶心的人味儿。所有的人都光着身子披着白色的浴衣在里面慢慢地揉擦着胸部、胳臂、肩膀，他们一边吸烟，一边大声地开着玩笑，说一些猥亵下流的话以发泄兽性。浴室里的哗哗流水声中夹杂着放声大笑。在一种难以言喻的厌恶驱使下，我像是被一种体质上强烈的冲突所触动，有两三次两眼不由自主地隐约看向阿尔博里奥细长的身躯。我脑海中重又出现了那可憎恨的形象。

从那以后，我就再没有机会接近他，也碰不见他。我对他不再介意了。后来我对朱丽亚娜举动中某些可疑的表象也不介意了。在那使我深感烦躁不安的越来越狭小的圈子里，我对任何事情都有些麻木不仁、漫不经心。我思想上所产生的一切奇异的印象，就像落在烧红的铁板上的水珠一样蹦跳着，消失了。

事态急转直下。将近二月底时，在经过一次最后的令人羞愧的考验之后，我与黛莱莎·拉福彻底决裂了。我独自一人去了威尼斯。

我在那里待了将近一个月，处在一种令人难以理解的困惑状态之中，一种麻木呆滞的状态之中，浅海滩的雾霭和寂静更加剧了我的这种状态。我心里只有一种感情，认为自己是孤立地存在于所有一切事物的呆滞不动的幻影之中。我久久地待在那里，惟一感到的是生命有一种压倒一切的一成不变的固定性，以及我头脑里血管的微弱的跳动。某些难以捉摸的东西不停地单调乏味地掠过我的心灵和感官，持续不断地产生那种奇怪的魅力。飘洒着濛濛细雨。水面上的浓雾像是迈着缓慢而又庄重的步伐行走着的幽灵，有时看上去那么令人哀伤。我坐在贡多拉里时，经常觉得自己像是在一口棺材里似的，感到一种想象中的死亡。当船夫问我把船划到何处时，我总是含糊地做个手势；而我心里明白，我想说的那句令人绝望的大实话是："随便去哪儿，离开这个世界！"①

我在三月底回到罗马。像是长时期失去过知觉以后，我对现实有一种新的感觉。有时候，我突然莫名其妙地感到一种羞怯，一种茫然，一种恐惧；我像一个孩子似的感到软弱。我以一种异乎寻常的注意力不断地观察着我周围的事物，想抓住它们的真实含义，捕捉住它们之间正确的关系，并认识已经变化和消逝的事物。而当我逐步回到日常生活中去时，我精神上重又恢复了平静，重又唤起某些希望，重又产生对未来的关注。

我发现朱丽亚娜身体非常虚弱，体态反常，而且精神颓唐，这是从来没有过的。我们很少说话，而且彼此不看对方的眼睛，不敞开心扉。我们俩都想找两个女儿相伴；幸好丝毫未意识到是怎么回事的玛丽亚和娜塔利亚，用她们天真的话语填补了寂静。有一天，玛丽亚问道：

"妈妈，今年复活节我们去拉巴迪奥拉吗？"

我毫不迟疑地替她母亲回答说：

"对，我们会去。"

于是，玛丽亚高兴地拖着妹妹在房间里蹦跳起来。我看了看朱丽亚娜。

---

① 法国诗人波德莱尔（Charles Baudelaire，1821—1867）的一首散文诗的标题。

“你愿意去吗?”我胆怯地近乎谦卑地问她。

她点头表示同意。

“我看你的身体不舒服,”我补充说道,“我身体也不好。也许乡下……春天……”

她躺在沙发椅上,白皙的双手平放在扶手上;那姿态使我想起另一种姿态:她病愈下床那天早晨的样子,但那是她宣布可以起床以后的事。

去是决定了。我们做好了准备。我的内心深处闪烁着一种希望,但我不敢奢望。

一

这是我最初的回忆。

我明白，当我开始讲故事的时候，我明白：这是涉及那个骇人听闻的事件的最初的回忆。

那是在四月份。我们在拉巴迪奥拉已经好几天了。

“啊，我的孩子们，”我母亲特别天真地说道，“你们的脸色怎么这样难看！啊，罗马那个鬼地方！罗马！你们应该来乡下这儿与我长期待在一起，恢复一下健康……长期……”

“是的，”朱丽亚娜微笑着说道，“是的，妈妈，你要我们待多久就待多久。”

我母亲在场的时候，朱丽亚娜嘴角上重又经常浮现出那种微笑；虽然她的双眼仍然充满忧伤，但那微笑是如此温柔，如此深切，连我自己也被迷惑住了，使我敢于追求我的希望。

我们到达后的最初几天，母亲始终不离开她尊贵的女客人们一步；她似乎想使她们饱尝亲人的温存体贴。我有两三次见她激动得令人难以形容，见她用那仁爱的手亲切地抚弄着朱丽亚娜的头发。有一次我听见她问道：

“他一直喜欢你吗？”

“是的，可怜的图利奥！”另一个声音答道。

“那么，不是真的……”

“什么？”

“他们对我说的那些事。”

“他们对你说什么啦？”

“没什么，没什么……我以为图利奥让你感到不愉快了。”

她们在飘动的窗幔后面的一扇窗洞里说话，窗外的榆树沙沙作响。我未等她们发现，就走上前去；撩起窗幔露了面。

“啊，是图利奥！”我母亲大声说道。

她们困窘地相互交换了一下眼色。

“刚才我们正谈论你呢。”我母亲补充说道。

“谈论我！说我的坏话吗？”我神情欢快地说道。

“没有，说你的好话呢。”朱丽亚娜马上说道；从她的声音中我领悟到她肯定是想使我放心。

四月的阳光照射在窗台上，照得母亲灰色的头发光灿灿的，朱丽亚娜的鬓发上出现淡淡的几丝光亮。洁白的窗幔拂动着，反照在明亮的窗玻璃上。窗前空地上那长满小小新叶的高大榆树随风发出一种沙沙声，响声时缓时急，树荫随着树叶的响声时隐时现地晃动着。房子的墙壁上攀缘着无数的紫罗兰，渗透出复活节的馨香，很像是一种看不见的没药树脂的香味。

“这香味真刺鼻！”她把手指按在眉毛上，半眯着眼睛低声说道，“熏得人都头晕了。”

我站在她和母亲中间稍稍靠后一些的地方。当时我真想朝窗台上扑过身去用双臂搂住她们俩。我本想把充溢在内心的全部温情都倾注在那朴实的情意表达中，使朱丽亚娜明白无数难以表达的东西，并以那惟一的动作重新赢得她的整个身心。但是一种几乎是孩子般幼稚的羞怯感使我忍住了。

“你瞧，朱丽亚娜，”我母亲指着山丘上的一点说道，“你的丁香别墅。看见了吗？”

“看见了，看见了。”

她张开手掌挡着阳光，极目远视；而我则一直注意着她，发现她的下嘴唇在微微抖动。

“你看得清那柏树吗？”我问她道，我想以暗示性的发问加剧她急促不安的心理。

我在想象中似乎又见到了那棵树底下有玫瑰花丛、树顶上有麻雀在欢噪的古老而肃穆的柏树。

“是的，我看清了……刚刚能看见。”

坐落在远处半山腰的一个平台上的丁香别墅呈白色。我们眼前是一片庄严而又安静的山丘，那儿的橄榄园显得特别轻淡，好似一种形状固定的灰绿色烟雾。树上开满了白色和玫瑰色的花朵，打破了清一色的单调景象。天空似乎逐渐变成白色，像是不断洒出的牛奶流淌并消失隐没在其中似的。

“过了复活节我们去丁香别墅。那时候那儿一定已是春色满园了。”我说道，企图在心灵中重新唤起被我从她那儿粗暴夺走的梦幻。

我大胆地走近她们，用双臂搂住朱丽亚娜和我的母亲，我俯向窗台，把我的脑袋挤在她们两个脑袋中间；让她俩的头发轻轻地拂过我的脸颊。春天，那新鲜的空气，那庄严的地方，母爱使天地万物都变得那样宁静安详，苍白的天空变得那么圣洁，越是圣洁就越显得苍白，这一切都赋予我一种如此新的生命意义，我颤抖着在内心想道："但这怎么可能呢？这怎么可能呢？在那一切发生过之后，在我痛苦地经受过那一切以后，在犯了那么多过错之后，干过那么多丢人的事之后，我竟然还能在生活中找到这种情趣！我还能希望，还能预感到一种幸福！那么，是谁保佑了我呢？"我的全身似乎都变轻了，轻轻地急速地不停地抖动着，脸颊上拂过的一丝细发在我身上所产生的最微小的感受都是难以言喻的。

我们就这样一句话也不说地待了几分钟。榆树在沙沙作响。窗下那些覆盖着墙头、瑟瑟抖动着的黄色和紫色的花使我看得两眼出神。阳光下随着微风飘来了一阵浓郁温煦的香气。

朱丽亚娜突然站起身来，她脸色煞白，眼睛里带着某些茫然的神色，扭歪着嘴，像是想呕吐，她一边往后退，一边说道：

"这香气太可怕了。熏得人头晕目眩的。妈妈，你闻着不难受吗？"

她转身想走开；她摇晃着身子犹豫地走了几步；然后她快步走出房间，母亲跟着她走了出去。

而仍然沉醉原来的激情之中余兴未尽的我，迷惘地看着她们急匆匆地夺门而去。

二

我对未来的信念与日俱增。我几乎什么都不记得了。我疲惫不堪的灵魂忘却了痛苦。在感情全部沉浸在其中的某些时刻，一切都消逝了，松弛了，融化了，都沉浸在原先动荡不安的状态之中而变得难以辨认。然后，这内心感情奇怪地消融之后，我感到有另一种生活原则进入了我的身心，有另一种力量占据了我。

无数下意识的、自发的、无意识的、本能的感觉组成了我的现实存在。在外部和内部之间确立了一种瞬间产生的极低限度的作用和反作用的较量，它引起无数的反响；这些无法计量的反响中的每一个都转化为一种动人的心理现象。空气中掠过的一丝微风、一种阴影和一线光亮都能改变我的整个存在。

心灵中的巨大痼疾就像身上重大的疾病一样，能使人的面貌焕然一新；精神上的恢复正常跟人的身体康复一样的美妙和神奇。面对着满树花开的灌木，面对着长满幼小嫩芽的树枝，面对着从几乎要枯死的树干上长出的一颗颗嫩芽，面对着大地赐予人类美丽和欢乐的三女神中最谦卑的一个，面对着春天焕然一新的面貌中最不起眼的一角，我停歇下来，那么坦率、纯洁，又那么惊讶不已！

早晨我经常跟我弟弟出去。那时候一切都清新、温和而舒畅。弟弟的陪伴似旷野的微风那样亲切，净化着我，滋补着我。费代里科当时只有二十七岁；他几乎一直生活在乡下，过着一种简朴勤俭的生活；他身上似乎汇集了大地温厚诚挚的气质。他拥有生活的准则。即便列夫·托尔斯泰都愿意吻着他那漂亮安详的前额，把他称作自己的儿子。

我们毫无目的地、不假思索地行走在田野上。他赞美着我们领地的丰饶肥沃，对我讲解作物种植中引进的创新技术，让我看它们所取得的良好效果。为我们干活的佃农住房很宽敞，通风好，而且干净。马厩里的牲口膘肥体壮，我们的牛奶场收拾得井井有条。他在散步中，常常为观看一株植物而停下脚步。他那刚劲有力的手在碰触树梢上新吐出的嫩绿枝叶时分外小心翼翼。有一次我们横穿一片果园。桃树、梨树、苹果树、樱桃树、李子树和杏树的枝条上绽开密密麻麻的花朵；光线倾泻在透亮的玫瑰色和银色花瓣上，不断变化着颜色，几乎可以说是晶莹剔透、轻盈水灵，呈现出一种难以描绘的秀美。透过轻盈的花丛间小小的间隙，天空露出它那最甜蜜温柔的一瞥。

当我正在赞赏花朵时，他想象着将来这尚无着落的财富说道：

“你会看到果实的，你会看到的。”

“我会看到果实的，”我心里重复着他的话，“我将会看到花儿凋谢，长出叶子，结出果实，看到果实变换颜色，长大成熟后从树上掉落下来。”这句从我弟弟嘴里说出来的许诺，当时对我具有极其重大的意义，就像是意味着某种许诺过的期待着的幸福，那幸福恰好将在树木结果的时期出现，也就是说在开花和结果的时期展现。“在我还未表达自己的意向之前，弟弟似乎觉得如今我自然会留在乡下跟他和母亲住在一起；因为他说我将会见到他的果树结出的果实成熟。他肯定我会见到果实！那么，对我来说，真的开始了一种新的生活，而我内心的这种感情并没有欺骗我。实际上也是这样，现在一切都异乎寻常地、轻而易举地带着深厚的爱完成了。我是多么爱费代里科呀！我从来没有这样爱过他！”我内心的这些独白就是这样缺乏条理和不连贯，有时候也颇为天真幼稚，这是因为我被一种独特的精神状态支配着，导致我从任何毫无意义的事情中都会看到一种有利的苗头，一种好的预兆。

最令我高兴的是，我知道自己已远远地离开了过去的那些事情，远远地离开了某些地方和某些人，谁也难以接近我。有时候我尽情享受着春天乡下的宁静，给自己描绘出使我与那个我曾忍受过那么多痛苦的阴暗世界分隔开的空间。有时候，我常被一种莫名的恐惧所困扰，这驱使我悉心在周围寻找能证实我目前处于安全境地的证据，这驱使我挽着弟弟的胳膊，从他眼里寻觅无可怀疑的和护卫我的亲切的情谊。

我对费代里科非常推心置腹，无话不谈。我不仅希望能得到他的爱，而且希望能受他的支配；我愿意把长子权让给他，他比我更配得上，我心甘情愿听从他的建议，把他看作我的向导，凡事听命于他。要是我在他的身边，我就不会迷失方向，因为他懂得正确的生活，他始终以坚定的步伐行进在正确的道路上；而且他是个强大的人，他一定会保护我的。他是个堪称楷模的男子：善良，坚强，明智。我觉得，他牢记"自觉地好好干活"的教诲，虔诚地把青春年华奉献给大地，这种爱是无比高尚的。他对绿色世界的孜孜不倦的关注，使他的眼睛似乎也蒙上了一种植物世界的清澈色彩。

"大地上的耶稣。"有一天，我微笑着这样叫他。

那是一个童心般圣洁的清晨，是地球呈现出自己在童年时期、黎明时分景象的一个早晨。我弟弟在田间与一群种田人说话。他站在那里，头朝前探着与在场的人说着话；他那平静的手势表明了他话语的简朴。人群中有白发苍苍、见多识广的老人，还有已经渐近老年的成熟男子，他们都在听这个青年人说话。所有的人关节粗悍的身躯上都留有从事繁重劳动的痕迹。由于附近连棵树都没有，由于垄沟里的麦子还不显眼，他们站在那里说话的姿态似乎披上了神圣的光辉。

我兄弟见我朝他走去，就辞别了与他说话的人向我迎来。当时，我嘴上很自然地向他喊道：

"大地的耶稣，赞美你！"

他对所有的植物都无比尽心。没有任何植物能逃过他那敏锐的明察秋毫的目光。在我们散步过程中，他不时地停下脚步，从幼小的枝叶上逮一只蜗牛，一条毛毛虫，一只蚂蚁。有一天，我们在散步时，我无意中用拐杖的顶端敲击着脚下的青草；我每敲一下，被折断的鲜嫩的青草尖儿就飞起来。他看了心里难受，就一把从我手里夺过拐杖，但举动很有礼貌；而且他脸红了，也许他想，他那种对植物的慈悲心，在我看来，似乎是感情过分脆弱的表现。啊，在那么富有男子气概的脸上的那种羞涩的红润！

另有一天，当我从一棵苹果树上攀折一根开了花的树枝时，我发现费代里科的眼睛里掠过遗憾的阴影。我很快放开树枝，把双手缩回来，说道：

“要是你不高兴的话……”

他放声大笑起来。

“哪里的话，哪里的话……你把整棵树都折光了也无妨。”

已被折断的树枝由几根还活着的纤维吊着，顺着树干耷拉着；那渗着树液的树枝显出某种痛苦的样子；而那些呈肉色和白色的纤细柔弱的花朵，像是一簇簇受伤的玫瑰花，在空中瑟瑟地抖动着。

于是，似乎是为了缓和那残忍的举动所导致的后果，我说道：

“我是给朱丽亚娜弄的。”

我扯断了最后几根还活着的纤维，把已经断了的树枝折了下来。

三

我带给朱丽亚娜的不仅是那根树枝，还有很多别的树枝。我每次回拉巴迪奥拉总是带着花卉之类的礼物。一天早晨，我双手捧着一束白色的蒺藜花，在门厅遇见了我的母亲。我有点气喘吁吁的，由于欣喜兴奋，脸上红通通的。我问道：

“朱丽亚娜在哪儿？”

“在楼上，在她的房间里。”她笑着回答道。

我跑上楼梯，穿过走廊，镇定自若地走进房间，喊叫道：

“朱丽亚娜！朱丽亚娜！你在哪儿？”

玛丽亚和娜塔利亚跑出来迎我，她们看到花儿以后高兴极了，兴奋得不得了。

“来，来！”她们喊道，“妈妈在这儿，在卧室里，你来呀。”

我跨过门槛，心情更激动了；我看到朱丽亚娜窘困不安地微微笑着：我把花束放在她的脚边。

“你看！”

“啊，真漂亮！”她俯身在芬芳的鲜花上惊呼道。

她穿着一件她最喜欢的宽大的绿色短袖束腰长晨衣，是像芦荟一样的翠绿色。她的头发还未梳理好，发钗松松地夹着，一头浓密的秀发覆盖着后颈背，遮掩着她的双耳。蒺藜花散发出来的香味里还夹杂着百里香和苦杏仁味儿，萦绕在她四周，充溢着整个房间。

“小心别扎了你。”我对她说道，“你看我的手。”

我让她看还带着血的划破的口子，像是为了显示我的奉献多么劳苦功高似的。“啊，要是现在她握住我的手该多好呀！”我想道。我隐约回想起很久之前的一天，她曾亲吻过我被蒺藜划破的手，她想吮吸一滴滴冒出来的血。“要是她现在握住我的手，把她对我的全部宽恕和钟情都倾注在这一举动中该多好哇！”

在那些日子里，我一直期待这样的时刻到来。我真不知怎么会有这样的信念；但我深信，朱丽亚娜迟早会重新把自己奉献给我，通过某种简单的默默的举动把她“对我的全部宽恕和钟情都倾注其中”。

她微笑了。一丝痛苦的阴影出现在她那格外苍白的面庞上，她那深陷的眼睛里。

“自从来到这儿以后，你不觉得稍微好一点了吗？”我走近她问道。

“是的，好一些了。”她回答道。

沉默片刻之后：

“你呢？”

“噢，我已经好了。你没看见吗？”

“是的，你真的好了。”

在那些日子里，当她与我说话的时候，总带着一种特别迟疑的神态，在我看来，她这样显出一种无法言说的高雅。她似乎在竭力克制自己，不说出已到了嘴边的话。而且，她的声音变得更富有女性特质了，如果可以这么说的话；她的声音不如以往那样坚定和洪亮；而是像一架乐器使了弱音器似的那样模糊不清。但她既然对我表示出那样的温柔和甜蜜，还有什么能阻止我们紧紧拥抱在一起呢？然而，究竟是什么东西使她与我之间存有这种隔膜呢？

在我的灵魂史上，那段时光始终是神秘莫测的，我天生的敏锐性似乎已经全部消失了。我的那种鞭辟入里的分析力，那种曾给予我那么多内心痛苦的分析力，像是已经衰竭了。那种不安分的分析效能已经被摧毁了。我现在对那时候产生的无数的感触和无穷的感情都无法理解，无法解释，因为没有任何人能引导我追根寻底，确定其性质。我那段时期里的精神生活与其他一些时期是割裂开来的，不连贯的，也是不协调的。

有一次，我听到有人讲到一个童话故事，故事中有一个年轻的王子在经历了长期的冒险游历之后，最后到达了他曾怀着火一般激情寻找的女子跟前。当那女子就在近处向他微笑时，年轻人十分激动，满怀希望。但是有一层薄薄的纱帐把他们隔开，使这年轻人不能碰触那微笑着的女子。那是一条不知用什么材料制作的轻纱，是那样轻柔，简直与空气没有两样；然而这位年轻人却就是不能越过这层轻纱去拥抱他的情人。

这种情景对我描绘当时我与朱丽亚娜之间的独特状态或许有些帮助。我感到有某种难以理解的东西使她与我保持着距离。但同时我又把希望寄托在迟早要出现的“简单无言的举动”，以摧毁这种障碍，使我得到幸福。

此时，我是多么喜欢朱丽亚娜的卧室呀！屋子是用一种比较陈旧的浅色织品裱糊的，上面的花卉图案已褪色了，房间里有一个伸进去的内室。白色的蒺藜花使满室芬芳馥郁！

她脸色十分苍白地说道：

“这香味太浓了，叫人头晕。你不觉得吗？”

她朝一扇窗子走去，想把它打开，然后又说道：

“玛丽亚，你去叫伊迪丝小姐来。”

女管家出现了。

“伊迪丝，请您把这些花拿到钢琴室去。您把它们插在花瓶里。小心别扎着您的手。”

玛丽亚与娜塔利亚带走一部分蒺藜花。屋子里只剩下我们俩了。她又朝窗口挪了挪；转过身背对着光线，靠在窗台上。

我说道：

“你有什么事吗？你要我离开吗？”

“不，不。你尽管待着。你坐下。跟我说说今天早晨散步的事。你一直走到哪儿啦？”

她说这些话时显得有些急促。因为窗台的栏杆刚好与腰部平齐，所以她把肘关节支在窗台上；她的上半身向后倾，伸进窗洞里。她那正对着我的脸上笼罩着阴影，特别是眼窝；而照射在头发上的光线却构成了淡淡的光晕；她的肩胛也一片光亮。她全身的重量几乎都压在那只露在衣服下摆外边的脚上，稍稍显露出灰色的袜子和闪光发亮的拖鞋。她站在那里的姿态，在那种光线下，使她的整个形象富有一种特殊的魅力。透过她脑后的窗洞可以看到一片湛蓝诱人的天空。

就在那时，我像是闪电般突然从她身上看到了自己所渴望的女人，在我的血液里重又燃起过去的回忆和抚摩她的欲望。

我一边注视着她一边与她说话。我越看越感到心绪不宁；她肯定从我的眼神中看出来了，因为她明显地变得非常不安。

我带着强烈的焦灼心绪想道:“要是我大胆冒个险试试看呢? 要是我一直走到她跟前把她搂在怀里呢?”在轻松的言谈中,我竭力想显现出来的那种表面的坦诚态度也阻止我这样做。我心慌意乱了。那种不自在变得难以承受了。

从隔壁房间里隐约传来了玛丽亚、娜塔利亚和伊迪丝的说话声。

我站起身来朝窗口走去,站在朱丽亚娜的身旁,我几乎要俯下身子好最终对她说出那些在心里不知默念了多少遍的话语。但因为害怕谈话可能中断,我克制住了。我想也许当时不是时候,也许我没有时间敞开心扉,把一切都说出来,对她讲述近几个星期来我的内心生活,畅谈我心灵创伤神秘的痊愈,我最脆弱的神经的觉醒,我最美好的梦幻的重视,我新产生的感情的深切,我希望的执着,我想,我来不及对她叙述最近发生的一些琐碎的小事,来不及在自己钟爱的女人的耳畔天真动人地表白,那是情深意笃的表白,比任何滔滔不绝的话语都更能动人心弦。在那么多次使她失望的举动之后,我真该以一种了不起的,也许是使她难以相信的事情来说服她:要设法使她信服,我这次回头绝不是骗人的,而是诚挚的,不可更改的,是出于我维持整个存在的一种需要,一种生命攸关的需要。当然,她还是不会相信;当然,她这样不相信的态度是有其理由的。我们之间尚存在着对往事的残酷的回忆。我得驱走那种阴影,把我的心灵与她的心灵紧紧地连在一起,不允许任何别的东西插在其中。而这得在一个适当的时候,在一个隐秘安静的并充满对往事的回忆的地方：丁香别墅。

此时，我们俩紧挨着彼此一言不发地待在窗洞里。从隔壁房间里隐约传来玛丽亚、娜塔利亚和伊迪丝的声音。白蒺藜花的香味已经消失了。透过里屋拱形门框上垂挂着的帘子，可以隐约看到房间深处的那张床，出于对半明半暗的房间的好奇，出于几乎是贪婪的欲念，我的眼睛禁不住总往那边看。

朱丽亚娜低着头，也许她也感到那沉默寂静给人带来的既温柔又恼人的重负。微风吹拂着她额角上的一绺头发。那绺带浅黄的褐色秀发中有几根在阳光下变成了金色，那绺头发在那像圣餐面饼那么苍白的额头上不定的飘动使我颇感苦恼和忧郁。我看着她，重又见到她颈项那颗小小的黑色记痕，以往有很多次情欲的火花就是从那里开始迸发的。

于是，我再也受不了了，我惧怕而又大胆地抬起手去梳理那绺头发；我那放在头发上的颤抖的手指轻轻地擦过她的耳朵和颈脖，柔情地抚摩着。

“你干什么?”朱丽亚娜猛地惊跳了一下说道，她以一种茫然的目光看着我，也许她比我颤抖得更厉害。

她离开了窗户；因为感到我在后面跟着，她不知所措，像是逃跑似的走了几步。

“唉，为什么？为什么这样？朱丽亚娜?”我停住脚步大声说道。

但我立即又说：

“是的：我还不配。请你宽恕我！”

这时，小教堂的两口钟敲响了。玛丽亚和娜塔利亚闯进房间来，她们高兴地喊着朝母亲跑去；她们一先一后地挂在她的脖子上，在她脸上满处亲吻；随后，她们从母亲那儿跑到我跟前，我把她们一个个举起来，抱在怀里。

教堂的两口钟使劲地敲着；似乎整个拉巴迪奥拉都被教堂那急切的钟声所笼罩。那是复活节前的星期六，是耶稣复活的时刻。

四

就是那个星期六下午，我感到格外忧伤。

来拉巴迪奥拉的邮件到了；我和弟弟在台球房里浏览报纸。菲利波·阿尔博里奥的名字意外地出现在我眼前，是在一则新闻中提到的。我骤然被一种局促不安的情绪所控制。就这样轻轻一碰，清澈的瓶子底部的沉渣就掀起来了。

记得那是一个多雾的下午，像是被一种懒洋洋的白色反光映照着。朱丽亚娜与我母亲挽着手臂从玻璃门外面那块空地上走过，还说着话。朱丽亚娜拿着一本书；极度疲惫地走着。

梦幻中断断续续展现的形象在我心中又勾起了对以往生活片断的回忆：十一月的那天，朱丽亚娜站在镜子跟前；白色的雏菊花束；我在听到俄耳甫斯咏叹调时的急切心情；写在《秘密》一书扉页上的题词；朱丽亚娜穿着的衣服的色彩；我在窗子那儿时的思想斗争;菲利波·阿尔博里奥流汗的脸;在击剑场更衣室中的场面。我像一个突然发现自己已俯身在万丈深渊边缘上的人一样,带着恐惧的心理激动地想着:“难道我无法得救了吗?”

我被极端的痛苦所制服,我需要独自审视一下自己的内心,我需要正视我的恐惧,于是我告别了弟弟,从客厅里出来,走进了我的房间。

我的心绪不宁中夹杂着急躁和狂怒。我就像一个沉浸在病愈的幸福之中的人,在失而复得的平稳的生活中,突然重新感受到旧有病痛的折磨,发现自己的躯体中还留有难以根绝的痼疾,而被迫观察自己,监视自己。“难道我无法得救了吗? 为什么?”

过去的一切事情都奇怪地被遗忘了,都消逝在那种似乎已变成漆黑一团的良知的整个地层之中,连对朱丽亚娜的怀疑,那夹杂着怨恨的怀疑也消失了,溶解了。我的心灵太需要寄托于幻想之中,太需要相信,太需要希望了。母亲抚摸朱丽亚娜头发的那双圣洁的手,在我看来,像是点燃了她头部四周的光环。人在感情脆弱时常常会产生感情上的迷惘,看到两个女人如此和谐地在同一个天地里呼吸,我就把她们混同为一个发出圣洁光辉的女性了。

现在,偶然发生的一件小事情,日记里偶然读到的一个简单的名字,重新想起来的一件已经模糊的往事,都会扰得我心神不安,使我像面临万丈深渊似的感到惊恐;我没有勇气向深渊果断地投以深沉的一瞥,因为幸福的梦境紧紧地攫住了我,拦阻了我,把我往后拖。起初我徘徊在一种模糊的难以捉摸的痛苦之中，不时地闪过可怖的念头。“她可能已并不圣洁了。那是怎么回事呢？或许是菲利波·阿尔博里奥，或是另一个男人……谁知道！——我知道了她的过失后，能宽恕她吗？——什么过失？什么宽恕？你没有权利审判她，你没有权利提高嗓门。她已沉默多次了，这次该你沉默了。——而幸福呢？——你梦想的是你的幸福，还是两个人共同的幸福？当然是两个人的幸福，因为她哪怕表现出一丁点儿的忧伤，都会使你的欢乐蒙上阴影。你假设一下，只要你高兴，她也将感到高兴：你过去经常离开她，她经常承受着痛苦的折磨。你所梦想的幸福全部寄托在对过去的否定之上。那么，如果她真的失去了贞洁，为什么你不能用纱巾或是石块掩饰她的过错，就像掩饰你的过失一样呢？你想让别人忘却过去，那么为什么你不能忘记呢？既然你想完全脱离过去做个新人，那么，在同样的情况下，为什么你不能把她看成一个新的女人呢？这样的不平等也许是你对她最不公正的做法。——但最理想的事呢？最理想的事呢？也许只有当我能把朱丽亚娜看作一个绝对超凡的、无瑕疵的、完全值得敬慕的人时，才会有我的幸福；而她正是在这种优越的内在感情之中，在她本身崇高的道德觉悟之中，才能找到她的幸福的绝大部分。我不能无视我的过去和她的过去，因为没有我以前生活的邪恶，没有那种我的灵魂为其倾倒的不屈不挠的近乎超人的英雄主义精神，是不可能有这种特别的幸福的。——但你知道吗？你的梦幻中有多少个人主义的东西，又有多少理想的崇高精神呢？你难道配得到这种幸福，配得到这最高的奖赏吗？你凭的是什么特权？那么你长期以来所犯的过错最后不是要你赎罪，而是让你得到报答了……”

我怔了一下，思路打断了。“总之，这只是过去的一种很隐约的怀疑，现在又意外地冒出来了。这种荒谬的不安情绪将会消失。我把它看作一种阴影。过两三天，到复活节以后，我们将去丁香别墅；在那儿我会知道，将会毫无疑问地了解到事实的真相。——但她的双眸里始终存在的那种深深的忧郁的神情难道不可疑吗？她那茫然的神态，她凝在眉宇间的那无穷思绪的阴云，她某些姿态中显露出来的疲惫不堪的样子，她在你靠近时所表现出来的那种难以掩饰的焦虑不安的神情，难道不可疑吗？”这些似是而非的表面现象也可以从好的方面去解释。但我被一种更为强烈的痛苦情绪所压倒，我站起身来，朝窗口走去，本能地希望自己陶醉在自然景色之中，以求得精神状态的平衡，或求得一种倾诉，一种安抚。

天空白茫茫的一片，风儿在其中回旋，形成了大片游移的云雾，像是一堆层层叠叠的轻纱。这些轻纱中有些似乎游离开了，沉向大地，似乎掠过树梢，撕裂成碎片掉落下来，颤动着擦过地面，消失了。云雾从高山飘飘忽忽地沉向深谷，在虚幻的远方分解着，又重新组合着，像是梦中虚幻的村镇。铅灰色的阴影笼罩着山谷，看不见岸边的阿索罗河闪烁的光亮赋予山谷勃勃生机。蜿蜒曲折的河流在那阴暗的海湾中，在那不断缓慢分解着的苍穹下闪烁着，吸引着人们的视线，象征性的事物在精神上具有魅力，似乎那种捉摸不定的景象本身就具有神秘的含义。

我的痛苦似乎不那么剧烈了，逐渐变得平和了，淡然了。“既然你不配享受幸福，为什么还这么贪恋它呢？为什么你把未来生活的大厦建立在一种幻想上呢？为什么你这样盲目地相信一种不存在的特权呢？也许所有的男人，在生活中都会遇到决定性的时刻，在那种时刻里，明智的人会明白他们该过什么样的生活。你已经处在这种时刻了。请你记住那只赋予人爱情、宽厚、和平、梦幻和忘却，只给予人一切美好和善良事物的圣洁之手，它颤抖着朝你伸来，像是给予你最高的奉献……”

悔恨使我的心流淌着泪水。我把肘关节支撑在窗台上，双手托着脑袋；我凝视着铅灰色山谷深处蜿蜒曲折的河流，整个天空的云雾在不停地解体消融着，我在即将面临的惩罚威胁下，在窗口那儿待了几分钟，有一种莫名的灾难即将临头的感觉。

当楼下的钢琴声意想不到地传到我耳边时，那沉重的压抑心情突然消失了；一种难言的焦虑扰得我心神不宁，所有的梦幻、欲望、希冀、惋惜、内疚、恐惧都以一种令人窒息而又令人难以觉察的速度交织在一起。

我听出来弹奏的乐曲了。那是一首《无词歌》①，是朱丽亚娜最喜欢的曲子，伊迪丝小姐常常弹奏它；那是一首含蓄而又深沉的浪漫曲，似乎灵魂用总是不同的声调向生活问同样一个问题：“你为什么辜负了我？”

在一种近乎本能的冲动之下，我迅速走了出去，穿过走廊，

---

① 德国作曲家门德尔松（Felix Mendelssohn，1809—1847）的作品。

下了楼梯，停在琴房门前。门半掩着；我悄悄探过头去；我从门帘的开缝处向里张望。朱丽亚娜在那儿吗？——我站在门外亮处往里面看，什么也看不见，后来我逐渐习惯了昏暗，白蒺藜花刺鼻的香味，那种夹杂着百里香和苦杏仁的香味，像生奶一样清新。我张望了一下。房间被从百叶窗的木条缝隙透进来的浅淡的绿色光线勉强照亮。伊迪丝小姐独自坐在钢琴前；她没发现我，在继续弹奏。钢琴在半明半暗的屋子里闪闪发光；蒺藜花枝呈现出白色。在那种寂静中，在花枝散发的芳香中，我想起清晨油然而生的那种欣喜若狂的心情，朱丽亚娜的微笑和我的颤抖，我觉得那浪漫曲从未如此令人感到忧伤。

朱丽亚娜在哪儿？她又上楼去啦？她还在外面吗？

我退了出来；我走下几级楼梯；我穿过门厅，一个人也没碰见。我不由自主地想寻找她，想见到她；我想也许一看到她的模样，我就会重新平静下来，她也又会对我推心置腹的。当我走出房子来到空地上时，我看见朱丽亚娜坐在榆树底下，费代里科陪伴着她。

他们两个都对我微笑。等我走近时，我弟弟笑着对我说道：

“我们正在谈论你呢。朱丽亚娜认为你会很快对拉巴迪奥拉感到厌烦的……那么，我们预定的计划怎么办？”

“不，朱丽亚娜不知道。”我竭力装出平时那种泰然自若的样子回答道，“不过，你自己将会看到。我对罗马可是已厌倦透了……对一切都感到厌烦了！”

我看着朱丽亚娜。我内心出现了一种神奇的变化，因为在这以前一直压抑着我的伤心事，现在都已急速地沉沦到深底了，变得模糊了，消失了，它已让位于一种健康的感情，只要我一看到她和我弟弟的形象，这种健康的感情就油然而生。她稍稍有些懒洋洋地靠坐在那儿，双膝上摊放着一本书，我认出那是几天前我给她的那本：《战争与和平》。她身上的一切，无论从姿态和目光上看去都显得那么温柔和善良。当时我心中的感情就像当年看到可怜的妹妹科斯坦扎站在费代里科旁边时一样，就是在那同一个地方，在已落下了枯萎花朵的熟悉的榆树下。

只要吹过一阵微风，榆树就落下无数的花朵。在白色的光线下，花儿不断地缓缓下落，像是透明的软片薄膜一样，几乎使人感触不到，它们像是带着绿色和浅黄色薄翅的蜻蜓，在空中缓缓地飘荡，不停地飞舞，是那样地轻盈灵巧，看得人很有些眼花缭乱。朱丽亚娜的双膝和肩上都落上了花朵；她不时地轻拂着掉落在头发上的花瓣。

“啊，要是图利奥今后留在拉巴迪奥拉的话，”费代里科对她说道，“我们就可以好好干一番事。我们将颁布新的农业法令；我们将兴建新的农业设施基地……你在笑？你也将参加我们的一部分工作。我们制定的法规中有两三个条例将由你去执行。你也能工作。对了，图利奥，我们什么时候开始干？你的手太白净了。唉，手上光扎几根刺进去还远远不够……”

他快活地谈论着，他那清晰、洪亮的声音很快感染了听他说话的人，使他们有一种坚定的意志和信心。他谈到了他过去的规划和新近的蓝图，他用传统天主教教义的法规来解释农作物的种植，思想感情那么深沉，那么郑重其事，又那么豁达开朗，他像是亲自揭下一层谦逊的面纱，令听其说话的人惊奇和赞叹不已。他身上的一切都显得那么简单、纯朴和自然。凭借他天生的善良心地所赋予他的精神力量，这位年轻人好几年前就弄懂了在列夫·托尔斯泰帝俄时代的庄稼汉季莫菲·蓬达雷夫启发下所提出的社会理论。那时候，他连当时已流传到西方的伟大的作品《战争与和平》都不知道。

“这本书给你。”我从朱丽亚娜膝盖上把书拿过来，并对他说道。

“好的；你把书给我好了。我会读的。你喜欢这本书吗？”他问朱丽亚娜。

“是的，很喜欢。这书既令人忧伤，又令人感到欣慰。我已经爱上了玛丽亚·保尔康斯基，也喜欢皮埃尔·别祖霍夫……”

我挨着她坐在凳子上。我似乎什么也没想，似乎没有特别明晰的思想；但我的心灵警觉着，沉思着。在当时所处的那种环境中所产生的思想感情，与听了费代里科所谈论的事后所产生的思想感情，以及由那本书所引起的，还有朱丽亚娜喜欢的小说人物的名字所引起的思想感情之间有着一种明显的冲突。时光慢吞吞的，几乎是懒洋洋地流逝着，随着榆钱儿渐渐飘落在地，融在那一片白色朦胧之中。传来了幽微的钢琴声，那隐隐约约的琴声更增添了光线的幽暗，像是孕育着懒洋洋的气氛。

我不再去听琴声，打开了那本书，我随便翻阅了一下，看了书的开头几页。我发现有几页书角被折过，像是为了记住看到哪儿了；另外有几页书边的空白上有指甲划过的痕迹，这是这位女读者的老习惯了。于是我好奇地、几乎是迫不及待地想读它。在托尔焦克驿站里，皮埃尔·别祖霍夫与那个陌生老人之间的一席谈话下面作了记号。

"……你在精神上好好反省一下。你扪心自问，你对自己是不是满意。指导你生活的惟一向导是才智，可你取得了什么成果呢？你年轻，你富有，你聪慧。但你把这一切天赋用到何处了？你对你自己，对你的存在满意吗？"

"不，我憎恶它。"

"你要是憎恶它，你就改变它，净化它；如果你能改变你自己，你就会学到智慧。你是怎样度过人生的？酗酒狂饮，寻欢作乐，腐化堕落：你们接受社会赐予你们的一切，而你们对社会却不做任何奉献。你们是怎么耗费从社会所得到的财富的？你们为他人做了些什么？你们想到过成百上千的农奴吗？你们从精神上和物质上帮助过他们吗？没有；是不是？你们靠他们的辛勤劳动过着荒淫腐朽的生活。你们设法合理使用人类的劳动了吗？没有。你们游手好闲。另外，你们都结婚了：你们承担起了引导一个年轻女子的责任。可结果呢？你们不仅没有帮助她寻找到一条正确的生活道路，还把她推向谎言和灾难的深渊……"

难以承受的痛苦又落到我身上，它压倒了我；而那是一种比已经忍受过的痛苦更难以承受的痛苦，因为朱丽亚娜在身边增加了我精神上的紧张和不安。上面引用的那一段在书页上是做了标记的。当然，朱丽亚娜在把那段划出来时是想着我和我所犯的过错的。但最后一行也是说我们吗？是我把她推下去，使她掉入"谎言和灾难的深渊"吗？

我担心她和费代里科能听见我心脏的跳动。

另一页也有折痕，有着十分明显的折痕：那是丽莎公爵夫人死在里西·戈利的那一页。

"……死者的双眼闭上了；但她那清秀的面容没有变。她似乎总在说：'你把我弄成什么样了？'安德烈公爵没有哭；但想到自己犯下的难以挽回、无法忘却的过失，他感到心都碎了。老公爵也来了，吻了一下那只像蜡一样苍白纤细的手，她的双手是交叉放在一起的。似乎那可怜的清秀的面容也在对他重复地说道：'你把我弄成什么样了？'……"

这温和而可怕的问题像毒刺一样伤害了我。"你把我弄成什么样了？"我的目光盯在书的那一页上，不敢抬头看朱丽亚娜，尽管我迫不及待地想看看她。我生怕她和费代里科听见我心脏的跳动，生怕他们也转过身来看我，发现我局促不安的神情。我心神那么忐忑，我相信自己的脸色都变了，站不起来，也说不出话了。我只是急匆匆地斜眼瞟了一下朱丽亚娜；她的形象轮廓如此深地铭刻在我的心头，以致我好像在刚翻开的那一页书上看到了她，似乎她就在那死去的公爵夫人"可怜的清秀的面容"旁边。她沉思时的样子因为专心致志而显得更加庄重严肃了，长长的眼睫毛使眼圈蒙上一重阴影；紧闭的双唇在嘴角处略略往下耷拉着，像是在情不自禁地供认自己的疲惫不堪和极度痛苦。她在听我弟弟说话。弟弟的说话声在我耳畔隐隐约约地回荡着，尽管离我很近，我却觉得很远；所有那些掉落下来的榆钱儿，所有那些死去的花朵，像是虚幻中的，像是不存在似的，使我产生一种难以言喻的感觉，好像那人体的轮廓已转变成了一种奇怪的内在的东西，我似乎在观看那触碰不到的阴影进入一个最隐秘的天地中，进入我灵魂的深处。“你把我弄成什么样了？”死者与生者一再重复地说道，两个人都嘴唇不动地说着，“你把我弄成什么样了？”

“图利奥，你在读什么？”朱丽亚娜回过头来一边说道，一边从我手里把书夺了过去，并以一种极不耐烦的神情把书放在她的膝盖上。

接着她又不停地说话，像是要表明她那个动作无关紧要似的：

“为什么我们不上去，到伊迪丝小姐那儿去听听音乐？你们听见了吗？我觉得她正在弹奏《英雄之死葬礼进行曲》，那是你和费代里科都喜欢听的曲子……”

她竖起耳朵听着。我们三个都专注地听着。寂静中乐声时断时续地传入我们的耳鼓。她没有听错。她站起来补充道：

“那么我们去吧。你们来吗？”

我是最后一个站起来的，为了看她走在我前面。她没在意从衣服上抖落下来的榆钱儿；那些花纷纷落在四周的地上，构成了一块柔软的地毯。她低着头在那儿站了一会儿，用尖尖的鞋头拨弄着那薄薄的一层落花，此时，另一些花儿又不断地飘落在她身上。我没看她的脸。她是专心致志地在那儿无谓地踢弄着落地的花儿呢，还是沉溺在困惑不安的思绪之中？

五

第二天早晨，到拉巴迪奥拉来送复活节礼品的来访者中有丁香别墅的看守人老卡利斯托，他手里捧着一束非常鲜亮、芳香扑鼻的丁香花。他非要亲自献给朱丽亚娜，想让她回忆起我们在那里度过的美好时光，还请她去参观一下故居，哪怕非常短暂。“太太住在那里时是那么愉快，那么高兴！您干吗不回去住住？房子与过去一模一样，一如当初。花园里的树木比以前还茂密。到处是丁香树，像是个树林！丁香树上开满了花。黄昏时，丁香花的芳香难道没有传到拉巴迪奥拉来吗？房子和花园真的都在期待着原来的主人回去看看呢。屋檐下原来的燕子窝都像圣物一样得到了保护，这是太太关照过的。但燕子窝实在太多了。每星期都得用铁锹从阳台和窗台上铲除一些。燕子从早到晚唧唧喳喳地叫，真吵人！太太什么时候去呢？很快就能去吗？”

我对朱丽亚娜说道：

“我们星期二去好吗？”

她勉强捧着那特大的花束，花儿几乎挡住了她的面庞，略带迟疑地回答道：

“要是你愿意，我们就星期二去吧。”

“那好，卡利斯托，我们星期二去。”我对老人说道，话音中带着那么高兴的语调，连我自己也为此感到惊讶，心灵中的激情是那样自然而又突如其来，“你星期二早晨等我们。我们带午餐。你什么也不用准备；明白了吗？把房子的大门关好。我要亲自打开大门；我要亲自把窗户一扇扇打开。明白了吗？”

我这种奇异的欢乐完全是一时冲动产生的，它拨动我的心弦，诱发我那几乎是疯狂的、幼稚的行为和言语，我竭力克制住自己。我真想拥抱卡利斯托，亲切地抚弄他灰白的胡子，挽住他的胳膊，在那复活节的和煦阳光下，与他倾心畅谈丁香别墅的情况，畅谈往事，畅谈“我们过去的时代”。“在我面前的仍是一位这么朴实、真挚而又坚强的人：一颗忠诚的心哪！”我一面看着他，一面这样想着。这又一次使我感到踏实，好像那位老人的亲切感情是我抵御厄运的护身符似的。

四周洋溢着欢乐的气氛，一切都充满愉快的气息，大家的眼睛里闪烁着欢快的神情，这使我昨日已崩溃的精神重又振作了起来。那天早晨，拉巴迪奥拉简直成了朝圣之地。街区的居民没有一个不来送礼的，没有一个不来道贺的。我母亲那圣洁的双手领受了无数男女老少的亲吻。一大群笃信天主教的人参加了在小教堂举行的弥撒，人多得都挤到门槛外面的空地上去了。银钟那音乐般悦耳和谐的钟声响彻晴朗的天空。钟楼顶上的日晷仪上面铭刻着：Hora est benefaciendi[①]。在那欢庆

---

① 拉丁文，意为时光降福于人。

的早晨，这句话像是在赞颂着那长期以来施予人仁爱恩惠的亲切的故居。

我内心怎么能无耻地藏匿对她的怀疑和猜忌呢？怎么能产生她不贞洁和淫秽的想法呢？在多次见到母亲亲吻微笑着的朱丽亚娜的前额之后，我还怕什么呢？在见到弟弟那自豪和忠诚的手紧握过她那纤纤素手之后，我还怕什么呢？对我弟弟来说，朱丽亚娜就像是第二次降世投胎的科斯坦扎。

六

那天整整一天，还有第二天，我头脑里总想着去丁香别墅的事。我想，即使是期待与情人的初次幽会，也从来没有使我如此强烈的焦急不安过。“尽是些噩梦，噩梦，幻觉产生的惯常效果!”我分析着那个令人忧伤的星期六的焦虑心情：带着一种精神上异常的轻率，一种健忘的、着魔的、失常的心态，完全被固执的幻觉所占据，压下去又回来，总是死灰复燃。

性欲上的要求也同样折磨着我。它使良知暗淡，并使之变得迟钝。我不仅想重新赢得朱丽亚娜的灵魂，而且还想重新占有她的肉体。我那种焦灼不安的心态部分地是源于性欲上的要求。丁香别墅的名字勾起我对过去情欲的回忆：不是回忆田园式纯洁而又温柔的爱情，而是炽热的激情，不是叹息，而是呐喊。由于怀疑而产生的那种挥之不去的形象，也许不知不觉地加深和激励了我的欲望；我身上潜伏着那种污秽的淫欲。事实上直至那时，我精神上的那种激动仍占据着压倒的优势，我在期待着那不平凡的一天到来的同时，特别喜欢能与我期望从她那里得到宽恕的女人进行纯情美好的交谈。现在与其说我与她之间哀婉动人的场面，倒不如说我见到了必然导致的性欲享受的情景。在我的梦幻中，宽恕变成了感情的奔涌，额头上的轻轻的吻变成了嘴对嘴的贪婪的狂吻。肉欲战胜了精神。但由于一种迅疾而又难以阻挡的力量的抵消作用，一种形象逐渐排除了其他一切形象，占有了我，支配着我，那么牢固，连最小的细节都十分清晰和确切。“在午饭之后，一小杯夏布利葡萄酒就足够使几乎不喝酒的朱丽亚娜心绪不宁了。下午天气总是越来越热；玫瑰、鸢尾和丁香花的香味变得越来越强烈；燕子飞来飞去，啁啾啭鸣。只有我们俩单独待着，两人内心都无法克制地战栗着。我忽然对她说：那是我们结婚时的新房，我故意在我们重返别墅时打开的。里面有一种嗡嗡声，像是海螺壳放在耳际从深处发出来的那种嗡嗡声；那不是别的，是我血管里的声音；也许她也听到了那种嗡嗡声，那也只不过是她血管里发出的声音。除此之外，周围是一片寂静：似乎燕子也不再啁啾了。我想说话；刚刚声音嘶哑地说了一个字，她就倒在我的怀里，像是昏厥过去了似的……”

这奇妙的情景不断地充实丰富着，变得越来越繁复，它模仿着现实，到了一种明显得令人难以置信的地步。她绝对驾驭着我，我争不过她，我似乎重又变成过去那个放荡的人了，我凝神思索并回味着激起情欲的一幕幕情景时，是如此地欢畅。在那火热的生机勃勃的春天里，几个星期以来一直维持的禁欲生活，现在在我已复苏的机体中产生着效果。一种简单的生理现象完全改变了我的精神状态，它可以完全扭转我的思想，使我变成另一个人。

玛丽亚和娜塔利亚表达了想陪我们重返故居的愿望。朱丽亚娜原本同意她们一起去的。可我反对；我想方设法好说歹说以求达到目的。

费代里科曾提出建议："星期二我得去卡萨尔·卡尔多雷。我用马车把你们送到丁香别墅，你们在那儿下车，我继续赶路。然后，晚上我乘马车回来经过那儿接你们；那样我们可以一起回拉巴迪奥拉。"朱丽亚娜当着我的面接受了他的建议。

我想，费代里科的陪送不会妨碍我们，至少在去的路上，相反，他将使我消除某种困惑不安的心情。说实在的，要是就我和朱丽亚娜两个人，一路上那两三个小时中有什么可谈的呢？我该对她采取什么态度呢？我很可能会把事情搞砸，坏了好事，至少会减弱我们激动的新鲜劲儿。我不是像着了魔似的梦想自己突然与她在丁香别墅重聚，梦想在那里对她轻声细语地说出第一句情意绵绵的话语吗？费代里科的在场将使我得以避免没有把握的开场白，免去折磨人的长时间的沉默，省得为了避开马车夫的耳朵而不得不低声耳语，总之，有了他在场，可以免除所有的烦恼。我们将在丁香别墅下车，在那儿，只是在那儿，我们才最后紧挨着，站在已经失去的天堂大门前。

七

事情就这样安排妥了。我简直无法形容自己在听到马车载着费代里科朝着卡萨尔·卡尔多雷缓缓而去时车铃发出的叮当响声和车子的吱吱嘎嘎声时的心情。我明显迫不及待地从卡利斯托手里拿过钥匙,对他说:

“现在你可以走了。我过一会儿叫你。”

我自己关上了栅栏门,身后的卡利斯托对那唐突的辞谢之举显得有些惊讶和不快。

“我们终于到这儿了!”当我与朱丽亚娜单独在一起时,我兴奋地说道。内心洋溢的幸福像起伏跌宕的波涛,都体现在我的声音之中。

我感到无比幸福,难以形容的幸福;我就像被一种意想不到的幸福幻觉所俘虏,这种幻觉改变了我整个的心境,唤起并增强了我身上还保留着的一切善良和年轻的生机,它使我脱离世界,把我的生命突然集中在花园围墙之内。难以启齿的话语断断续续地涌到我的唇边;在闪电般掠过的思绪中我失去了理智。

朱丽亚娜怎么能猜不到我身上发生的那一切呢?她怎么会不理解我呢?她的心怎能不被我强烈的欢乐之光所打动呢?

我们对视着。我从那面庞上看到的仍是焦虑不安的神情,荡漾着一种恍惚的微笑。她用她那模糊而又微弱的声音说话,她总是那么迟疑,那独特的迟疑的神态我已注意过多次了,这使人感到,她似乎不断地想收住已到了嘴边的话语,想改口说出另一番话,她说:

"我们进门之前,先在花园里转一下吧。我好长时间没看见这么多的花了!我们最后一次是三年前来的,你记得吗?也是在四月份,是复活节前后那几天……"

也许她是想控制住局促不安的心情,但是她不能;也许她是想克制住温柔之情的奔涌,但是她做不到。在那个地方,她刚说出头几句话,就回忆起往事来了。她走了几步之后又停了下来;我们相对而视。她黑色的眸子里掠过一种难以解释的反常神态,就像被压抑的东西猛地迸发出来一样。

"朱丽亚娜!"我再也按捺不住地喊了出来,我感到内心深处有许多情深意切的话语,想疯狂地跪在她面前的砾石路上,想搂住她的双膝,无止境地吻她的衣衫、双手和手腕。

她以一种恳求的动作示意我别说话。她加快了脚步,继续沿花园的甬道走去。

她穿着一件饰有深色花边的浅灰色衣衫,戴着一顶灰色毡帽,拿着一柄带白色小三叶花的灰色小洋伞。我看她穿戴高雅朴素,潇洒地行走在茂密的欧丁香树丛中,那挂满无数成串的宝蓝色和紫色花朵的枝条沉甸甸地朝她俯首折腰。

离中午差不多还有一个小时。那是一个炎热的上午,天空晴朗,但游荡着几朵软弱无力的云彩。满园是媚人的丁香花丛,别墅的名字就是由此而来的,树木茂密得像是一座树林,间或还有黄色的玫瑰花丛及鸢尾花丛穿插其中。随处可以看到蔷薇花攀缘在树干上，缠绕在树枝间，它们垂落下来，有的成串，有的像花环，有的呈月牙形，有的呈伞状；树干左近宽大而又高雅的佛罗伦萨鸢尾花簇拥在蓝绿色的长剑似的叶丛之中；三种花的芳香十分和谐地融合在一起，这我辨别出来了，因为它像三个音符组成的一种和弦，很长时间以来一直留存在我的记忆之中。万籁俱寂，只听得燕子的啁啾。隐约可以瞥见圆锥形的柏树丛中的房子，无数的燕子朝那儿飞去，就像蜜蜂飞向蜂巢一样。

朱丽亚娜走了一阵后放慢了步子。我在她的身边走着，挨得那么近，我们的肘部不时地彼此碰触。她转动着眼珠着意环视四周，好像生怕漏过什么东西。有两三次我发现她嘴唇张开想说话，但欲言又止。我像个情人似的胆怯地低声问她：

“你想什么呢？”

“我想我们永远不该再离开这儿了……”

“说得对，朱丽亚娜。”

燕子有时候几乎是从我们头顶飞速掠过，随着一声啭鸣像羽箭一样闪闪发亮。

“我是多么盼望这一天的来临呀！朱丽亚娜！啊，你永远不会知道我是多么盼望这一天！”我当时抑制不住地这样说道，我的心情是那么激动，我的声音兴许都变得难以辨认了。“你看到了，我平生从来没有像昨天你答应来这里以后那样焦急迫切过，从来没有。还记得我们第一次在奥杰利别墅的阳台上秘密幽会和接吻的事吗？我为你都疯了似的：这你肯定记得。相比之下，那天夜里的期待都显得微不足道了……你不相信我；你有理由不相信我，怀疑我，但我要把一切都对你说，我要把我忍受的痛苦，我所担心害怕的，我所希望的，都告诉你。噢，我明白：也许我所受的痛苦比起我让你承受的痛苦，要小得多。这我知道，这我知道；我的一切痛苦，比起你的痛苦，比起你流的眼泪来，都是微不足道的。我没有补赎我的过失，我不配得到宽恕。不过，你告诉我，你说说，我该怎样做才能得到你的宽恕呢！你不相信我，但我要把一切都对你说说。我一生中真正爱过的人只有你。我知道，我知道：男人为了求得宽恕都是这么说的；你有理由不相信我。但要是你想到我们以往的爱情，要是你想到开初那三年从未中断过的温柔亲昵的情意，要是你还记得的话，要是你还记得的话，那你就不可能不相信我。即使我沉沦堕落了，我也难以忘记你；我的心会永远朝向你，寻觅你，眷恋你，你懂吗？永远。你自己难道没有发觉这一点吗？当你像个妹妹似的对待我时，有时候你难道没有发现我伤心得要死吗？我对你发誓：我远离你时，从未感到过由衷的欢乐，我从来没有完全忘记过你，哪怕一小时也没有；从来没有，从来没有：我对你发誓。你一直是我最爱慕的人，这种爱是永恒的，深切的，发自内心的。我身上最美好的部分始终是属于你的；我始终怀着一种希望；希望能挣脱我的一切恶习，希望能重新寻觅到我初恋时惟一的完整无损的爱……哦，你告诉我，我没有徒劳地指望吧，朱丽亚娜！”

她低着头，脸色十分苍白，走得很慢，眼睛不再朝前看了。嘴角不时出现一阵轻微的痛苦的抽搐。由于她沉默不语，我心里开始产生一种隐隐的不安之感。那阳光，那花朵，那燕子的啭鸣，那春天的生机盎然的欢乐景象开始赋予我一种模糊的压迫之感。

“你怎么不回答我?”我拉着她自然下垂在腰间的一只手接着问道，“你不相信我;你对我失去了一切信心;你仍担心我会辜负你;你不敢再钟情于我，因为你总想着那一次……是的，那是真的：那是我可耻的行为中最见不得人的一次。我心里像犯了罪似的感到内疚;即使你宽恕了我，我也不能宽恕我自己的。不过，你当时没发现我有病，我神经错乱了吗?我像中了邪似的。从那天以后，我没有一分钟的安宁，没有片刻的清醒。你不记得啦?你当时肯定知道我控制不住自己，处于一种精神失常的状态;因为你像看一个疯子似的看着我。我不止一次地从你的目光里发现一种令人难受的怜悯神情，我不知道你是好奇还是惧怕。你不记得我落到什么地步啦?令人难以辨认了……而今，为了你，我痊愈了，我得救了。我能够见到光明了。光明终于来临。我一生中只爱过你;我只爱你一个人。你懂吗?”

我说最后那些话时，声音那么坚定，说得那么慢，像是想把每个字句都铭刻在女人的心灵上似的;我紧紧地拧了一下握在我手里的那只手。她停住了脚步，气喘吁吁的，像是一个快要倒下去的人。在以后的几个小时中，直到后来，我才明白那气喘中所蕴含的令人窒息的焦虑和烦恼。但当时我只明白这一点：“由我勾起的对于可怕背叛的回忆重又使她痛苦万分。我触痛了那还未愈合的伤口。啊，要是我能说服她相信我该多好啊!要是我能消除她对我的怀疑该多好啊！难道她听不出我声音中的真切和诚挚吗?”

我们走到一个岔路口。那里有一条长凳。她轻声说道：

“我们坐一会儿吧。”

我们坐了下来。我不知道她是否认出了那个地方。我迷迷糊糊的，像个被蒙眼布蒙了许久的人似的，没有立刻认出那个地方。我们两人都环视四周，然后，对视了一下，眼睛里有着同样的思绪。那条古老的石凳使人回想起许多情意绵绵的往事。我的心不是充满了悔恨之情，而是充斥着一种急不可待的贪婪，几乎是一种对生活的渴望之情，它使我头脑里刹那间闪过对奇妙的令人眼花缭乱的未来的一种幻觉。“啊，她不知道我对她会有什么样的新的温存和亲热呀！我心灵中有她的天堂!”我心中燃起的理想的爱情之火是如此强烈，以致我兴奋狂热得难以自制了。

“你很痛苦。但世界上有谁曾像你那样得到别人的爱呢?有哪个女人能得到我所给予你的这种爱的明证呢？你刚才说，我们不该再离开这儿。也许我们会幸福的。你不会再遭受痛苦的折磨了，你不会再流洒那么多的眼泪了，你不会再失去那么多的生活了；但你永远不会了解我的爱，我全部的爱……”

她垂着头，半闭着双眼；一动也不动地听着。睫毛在双颊上形成的一圈黑影，比一个眼神更令我神魂颠倒。

“我，我自己也不了解我的爱。我第一次离开你的时候，我不是以为一切都结束了吗？我寻找着另外一种激情，另外一种狂热，另外一种陶醉。我想一下子就紧紧地拥抱住生活。对我来说，光有你是不够的。多年来我耗尽精力，啊，是那么令人难以忍受地耗尽精力，我像一个苦役犯人那样害怕，像在监狱里一天天逐渐朝死亡走去一样害怕。在我心灵中出现这光明之前，在我发现这伟大的真谛所在之前，我这么多年都生活在漆黑一片之中。我只爱过一个女人：惟有你。你是世界上惟一具有这种善良温柔的女子。你是我梦寐以求的最善良和最温柔的女子；你是独一无二的。你一直在我家里，而我却在远处寻找你……现在你明白了吗？你一直在我家里，而我却在远处寻找你。哦，你告诉我：这番衷肠的倾吐不能补偿你的全部悲伤吗？为了一种如此坦诚的表白，你不想洒下更多的眼泪吗？"

"是的，我会洒下更多的眼泪。"她说道，声音低得刚刚能听见。

那是在那毫无血色的嘴唇上轻轻地发出的声音。她的睫毛间涌出了眼泪。她泪流满面，泪水打湿了她抽泣的嘴巴，滴落在呼吸急促的胸脯上。

"朱丽亚娜，我亲爱的，我亲爱的！"我喊道。我极端兴奋地一阵战栗，跪倒在她面前。

我用双臂紧搂着她，把头放在她的怀中，全身感到那样狂热紧张，徒然地努力想用一个举动，一个手势，一阵抚摩来表达内心难以言喻的激情。她的泪水掉落在我的脸颊上。要是她那滴滴热泪所产生的实际效果与我当时的感触相吻合的话，那我的皮肤上一定会留下难以抹掉的痕迹！

“啊，让我把泪水吞饮下去吧。”我乞求道。

我一边站起来，一边把我的双唇贴近她的睫毛，她满脸的泪水润湿了我的双唇和我的脸，我的手指茫然地抚摸着她。我四肢感到她身体出奇的柔软，一种虚幻迷人的魅力，因此我不再觉得有衣服的阻碍。我似乎觉着可以整个儿地贴在我所爱慕的女人身上。

“你是否梦想过，”我对她说道，此时我嘴巴品尝到渗透在我灵魂深处的咸涩（后来，在接下来的时光里，令我诧异的是我在那泪水中竟没有发现一种难以忍受的苦涩味儿）。“你曾梦想过受到如此的钟爱吗？你梦想过这种幸福吗？你看着我，是我，是我在这么对你说话呢；你好好看看，是我……要是你能知道这一切对我来说是多么新奇就好了！要是我能告诉你就好了！……我知道，我从未像现在这么了解你，我知道，我从未像现在这么爱你；我知道我重又寻找到了你。我似乎只是在现在，就在刚才，当你说‘是的，洒更多的眼泪……’的时候，才重新寻找到了你。你是这么说的；是不是？仅有几个词……一种喃喃自语……我获得了新生，你也获得了新生；现在我们是幸福的，我们将永远幸福。”

我对她说这些话时的声音像是从远处而来，隐约而又断断续续；那声音似乎抑扬顿挫地到了唇边，不是到我们身体器官的实体，而是到达我们灵魂的最深处。这以前她一直默默地流着泪，现在她啜泣呜咽起来了。

她啜泣得很厉害，太厉害了，不像是由一种无限的欢乐所致，而像是一个人在发泄一种无法挽回的绝望心理。她竟啜泣成那个样子，以致我霎时间被她这样过分激动的表现和极度的感情冲动弄得惊愕不已。我下意识地稍稍松开了她，但过后立即注意到我们之间出现的隔阂，不仅身体的接触中止了，感情上的共鸣也霎时消失了。我们始终还是两个十分不同的、分离着的、陌生的人。我们不同的天赋本身就增加了我们之间的距离。她蜷曲着身体，双手把一块手帕捂在嘴上，啜泣着；每一声啜泣都牵动着她的全身，像是显示她身体的脆弱似的。我仍跪在她面前，没碰触她；我看着她：我惊异，但又出奇地清醒，专心地留意着我内心将要发生的一切，而且我的一切感官都在警觉地体察周围存在的事物。我听着她的啜泣和燕子的啁啾；我的时空概念很准确。那些花朵，那些香味，那灿烂的阳光，那生机勃勃的满园春色，使我越来越惊慌失措，那不断增加的不安，变成了一种惶恐，一种非理智所能抵御的本能的和盲目的惧怕。就像重重云层中的一声霹雳，在那紊乱的恐惧中闪过一种念头，它启示了我，并使我震惊："她不贞洁。"

哦，我当时为何不被霹雳击倒呢？为何不击中我的要害，使我不再待在砾石路上，不再跪在那在短暂的瞬间激起无上的幸福而后又把我抛到痛苦深渊中去的女人脚边呢？

"你回答我，"（我抓住她的手腕，拿开她捂着脸的手，挨近她说；我的声音是那样低沉，连我自己也刚刚能在脑袋的嗡鸣声中听得清。）"你回答我，干吗这样哭？"

她停止了啜泣，看了看我，哭得红肿的眼睛睁得大大的，像是看见我死了似的，显出极端的忧虑。我确实是失去了一切生命的色彩。

“也许晚了？太晚了？”我又问道，在那隐晦的问题中表露了我可怕的猜想。

“不，不，不……图利奥，不……没什么。你可以这么想！……不，不……我那么虚弱，你看；我不像以往那样了……我支持不住了……我病了，这你知道；我病得很厉害。我承受不住……你对我说的那些话。这你明白……我突然这样发作了……是神经性的……就像一阵抽搐……一阵剧烈的疼痛；弄不清楚是出于高兴还是出于痛苦才这么哭……哦，我的上帝！……你看，一下子就过去了……站起来，图利奥，到我身边来。”

因为哭泣，她说话时的声音还那么嘶哑，间或被啜泣所打断；我重又认出她看着我时的那种表情，她看到我痛苦时曾多次流露出来的那种表情。以往她是不能看到我痛苦的。她在这方面过分地敏感，以至于在我显出痛苦万状时就能从她身上得到一切。为了减轻我的痛苦，哪怕是最小的痛苦，她可以做到一切。于是我常常做出痛苦状，耍弄手段，以引起她的不安，好可以像一个孩子似的得到宽慰，赢得使我高兴的亲切抚摸，引起她对我的娇宠。现在在她的眼睛里怎么不再现出从前那种温柔而又不安的神情了呢？

“你到我身边来，你坐下。或者，你希望我们继续在花园里转转？我们还什么都没看呢……我们到鱼池去吧。我想冲洗一下眼睛……你为什么这么看我？你在想什么？我们不幸福吗？你看，我这就感到好多了，真的好多了。但我得洗一下眼睛，洗一下脸……几点钟啦？快到中午了吧？费代里科将近六点钟时经过这儿。我们有时间……你想去吗？”

她不停地说着话，还有点激动，可以明显地看出她很勉强，她想恢复镇静，重新控制她的神经，消除我身上的阴影，向我显示她对我的信任和高兴的心情。她那还湿润发红的眼睛在微笑中所含的忧虑有一种令人怜悯的柔情。在她的声音里、姿态中，在她整个人身上，都是这种令人爱怜的柔情，并以一种动人的惹人爱怜的忧郁使我心软了。我无法形容那可怜的人儿所散发出的诱人的魅力，对处在困惑中的我，在思想和精神上所起到的效果。她像是在默默地告诉我：“我不能更温柔了。既然你爱我，那你就抱住我吧；你把我搂在你的怀抱里，不过得轻轻的，别把我弄疼了，别搂得太紧了。啊，我迫不及待地想让你轻轻地抚摩我！不过我想你会让我死的！”这种想象稍许帮了我的忙，使她的微笑在我身上产生了效果。我看着她的嘴巴，当她对我说：“你干吗这么看我？”当她对我说：“我们不幸福吗？”我立时神魂颠倒地有一种情欲的冲动，从而得以减轻新近犯下的罪孽给我精神上带来的困窘和不安。当她站起来时，我十分快捷地把她拥抱在怀里，把我的嘴唇紧贴在她的嘴唇上。

我给予她的是一个情人的亲吻，一个长长的深切的吻，它深深触动了我们两个生命的整个灵魂。她筋疲力竭地倒在凳子上。

"噢,别这样,图利奥,别这样:我求你了!不要再那样了,不要再那样了!让我先恢复一下气力。"她恳求道,伸出双手像是要推开我,"否则,我会再也站不起来的……你看,我都要死了。"

但在我身上发生了一种十分特别的现象。我精神上的那种感受就像冲到海岸上的一个强劲的浪头刷平了海滩上的细沙,消除了所有的痕迹。像是转瞬即逝;在当时环境条件的直接影响下,在重新点燃的激情的紧迫冲击下,很快形成了一种新的状态。我只知道这一点:我所渴望的女人就在那儿,站在我面前,战栗着,被我吻得疲惫不堪,最后终于整个儿属于我了;我们的周围是一座鲜花怒放的花园,那么寂静,令人难忘,充满了神秘;在茂密的绿树丛中,一幢由可爱的燕子守护着的神秘的房子在等待我们。

"你以为我抱不动你吗?"我说道,拉起她的手,把我的手指交错夹在她的手指中间,"从前你轻得像根羽毛。如今你应该更轻盈了……我们试试好吗?"

忧郁的神情掠过她的双眸。霎时间,她似乎心不在焉地在想一桩什么心事,像是在考虑什么,而又很快解决了。然后,她摇了摇头;身子往后一仰,伸开双臂勾住了我的脖子,笑着(那一笑,又稍稍显露出她那毫无血色的齿龈)说道:

"来,把我抱起来!"

她被举了起来,紧贴着我的胸口;这一回是她先吻了我,带着一种疯狂的激情,就像突然被一阵狂热所支配,很像是想一下子解除令人难以忍受的饥渴一样。

“啊,我死了!”当她的嘴离开我的嘴时,她重复道。

在那如此苍白、清秀的脸上,略为厚实的湿润的嘴唇半张着,带着几分忧郁,显得更美了。这真的给我留下了难以形容的印象,似乎那是一个死去的人的容貌上惟一还活着的东西。

她抬起闭着的双眼(长长的睫毛颤动着,像是从眼皮底下透出一丝淡淡的微笑)迷惘地喃喃道:

“你幸福吗?”

我把她紧紧地搂在怀里。

“那我们走吧。随你把我带到哪儿去。你扶着我点儿,图利奥,因为我的双膝直不起来了……”

“到我们的家去,好吗,朱丽亚娜?”

“随你去哪儿……”

我用一只胳臂紧紧地搂着她的腰,推着她走。她像是一个梦游人似的。我沉默了一阵。同时,我们不时地转身相互凝视。我觉得她真的变了个样儿。一些细枝末节常常吸引我的注意力,占据我的心:她皮肤上刚能看出来的一个小痕迹,下嘴唇上的一个小坑,眉毛的曲线,额角的一条血管,眼睛的黑眼圈,非常娇嫩的耳垂。脖颈上的黑痣刚好被衣领的花边遮盖住;但随着朱丽亚娜牵动头部的动作,那黑痣时现时隐;那时隐时现的小东西逗引着我,令我急不可耐。我欣喜若狂,但又出奇地清醒。我听见为数更多的燕子的啁啾,近旁鱼塘里汩汩的流水声。我感到生命在消逝,时光在流逝。那阳光,那花朵,那芳香,那声响,那充满生机的春天过分袒露的笑容，第三次使我产生一种难以理解的焦虑心情。

“我的柳树！”朱丽亚娜在鱼塘附近大声喊起来，不再依偎在我身上，加快了步伐，“你瞧，你瞧，长得多大了！你记得吗？原来只是一根枝条……”

她若有所思地停顿了一下之后，带着一种异样的声调低声补充：

“我已经见过一次了……你也许不知道；我来过丁香别墅，那一次。”

她忍不住叹了口气。但像是为了驱散那些话在我们之间投下的阴影，又像是为了从嘴里去除那种苦涩味儿，她很快俯身凑近一个喷水管去喝了几口水，直起身子时做出要我吻她一下的样子。她的下巴湿了，嘴唇清凉。我们俩默默地那样拥抱着，决心加快如今已必不可少的事态的进程，加快我们两具躯体所要求的最终的重新结合。当我们俩的身子稍稍分开时，眼神又同样醉人地重逢在一起。朱丽亚娜脸上表达的感情是异乎寻常的，但当时对我来说是难以理解的。只是在后来，在随之而来的时光中，当我知道一种死亡的形象和一种肉欲享受的形象共同使可怜的女人沉醉在其中时，当我知道她在极度忧郁之中许下了哀伤的誓愿时，我才明白。我看到她好像就在我眼前，我将永远看到那披散着的浓密、蓬松的秀发所构成的阴影下的那张神秘的面容。阳光下晶莹的流水透过长满纤细叶子的长枝条闪烁着，使阴影的摆动令人心荡神摇。汩汩的流水声发出一种深沉、持续而单调的回声。一切表象都激奋着超然物外的我。

我们朝房子走去时没说话。我对情欲的贪求变得如此强烈，对即将发生的艳情的梦幻使我心驰神往，我欣喜若狂，我的脉搏跳动得如此强烈，以至于我想到：“是狂热吗？即使是在新婚之夜，我的脚踏在门槛上时也没有这样……”一种粗野的冲动几次三番地向我袭来，就像癫狂症突然发作似的，我奇迹般地克制住了：我肉体上重新占有那女子的需要是那么强烈。她身上的性欲高潮大概也难以克制了，因为她停住脚步叹息道：

“哦，我的上帝，我的上帝！这太叫人受不了了。”

她憋得喘不过气来，被折磨得够呛，抓住我的一只手，放在她的胸口上。

“你听。”

我不仅听她心脏的跳动，还透过衣衫摸到她柔软的乳房；我的手指本能地收拢起来紧捏着那熟悉的小东西。我在朱丽亚娜的眼睛里看到虹膜消失在垂下的眼睑下面的眼白之中。我怕她昏晕过去，我支撑着她，然后轻轻推着她，我几乎是把她举了起来，一直抱到柏树林旁，放到一张凳子上，我们俩都疲累不堪地坐了下来。

房子就在我们面前，像是在梦境中一样。

她把头斜倚在我的肩上说道：

“啊，图利奥，多可怕的事！你也不相信我们真会死吗？”

她又补充道，声音那么庄重，是一种发自内心深处的声音：

"你愿意我们都死吗?"

我异乎寻常地打了一个寒噤,这向我表明那些言语中所蕴含的特殊的感情,也许就是这种感情本身使站在柳树下的朱丽亚娜的脸色在拥抱之后和默默地下定决心之后为之一变。但这一次我也不能理解。我仅仅明白,我们俩如今都沉浸在一种狂热的爱恋之中,而且我们都生活在一种梦幻的氛围之中。

房子像是在梦境中一样出现在我们眼前。到处都是燕子筑的巢,在朴实无华的大门正面,所有的上楣柱上,在所有的墙沿上,在屋檐的滴水槽上,在下楣框缘上,在窗台底下,在阳台的平板下,在托座之间,在墙面琢石之间。无数新的和旧的用白垩土筑的燕窝像蜂房里的巢室一样密密层层,只留有很少的间隙。在那些间隙处,在百叶窗的木条上,在栏杆的铁条上,到处是白白的一层鸟粪,像喷洒过石灰水似的。虽然房子关闭着无人居住,但是充满生气。里面洋溢着一种不平静的、欢畅而又亲切的活力。忠诚的小燕子以它们不停的穿梭飞行,它们的啁啾,它们闪亮的羽翼,它们的一切宠爱和温存,不间断地抚慰着这所房子。燕子群不知疲倦地在空中以箭一般的速度相互追逐着,不停地欢叫着,忽而相互离开,忽而又相互靠近,掠过树梢,在阳光下飞落,不时地从白色斑点中投射出一道闪光,在燕窝里面,以及燕窝四周忙碌。孵卵的燕子中有的悬空停在燕巢上方,片刻之后就又飞走;有的收拢闪光的翅翼蹲伏着;有的把身子插进窝里,把开岔的黑白两色的小尾巴翘在外面,在淡黄色的窝边欢快地抖动着;有的从里面半探出身子,稍稍袒露出光亮的胸脯、茶色的脖颈;一直看不见的那些燕子发出一声特别尖的啭鸣声骤然飞起。萦绕在那封闭着的房子周围一切活跃而又欢快的生活气息,我们旧居的那些燕巢所散发出来的生机勃勃的活力,构成了一种如此甜蜜温柔的景象,一种如此亲切的奇观,使我们顷刻之间忘却对方,像是狂热中的一次间歇,凝视着眼前的一切。

我站起身来,中断对这迷人情景的观赏。我说道:

"钥匙在这儿。我们等什么?"

"图利奥,我们再等一会儿吧!"她害怕地哀求道。

"我去开门。"

我朝大门走去;登上了三级台阶,这台阶像是祭坛上的台阶。当我像虔诚的教徒打开圣物箱那样转动钥匙时,我发觉朱丽亚娜像一个影子似的悄悄地跟在我后面。我一阵惊悸。

"是你呀?"

"对,是我。"她亲昵地悄声说道,我的耳边吹来她的气息。

她站在我背后,用双臂搂住我的脖子,她纤细的手腕在我的下巴底下交叉着。

无声的动作,低语中吃吃的笑声,令我惊异地显露出来的孩子般的快乐,她搂住我的方式,所有那一切轻捷秀美的动人姿态,无不使我想起过去的朱丽亚娜,幸福岁月里年轻温柔的伴侣,梳着长长发辫、笑声清脆、有着女孩般神情的可爱的女子。我站在难忘的旧居门口,周身涌起一阵与当年同样的幸福之感。

"我开啦?"我手仍放在要转动的钥匙上问道。

“开吧。”她回答道，仍不放开我，呼出的气息吹拂在我的脖颈上。

钥匙在锁眼里转动，发出“咔嚓”一声响的时候，她的双臂搂得我更紧了，她贴在我身上，我感到她的战栗。燕子在我们头上啭鸣；钥匙轻轻的“咔嚓”声在寂静中显得那么清晰。

“进去。”她悄声说道，还是没有放开我，“进去，进去。”

那声音从挨得那么近却看不见的嘴唇里发出来，真切而又神秘，吹在我耳边热乎乎的，那声音又那么隐秘，就像在我的心灵中说话，那声音那么温柔而又富有女性魅力，是任何一种别的声音所没有的，我还要听她说，我要永远听她说。

“进去，进去。”

我推开门。我们像融合成一个人似的，轻轻地跨过门槛。

从高处的一扇圆窗射进来的光束照亮前厅。一只燕子鸣叫着从我们头上掠过。我们惊讶地抬起眼睛看。一个燕窝悬挂在拱顶上奇形怪状的图案之间。窗户上少一块玻璃。燕子鸣叫着从窗洞逃出去了。

“现在我是你的，你的，你的！”朱丽亚娜悄声说道，她没放开我的脖颈，但她柔软地转过身子，想倒在我的怀里，想亲吻我的嘴。

我们长久地亲吻着。我陶醉了，说道：

“来，我们上楼去。你要我抱你上去吗？”

虽然我已沉醉，但我感到浑身是劲儿，想一口气把她抱上楼去。

她回答道：

“不用。我自己可以上去。”

但听她的声音，看她的样子，似乎她走不上去。

我像刚才在林荫道上那样搂着她：我就这样搀扶着她，轻轻地推着她一个台阶一个台阶上去。真的，似乎家里就只有他们所保存那些海螺壳深处发出的深沉遥远的嗡嗡声。真的，似乎没有任何声音能从外面传到里面。

当我们到了楼梯的平台上时，我没去打开对面房间的门；我拉着她的手，默不作声地向右转，走在阴暗的走廊里。她气喘得那么厉害，使我感到难受，那极度的痛苦感染着我。

“我们去哪儿？”她问道。

我回答说：

“到我们的房间里去。”

走廊里几乎什么也看不见。我凭着本能感觉朝前走。我摸到了门把手；打开门。我们进了屋。

从窗缝里漏进来的光亮穿透了黑暗；但在里面，那种嗡嗡声更低沉了。我想朝窗口那光亮处跑去，以使光线快些进来，但我不能撇下朱丽亚娜；我似乎离不开她了，似乎一刻也不能中断我们手的接触，好像通过皮肤，我们的神经末梢磁铁一般吸附在一起了。我们摸着黑一起朝前走。黑暗中一样障碍物挡住了我们。那是床，是我们新婚之夜睡的那张大床，是我们做过爱的那张大床……

恐怖的喊叫声一直传到哪儿了？

八

下午两点钟。自我们到丁香别墅的时候起，已差不多过去三个小时了。

我让朱丽亚娜单独待几分钟；我去叫卡利斯托。老头给我们送来了装在篮子里的午餐；他对我第二回古怪的告别举动不再感到惊奇，而是带着某种善意的狡黠神情。

现在，我与朱丽亚娜像一对情人似的，面对面地坐在餐桌旁，微笑着。有冷餐食品、水果罐头、饼干、柑橘和一瓶夏布利葡萄酒。餐厅的拱顶是巴罗克装饰，浅色的墙壁，气窗上方挂的是田园风光画，颇有某种古色古香的情调，一种上个世纪的风采。从打开着的阳台照射进来一缕相当柔和的阳光，因为天空中布满条状的乳白色云彩。在灰白的苍穹中耸立着"可崇敬的老柏树，树底下有一簇玫瑰，树冠上是齐鸣乱噪的麻雀"。从阳台栏杆往下面望去，是一片娇美的淡紫色，这乃是丁香别墅春天的骄傲。这浓郁的香味，随风徐徐飘来的阵阵扑鼻的幽香，是丁香别墅的春之魂。

朱丽亚娜说道：

"你记得吗？"

她不断地重复道：

"你记得吗？"

她以得体的声调娓娓地忆述着我们的昔日之恋，如今故地重游，面对这赏心悦目的万物，一幕幕情景历历在目。但在花园里第一次停歇时充溢我心灵的那种折磨人的关爱，那种对生命的渴望，现在却使我简直难以忍受，我对未来产生的浪漫的梦幻抵消了过去那无法摆脱的阴影。

“明天，最迟两三天之后，我们回到这里常住；不过就我们两个人来。你看：这里什么都有；什么东西都没拿走。要是你愿意，我们今晚也可以留在这里……不过，你是不愿意的！你是不愿意的，对吗？”

我竭力用声音、手势和眼神试探她。我的双膝碰触她的双膝。而她只是盯着我看，不作回答。

“你记得我们在这丁香别墅里度过的第一个晚上吗？我们在外面一直待到念晚祷万福马利亚圣母经的时辰，看见窗户都亮了灯了！啊，这你很清楚……家里的灯火第一次点燃，第一个晚上啊！你想象过吗？你到现在为止就只是在回忆往事，回忆过去。然而，你看：一切回忆还抵不上你今夜给予我的一刹那的欢乐，明天给予我的一瞬间的享受。也许你怀疑我们面对的幸福？我从来没有像现在这样爱过你，朱丽亚娜；从来没有，从来没有。你懂吗？朱丽亚娜，我从来没有像现在这样是完全属于你的……我将对你诉说我度过的日子，让你了解你的奇迹。经过那么多憾事之后，谁还能有这样的希望呢？我将对你诉说……有时候我似乎回到了少年时代，回到了青春初期。我感到自己像以往那样纯洁无瑕：善良，亲切，朴实。我什么也不记得了。我什么也不记得了。我的整个思绪都围绕着你；我的一切激情都与你有关。有时候，看到一朵花，一片小叶子，就会使我那已充满爱的心更加心潮澎湃。但是你什么也不知道，也许你什么也没发现。我将把一切都告诉你……前天，星期六，当我拿着那蒺藜花走进你的房间里去时，我是多么激动呀！当时我像一个初恋的情人那样羞怯，我心里恨不得一下子把你抱在我的怀里……你难道没发现吗？我将对你讲述这一切；我将使你发笑。那天，透过卧室的帐幔隐约能看到你的床。我的眼睛离不开那里，我战栗着。我战栗得多厉害呀！你不知道……我曾有两三次独自一人悄悄地走进过你的房间，心跳得很厉害；我曾掀起帐幔看你的床，摸你的床褥，把脸埋在枕头里，就像一个热恋中的情人。在拉巴迪奥拉，有几天夜里，当大家都已经入睡时，我大着胆子轻轻地几乎一直走到你的房门口；我想都听得见你的呼吸声了……你告诉我，告诉我：今晚我能来找你吗？你要我吗？你说：你等我吗？我们今晚能分开各自睡吗？不能！你的脸颊将依偎在我的胸脯上重新找到它原来的位置，这儿，你记得吗？你睡觉真警醒！"

"图利奥，图利奥，你别说话！"她恳求着打断了我，似乎我的话使她听了很难受。

她微笑着补充道：

"你别让我这样激动了……刚才我对你说过了。我身体十分虚弱；我是个可怜的病人……你弄得我头晕目眩。我坚持不住了。你看你把我折磨成什么样啦？你把我弄得迷迷糊糊的……”

她疲惫地微笑着，那是一种淡然的微笑。她的眼睑有点儿发红；但在那疲惫的眼皮底下，两眼发出炽热的光芒，她不停地盯着我看，令我难以忍受，虽然睫毛的阴影已使那炽热的目光舒缓多了。她的一切举止神态中，有某种我的视觉捕捉不住、心灵也难以估摸的不自然的东西。她的面部表情何时开始出现那令人不安的神秘特征的呢？似乎她的表情有时变得复杂了，变得令人难以捉摸甚至不可思议了。而我当时想：“她是因内心的冲动而感到痛苦。她还没有清楚地看到她身上发生的一切。也许她内心的一切都已乱了。她的生活难道没有在一瞬间发生变化吗？”那深沉的表情诱惑着我，并使我越来越着迷了。她那炽热的目光，像吞噬一切的火焰一样，穿透了我的骨髓。尽管见她这样疲惫不堪，我还是迫不及待地想抓住她，紧紧地搂住她，想再听到她的一声喊叫，把她的整个人都吞饮下去。

“你什么也不吃。”我对她说道，竭力驱赶着很快浮上脑际的云雾。

“你也是。”

“你至少喝一小口。你认不出这种葡萄酒啦？”

“哦，我知道。”

“你还记得吗？”

我们相对而视，心情激动地回想着以往的爱，她过去特别喜欢喝的那种金黄色带苦杏仁味的葡萄酒的醇香萦回荡漾其间。

“那么，我们一起为我们的幸福而干杯！”

我们碰了杯，我急忙把酒喝下去，而她连嘴唇也未浸润，像是感到一种难以克制的厌恶。

“怎么啦？”

“我不能，图利奥。”

“为什么？”

“我不能。你别勉强我。我想，即使我只喝一滴酒，也会对我身体不好。”

她脸上蒙上了一种死人似的苍白。

“朱丽亚娜，你好像是身体不舒服。”

“有一点儿。我们起来吧。我们到阳台上去。”

我搂着她的腰，感到她的腰部十分柔软，因为我不在家时，她放开了束腰带。我对她说：

“你想躺在床上吗？你休息一下，我躺在你身边……”

“不，图利奥。我已经好了，你看。”

我们在阳台门那儿停住了，面对着一棵柏树。她倚在门框上，把一只手搭在我的肩上。

波纹线下面的屋檐突出处的框缘上，悬挂着一串燕子窝。燕子飞来飞去，忙碌不停。而下面的花园里是那么安静，我们面前的那棵柏树的树梢纹丝不动，燕子那样拍翅振翼，那样飞来飞去，那样啁啾啼鸣，使我感到厌烦，使我很不愉快。因为所有的一切都在那宁静的阳光下变得缓和了，变得朦胧了，我渴望有一次间歇，有一次长时间的寂静，能让人全神贯注地品味一下这美好时刻和僻静之处的全部温柔和甜蜜。

“这里还有夜莺吗?”我想起了黄昏时刻那种强烈的旋律。

“谁知道!也许有。”

“它们在傍晚啼鸣。你不想再次听到它们歌唱吗?”

“但是费代里科几点钟再来这里?”

“我希望他晚点儿来。”

“哦,是的,晚点儿来,晚点儿来!”她大声说道,是那么诚挚热烈地希望着,竟使我高兴得一阵冲动。

“你高兴吗?”我问她道,力求从她的眼睛里得到回答。

“是的,我很高兴。”她垂下眼睛答道。

“你知道吗?我就爱你一个人,我整个儿都永远属于你。”

“我知道。”

“而你现在……你是怎么爱我呢?”

“我对你的爱你是永远不会知道的,可怜的图利奥!”

她一面说着这些话,一面离开了门框,把整个身子都依偎在我身上,那是一种难以用言语描绘的举动,其中倾注了对一个男子极富女性温柔的甜蜜。

“你真美!你真美!”

她显得那么漂亮,娇弱,温顺,柔软,竟使我想到可以把她慢慢地吮吸进去,沐浴其中。她那浓密蓬松的头发像是汹涌的波涛,衬托着苍白的面庞。睫毛在脸颊上洒落的一重阴影,比目光还更令我心绪不宁。

“你也永远不会知道……要是我对你说我内心所隐藏着的那些疯狂的想法的话!那是一种如此巨大的欢乐,它使我焦虑不安，它简直使我产生想死的念头。”

“死！”她淡然地一笑，低声重复道，“谁知道，图利奥，我是不是会死呢……快了！”

“啊，朱丽亚娜！”

她直起身子看着我；然后又补充道：

“你说说，要是我突然死去了，你怎么办？”

“你真是孩子气！”

“譬如，我明天就死了呢？”

“你别胡说八道了！”

我捧住她的脑袋，开始快速而又轻柔地亲吻她的嘴、面颊、眼睛、前额和头发。她由着我吻。而且，当我停下来时，她竟喃喃说道：

“再来！”

“回到我们的房间里去。”我一面求她，一面拖着她走。

她任由我拉着她走。

我们房间的阳台门仍然开着。随着阳光，附近已开了花的黄玫瑰带麝香味的芳香飘了进来。浅色糊墙纸上的天蓝色的小花已经褪色了，刚刚能看得出来。衣柜的镜子反照出花园的一角，展现出一幅奇幻的远景。朱丽亚娜放在一张桌子上的手套、帽子和一副手镯，似乎重新唤起了过去这屋子里曾有过的爱情生活，洋溢着一种新的亲密的气氛。

“明天，明天就得回到这里来；不能再晚了。”我迫不及待地说道，那一切的一切使我有说不出来的激动和高兴，“我们明天得睡在这里。你愿意的，是不是？”

“明天！”

“我们在这个家，在这个花园里，在这春光明媚的日子里，重新开始我们的爱……我们像什么也不知道似的重新开始我们的爱；重新……寻觅我们的亲切抚爱，从每一次亲切抚爱中寻求新的情趣，就像我们从未感受过那样；我们还有很多很多的日子在一起过……”

“不，不，图利奥；别谈未来的事……你不知道这是一种不祥之兆吗？现在，今天……你想想今天，想想正在流逝的时光……”

但她以一种令人难以置信的热情狂热地搂着我，发狂地亲吻我的嘴。

九

“我似乎听到了马铃响，”朱丽亚娜起身说道，“费代里科到了。”

我们谛听着。她可能是搞错了。

“还没到时间吗？”她问我道。

“到了，快六点了。”

“哦，我的上帝啊！”

我们又谛听着。听不到任何宣告马车到达的喧闹声。

“图利奥，你最好去看看。”

我从房间里出来，走下楼梯。我有点摇摇晃晃；眼前一片模糊不清，像有一层雾气从脑海里腾起。我从围墙的小边门那儿叫来住在旁边的卡利斯托，问他——还没见马车来。

老人本想留我说说话。

“卡利斯托，我们明天可能来这里住，你知道吗？”

他向上伸出胳膊表示特别高兴。

“真的吗？”

“真的。我们会有时间聊天的！你看到马车来后，就来告诉我。再见，卡利斯托。”

我离开他回屋去。时近黄昏，燕子格外喧闹欢跃。天空泛着红光，鸟群叽叽喳喳地掠过天空，在夕阳下闪动着光亮的翅膀。

“怎么样？”正对着镜子戴帽子的朱丽亚娜转过身来问我。

“没什么。”

“你看着我。我头发是不是还有点儿太蓬乱？”

“不。”

“你看看脸色！看我。”

她的确是非常憔悴，像从棺材里抬出来似的。她的眼睛周围深紫色的黑眼圈。

“我仍活着。”她补充道；她想微笑。

“你难受吗？”

“不，图利奥。不过，有点儿。我觉得全身空了似的，脑袋空了，血管空了，心也空了……你可以说我把一切都给你了。我为我自己仅仅留下了生命的外壳，你看到了。”

她一边笑着，一边奇怪地说着那些话；她面带浅淡而又隐晦的微笑，触动了我内心深处，使我感到极其惶恐不安。情欲之火使我木然，欣喜狂热的激情使我失去了理智；我的激情迟钝了，我的良知黯然了。我还没有任何不祥的怀疑念头。我专注地看着她，不知为什么，我忧心忡忡地审视着她。

她又转过身去照镜子，戴上了帽子；然后朝桌子走去，取手镯和手套。

“我已准备好了。”她说。

她像是在用目光寻找别的什么东西，补充道：

“我带了一把伞来，是吧？”

“对，你带伞来了。”

“噢，对了，我一定是把伞放在下面甬道岔口的凳子上了。”

“我们去把它找回来吧？”

“我太累了。”

“那我一个人去找。”

“不。你让卡利斯托去。”

“我去。我给你采几枝丁香、一束玫瑰来。你要吗？”

“不要。别采什么花了……”

“你过来。你坐下吧。费代里科可能迟些时候才来。”

我替她把一张扶手椅放在靠近阳台的地方；她倒在椅子上。

“既然你下楼去，”她对我说，“你去看看我的披风是否在卡利斯托那儿。披风大概没留在马车里;真的! 我有点冷。”

她果真在打寒颤。

“要我替你关上阳台的门吗?”

“不,不。让我看看花园。这个时辰,花园多美呀! 你看见了吗? 多美呀!”

花园里四处呈现出金黄色。满树盛开着绛紫色丁香花的树梢微微低头含笑;挂满花簇的介于烟灰色和深蓝色之间的树枝在空中微微晃动着,像是一匹闪亮的丝绸的反光。鱼塘边上的巴比伦柳树垂下它那轻柔的长发;池水中透出贝母发出的亮光。那固定不变的闪光,那倒垂的柳枝,那姿态如此娇美的花簇,在即将消逝的黄昏余辉中,构成了一种媚人的令人神往的景象,一种超现实的梦幻。

我们俩在那魔幻的主宰下,有好几分钟没说话。一种莫名的伤感充斥了我的心灵;潜伏在一切人类之爱深处的那种隐约的绝望心理在我心中涌动着。面对着那良辰美景,再加上我体力上的疲惫,我感觉上的麻木似乎更加剧了。过分强烈而又长久的肉体享乐之后,接着而来的是窘困不安,是心情的不快和无穷的内疚。我感到难受。

朱丽亚娜像是在梦中似的说道:

“咳,我现在正想闭上眼睛,再也不睁开。”

她打着寒颤补充道:

“图利奥,我冷。你去吧。”

她躺在沙发椅中,蜷缩着身子,像是为了抵御袭击她的寒颤。她的脸上，特别是鼻孔周围，有明显发青的雪花似的白色斑点。她强忍着痛苦。

“你感到不舒服，可怜的人儿！”我忧伤地对她说，略带愕然地定神看着她。

“我冷。你去吧，给我把披风拿来，快去……我求你。”

我跑下楼到卡利斯托那儿，让他把披风给我；我立刻又上了楼。她赶紧披上。我帮她穿上。当她重又倚靠在沙发椅上，一边把双手缩在袖子里，一边说道：

“我这样挺好。”

“那我到下面去取伞了，你把它放在哪儿了？”

“不用了。着什么急呀？”

我当时有一种再下楼去的奇怪的念头，想回到我们第一次坐过的石凳上，她在那里哭过，说了三个美妙的词：“是的，洒下更多的眼泪……”那是一种感情上的宣泄吗？那是对一种新的感觉的好奇吗？还是因为在那黄昏日落时刻花园里神秘的景象在我身上所产生的魅力？

“我去一下，这就回来。”我说道。

我出去了。我到了阳台底下时，喊道：

“朱丽亚娜！”

她探出身来。我眼前还有那十分明显的无言的黄昏幻景：她高高的身影，那长长的紫红色披风使她显得更高雅，在那深色的衬托下她的脸显得那么苍白。（雅各布对阿曼达说的话，在我脑海里与这不可变更的形象交织在一起。“阿曼达，今晚你是多么苍白！你是割开血管以鲜血来染你的衣衫吗？”）

她退回屋去了；确切地说，她消失了，这就是我当时的感受。我在甬道上快速朝前走着，一点儿也没有意识到是什么在促使我前进。我脑子里回响着我的脚步声。我是那么茫然失措，以致不得不停下来辨认我所走的小路。是什么使我那样盲目地激动呢？也许只是身体上的原因，是因为神经上的一种特别的状态。我这样想着，听任自己的神经支配，无力再作思考，无法进行有条理的审察，不能专心致志；表象反映在神经上，产生的现象有一种特别的强度，就像在幻觉之中。但某些思想突然清楚地呈现在另一些思想上，能分辨得很清楚；一些意想不到的事件在我身上产生的那种困惑的感觉越来越强烈。譬如——我觉得朱丽亚娜那天显得很反常，她表现得完全不像我所熟悉和了解的那样，“她不是过去的朱丽亚娜了。”在某些特定的境况下，她对我采取的举动是我意想不到的。一种陌生的成分，某种模糊隐晦的东西，某种混乱的、过度的东西改变了她的个性，使她改变了形象。这些变化应归诸她肌体上的一种病态吗？“我病了，我病得很厉害”，她总是这样重复，像是在辩解似的。当然，疾病可以导致深刻的变化，可以使一个人变得让人认不出来。但她得的是什么病呢？也许是未被外科大夫的手术刀根治的老毛病，也许变得更复杂了？无法医治的病？“说不定我马上就要死了！”她曾以一种预言家独有的口气说过。她不止一次地谈到过死亡。那么她知道自己身上带有一种致命的病菌？那么她被一种凄凉忧伤的思想所支配着？也许就是在那种忧郁的驱使下，使她产生几乎是绝望和疯狂的激情，投入我的怀抱。那瞬间的巨大的欢乐之光使她更清楚地看到那一直跟随着她的可怕的幽灵……

“说不定她会死！那么她会在幸福之中死在我的怀抱里！”我想。恐惧使我全身冰凉，我一时不敢往下想，似乎危险已经临近，似乎朱丽亚娜已经预料到了，她曾说过：“假如我明天死了呢？”

黄昏降临了，空气湿漉漉的。矮树丛中吹过几阵风，仿佛是飞跑而过的动物发出的瑟瑟声。还有几只失散的燕子发出一声声啼鸣，像是弹弓射出的石头在空中鸣响。在西边的地平线上，夕阳的余辉像是巨大熔炉的反光一样红火。

我走到石凳旁，找到了伞；我毫不迟疑，尽管刚才的事还历历在目，还那么热切地打动着我的心灵。她刚才就软瘫在那儿，柔弱而又疲惫。就在那儿我对她说了最后的话语，对她倾诉了令人心醉的思绪：“你就在家里，而我却到远方去寻找你”；就在那儿，我从她的嘴唇上寻获了那种气息，为此，我的心灵飞跃到幸福之巅；就在那儿，我舔饮了她开初落下的眼泪，我听到了她的呜咽，我还含糊地问她：“莫非晚了？莫非已经太晚了吗？”

才过去没几个小时，所有那些事却已如此遥远！才过去没几个小时，幸福似乎已经消逝！我以另一种并非不恐惧的感觉，在心里重复着这句问话：“莫非已经晚了？莫非已经太晚了？”我的忧虑在增加；那捉摸不定的夕阳的光辉，那片无声的阴影，那已经变阴暗的树丛中传出来的可疑的响声，黄昏时的那一切迷惑人的景象，在我心灵中产生一种不幸的含义。“是不是真的太晚了？是不是她真的自知已被判死刑，知道已经给自己带来了死亡？她已活得厌烦了，已受够了痛苦，对我已不抱任何希望，她不敢用一种武器或毒药突然自杀，也许她孕育了她的疾病，助长了它，把它隐藏起来，以使它扩散、加剧，以致变得无法治愈。她愿意自己逐渐地、秘密地被引向超脱，引向结束之路。她通过自我监视，了解自己的病情，而现在她知道并肯定得死了；她也许还知道爱情、肉欲享受和我的亲吻加速了进程的完成。我将永远回到她身边；她面对着一种意想不到的幸福；她爱我，我知道深深地被人所爱；对我们来说，一日之内，一场梦变成了一种现实。而她的嘴里却说出一个字：死！”我眼前隐约掠过曾折磨过我的那残酷的形象，那天早晨在等待手术的两个小时之内，那时我眼前清楚地出现了疾病在女人身上所产生的可怕后果，就像一幅解剖图像一样。我重又想起另外一件更为遥远的事情，当时的情景至今历历在目：笼罩着阴影的房间，敞开的窗，颤动着的帷幔，惨淡的镜子里反照出蜡烛摇曳的火苗，不祥的情景，而她，朱丽亚娜，激动地靠着一个大衣柜站着，她直不起腰来，像是吞服了毒药似的……她那种抱怨的声音，总是一样的，重复地说：“为了你，为了你，她想死了。你，你催着她死。”

我被一种莫名的惊慌，一种恐惧所驱使，开始朝家里跑去，好像那些形象都成了不可置疑的现实似的。

我抬起眼睛，看到了毫无生气的家、充满幻影的窗和阳台门。

“朱丽亚娜!”我一面极端痛苦地喊道,一面朝楼梯直冲过去,好像生怕来不及再见到她了。

我这是怎么啦?是哪根神经错乱?

我气喘吁吁地跑上漆黑的楼梯,冲进了房间。

“发生什么事啦?”朱丽亚娜站起来问我。

“没什么,没什么……我以为你叫我呢。我跑来看,稍微跑了几步。现在你好一点儿了吗?”

“我觉得特别冷,图利奥,真冷。你摸摸我的手。”

她向我伸出手,她的手冰凉。

“我全身冰凉……”

“我的上帝呀!你怎么会这么冷呢?怎样才能让你暖和点儿呢?”

“你别难过,图利奥。这不是第一次了……这样得好几个小时。没有什么好办法。得等它过去……费代里科怎么迟迟不来?几乎快夜里了。”

她重又倒在沙发椅上,好像说那几句话花费了她所有的力气似的。

“我把阳台门关上。”我一面朝阳台走去一面说。

“不用,不用,让它开着吧……不是空气流通使我感到冷。相反,我倒需要透透空气……你到这儿来,坐在我身边。你把那张凳子搬过来。”

我蹲了下来。她把冰冷的手放在我的头上,她动作柔弱,轻声地说道:

“我可怜的图利奥！”

“告诉我，朱丽亚娜，我的爱，我的灵魂，”我再也忍不住了，一股脑儿说了出来，“你对我说真话！你有什么事瞒着我。你肯定有什么事不愿意直说：你有一件心事，有一个阴影始终跟着你，自从我们到这儿来以后，自从我们在一起幸福地相处之后……但我们真的幸福吗？你幸福吗？你能幸福吗？你对我说实话，朱丽亚娜！为什么你要瞒我呢？是的，真是这样；你得过病，你身体不好，这是真的。但这不是原因，不是。是另有别的事，我不理解、我不明白的事……你对我说实话，即使事实真相对我来说如晴天霹雳一般。今天早晨，在你哽咽哭泣时，我问过你：‘莫非已经太晚了？’而你回答道：‘不，不……’我相信了你。不过，不会因为别的原因太晚了吧？是不是有什么事情阻碍你享受今天我们面临的这种莫大的幸福？我懂的：你知道这其中的缘故，它就在你脑海里……你对我说实话吧！”

我仍盯着她看；因为她始终一言不发，慢慢地我只看见她的那双大眼睛，特别大而深沉的、一眨不眨的眼睛。周围的一切都消失了。我不得不闭上眼睛以驱除那双眼睛所赋予我的那种恐惧感。这得持续多久？一个小时？一秒钟？

“我病了。”她最后带着忧虑的神态慢慢地说道。

“你病得怎样？”我情不自禁结结巴巴地说道，深感她的言语声调之中有一种令我怀疑的倾诉之意，“怎么病啦？会死吗？”

我不知道以什么方式，以哪种声音，以什么样的举动来提出最极端的问题；我真的连是否是从自己的嘴里发出这个问题的，她是否听全了我的问题都不知道。

“图利奥,不,我不想说这个,不,不……我想说这不是我的过错,事情既然如此,是有点儿怪……不是我的过错……你得对我耐心点儿,你应该像以往那样看待我……没有别的什么事,你相信我好了;我没瞒着你什么……以后我会好的,我会痊愈的……你会忍耐的;对吧?你会好好儿地……你过来,图利奥,我的灵魂。你也有点儿怪,我觉得,你太猜忌……你马上就害怕了;你脸色煞白;谁知道你在想什么……你过来,你过来;吻我一下……再吻一下……再吻一下……就这样。你吻我;暖和一下我的身子……现在费代里科该到了。”

她不停地说着,声音有点沙哑。脸上带着那种难以言喻的表情,温柔、亲切而又不安。几小时之前,在花园的长凳子上,她为了使我平静下来,为了安慰我,就是那样对待我的。我吻着她。因为沙发椅又宽又低,她又那么瘦弱纤细,她让我挨着她坐,紧贴在我身上战栗着,一只手拉着她披风的一角盖在我身上。我们像在一张简陋的床上紧紧地搂在一起,胸贴胸,相互吮吸着对方的气息。我想:“要是我的呼吸,我的身躯,能把我身上的全部热量传递给她该多好呀!”我竭尽全力想把我的热量传递到她身上。

“今晚,”我低声说道,“今晚,在你的床上,我好好搂着你,你就不会再发抖了……”

“是的,是的。”

“你将看到我怎么抱住你。我会让你入睡的。你将整夜睡在我的怀里……”

“对。”

“我将守护着你，呼吸着你的气息，看着你做梦时脸上的表情。也许，你会在梦里呼唤我的名字……”

“是的，是的。”

“从前有几天夜里，你说梦话了。当时我真喜欢你！啊，多甜美的声音呀！你不会知道……一种你从未听到过的声音，只有我明白你说的，只有我……我将会再听到。谁知道你会说些什么呢！也许你会呼唤我的名字。你叫我的名字，说‘图’字的时候，你嘴唇的动作多么可爱呀……像是暗示要接个吻……你知道吗？我将在你耳边提示你，好让你进入梦乡。那时候，有几天早晨我还猜着你梦见什么了呢，你记得吗？哦，这你会见到的，我的心肝儿：我将比以往更温柔甜蜜。为了使你痊愈，你会感到我能做得多么温柔多情。你需要很多的温柔亲昵，可怜的人儿……”

“是的，是的。”她不时多情地重复道，促使我产生最后的幻想，我自己的声音，以及我以为受一种激起情欲的催眠曲的激励，使我更加昏昏然陶醉于爱的梦幻之中。

“你听见了吗？”我问她道，并稍稍欠起身子以便听得更清楚些。

“什么？费代里科到啦？”

“不是。你听。”

我们两人一面谛听着，一面朝花园看。

花园沉浸在一片紫色之中，鱼池银光闪烁。地平线上有一片光灿灿的三种颜色交相辉映的光带：底下是血红的，上面是橘红色，然后是一种行将枯死的植物的绿色。在黄昏的寂静中，又响起了一种清澈而又响亮的声音，像是笛子的序曲。

黄莺在歌唱。

“在柳树上。”朱丽亚娜低声对我说。

我们俩一面听，一面看着朦胧夜色中黯然失色的地平线。我忧心忡忡，似乎从她的话音中期待着一种最大的爱的表示。可怜的人儿，在那聆听的几分钟里，她在我身边想些什么呢？可怜的心灵到达何种痛苦的顶点呢？

黄莺在歌唱。开始时，那歌声犹如一阵富有旋律的欢呼声，一阵回响在空间啭鸣，发出珠落玉盘般的声音。接着是间歇。优美动听的啭鸣声又响了起来，像是力量的较量似的显得特别悠长，又像是一次大胆的尝试，对一个陌生人的挑战。第二次间歇，接着是带疑问色彩的三个音符的旋律，后来又变成一系列轻松愉快的变奏曲，五次，六次，重复着，像纤细的芦笛声，像牧笛一样悠扬。第三次间歇，黄莺的歌声变得悲哀，转成一种低低的调子，温和得像是一种哀叹，微弱得像是一种呻吟，表现了一个情人寂寞中的忧伤，一种伤感的愿望，一种徒劳的期待；突然迸发出最后的呼唤，尖声尖气得像是一阵焦虑的呼叫；鸟鸣声消逝了。又是一阵间歇，更为沉闷的间歇。于是听到一种新的音调，好像不是从同一个喉咙里发出来的，那样的谦卑，那样的胆怯和微弱，特别像雏鸟的吱吱唧唧声，像小麻雀的啁啾；然后，那天真无邪的音调出人意料地变成了一种节律越来越快的和弦音符，它们抖动着发出悠扬清晰的颤音，演变成十分快速的乐段，时而减弱，时而增强，达到一种完美卓越的境界。黄莺沉醉在自己的歌声之中。间歇那么短，永无止境地发出悦耳的音符来，把它那陶醉的心灵倾注在一种千变万化的旋律之中，既感人又动听，时而热情亲切，时而纤细柔和，时而洪亮高亢，时而轻松愉快，时而低沉抑郁，有时被微弱的呻吟或是悲哀的怨诉所打断，有时被突然的奔放的激情，或是最终的祈求所终止。似乎花园也在聆听，树木上方惨淡的天空也为之倾倒，似乎树顶上有一位看不见的诗人挥洒下无数澎湃的诗句。花簇的呼吸深沉而静默。西边的天空残留着几缕黄色的光辉；白日的最后一瞥是令人伤感的，近乎凄凉。但一颗星星冒出来了，像一颗晶莹的露珠那样鲜活。

“明天！”我几乎是下意识地喃喃说道，像是在回答一种内心的关切，对于我来说，那个词包含着那么多的期望。

因为聆听鸟声我们心情舒畅多了，有好几分钟我们沉浸其中，突然我感到朱丽亚娜的脑袋沉重地耷拉在我的肩上，她像是晕厥了似的。

“朱丽亚娜！”我惊愕地喊叫道，“朱丽亚娜！”

因为我这么一动，她的头沉重地朝后一仰，像死过去了似的。

“朱丽亚娜！”

她没听见。我看到洒落在阳台上的落日余辉照在她那死人般苍白的脸上，骤然产生一种恐惧，不知所措地把已昏死过去的朱丽亚娜放在沙发椅上，一边不停地呼唤她的名字，一边用战栗的手指解开她胸前的衣衫，焦虑地谛听她心脏的跳动……

这时候传来了我弟弟快活的声音：

“鸽子们，你们在哪儿？”

十

她很快恢复了知觉。她刚能站起来，就想马上坐马车回拉巴迪奥拉。

现在，她盖着我们的旅行毛毯，默不作声地蜷缩在她的位子上。我与弟弟不时不安地对望着。马车夫策马朝前赶路。马儿快步疾走的声音回响在两旁鲜花盛开的小道上，温馨的四月的夜空，非常清澈晴朗。

我与费代里科不时地问道：

“你觉得怎么样，朱丽亚娜？”

她回答道：

“哦，就这样……稍稍好点儿了。”

“你冷吗？”

“嗯……有点儿。”

她显然是很勉强地回答着。似乎我们的提问使她感到恼火；以至于当费代里科还坚持想跟她说些什么时，她终于说道：

“对不起，费代里科……我讨厌说话。”

她穿着披风，在阴暗处动也不动地缩在毯子底下。我不止一次地俯下身去看她的脸，或是以为她已经睡着了，或是生怕她重又昏厥过去。每当我发现她在黑暗中张大着眼睛凝视前方，都感到意外的惊恐不安。

接着是长时间的寂静。我与费代里科也一声不吭。马车似乎跑得不很快，我很想叫车夫策马疾驶。

“抽鞭赶它，乔瓦尼！”

我们到拉巴迪奥拉时，已经快十点钟了。

母亲在等着我们，她因我们迟迟未回而着急。当她看到朱丽亚娜那个样子，就说道：

“我早就想到会这样，这样你会病倒的……”

朱丽亚娜想安慰她。

“没什么，妈妈……明天早上我会好的。就是有点儿累……”

但在灯光下，母亲看到她时吓得叫喊起来：

“我的上帝！我的上帝！你的脸色真吓人……你都站不住了……伊迪丝，克里斯蒂娜，快，你们上楼去暖暖床。图利奥，你过来，我们扶她上楼去……”

“不用，不用，”朱丽亚娜坚持不让人扶她，“你别害怕，妈妈，没什么……”

“我乘马车到图西去接大夫，”费代里科建议道，“半小时后我就回来。”

“不用，费代里科，不用！”朱丽亚娜叫喊道；她几乎是极力地反对，好像恼怒了似的，“我不要大夫，大夫对我没有用。我知道该服什么药，我楼上都有。我们上楼吧，妈妈。我的上帝！你们一下子都那么紧张！走，走……”

她好像突然又有了力气。她很有把握地走了几步。我与母亲搀扶着她上楼。在房间里她突然恶心想吐，持续了好几分钟。女用人们开始替她脱衣服。

“你走吧，图利奥，你走吧，”她央求我道，“过一会儿你再来看我，反正妈妈留在这儿。你不必难过……”

我出去了。待在旁边的房间里，坐在一张沙发上等着。我听着女用人来回忙碌的脚步声，我等得极不耐烦。什么时候我可以回房间去？什么时候我可以单独与她在一起？我将守护着她；我将整夜守在她的枕旁。也许几小时以后她会平静下来，她不会感到难受了。也许我抚摸着她的头发，能使她入睡。谁知道！片刻之后，她将在昏昏沉沉中对我说：“你过来！”我对我的温柔多情的效能有一种非常奇特的信念。我还希望那天晚上能有一个甜蜜的结尾。在朱丽亚娜的病痛所引起的焦虑不安的情绪之下，情欲的情景定型成一种光灿灿的持续的幻象。在房里帐幔后面的灯光照耀下，她的脸像她的衬衣一样苍白，在短暂的睡眠之后，她醒来了，半睁开眼睛看着我，含情脉脉地低声说道：“你也来睡吧……”

费代里科进来了。

“怎么样？”他亲切地说道，“好像没什么事。刚才我在楼梯上与伊迪丝小姐谈了。你不想下去吃点东西吗？楼下他们都准备了……”

“不，现在我没胃口。也许过一会儿……我等着她们喊我进去……”

“要是这儿不需要我办什么事，那我就走了。”

“你走吧，费代里科。我过一会儿下去。谢谢。”

我目送他离去。从我的好弟弟身上我又一次感受到亲密的手足之情；我的心又一次感到宽舒多了。

约摸过去了三分钟。我对面墙壁上的挂钟嘀嗒嘀嗒走着。钟的指针指着十点三刻。当我急不可待地想站起身往朱丽亚娜的房间里走的时候，母亲激动地走了进来，低声地说道：

“她平静下来了。现在她需要休息。可怜的孩子！”

“我可以进去吗？”我问道。

“可以，你去吧；但你要让她休息。”

我正要走开时，她又叫住了我。

“图利奥！”

“什么事，妈妈？”

她显得踌躇。

“你告诉我……自她做手术以来，你与大夫谈过话吗？”

“啊，是的，谈过几次……怎么啦？”

“大夫有没有对你说，她可能有危险……”

她犹豫着。

“……朱丽亚娜若再有身孕有可能出危险吗？”

我没有跟大夫谈过；我不知该怎么回答。

我含糊地重复说道：

“怎么啦?”

她还是犹豫着。

“你没发觉朱丽亚娜怀孕啦?”

我的胸口像是被锤子猛击一下,开始我搞不明白究竟是怎么回事。

“怀孕啦!”我结巴着说道。

母亲拉住我的手。

“怎么啦,图利奥?”

“我不知道……”

“你这个样子太让我害怕了。那么大夫……”

“是啊,大夫……”

“你过来,图利奥,你坐。”

她让我坐在沙发上,惊愕地看着我,等着我说话。尽管她就在我眼前,但好一阵我像是没看见她。突然,我心中豁然开朗;我面临着悲剧。

谁能给予我力量承受这个打击呢?谁能使我保持理智呢?也许极度的痛苦和恐惧本身使我产生的英雄主义的感情能拯救我。

待我刚一恢复知觉,感受到外界事物,见母亲在一旁焦虑地看着我,我意识到首先得安抚母亲。

我对她说:

“我不知道……朱丽亚娜什么也没对我说。我什么也没发现……这是意料之外的事情……对,大夫是对我谈到过某种危险……所以这消息使我很不安……你知道，朱丽亚娜现在这么虚弱……但大夫真的没有提到什么严重的事；因为她手术做得挺成功……我们以后再说吧。我们可以把大夫叫来，征求一下他的意见……”

“好，好，很有必要。”

“可是，妈妈，你对这事有把握吗？莫非是朱丽亚娜对你说的？还是……”

“我是自己发现的，要知道，怀孕的症状很明显，不可能搞错的。两三天以前朱丽亚娜还否认，至少说是还不能肯定……她知道你是这么忧虑，求我暂时不要告诉你。可我是想告诉你的……朱丽亚娜，她呀，你是了解她的，她太不注意保重身体了！你看见了：她在这儿不仅没好起来，反而一天比一天更糟糕；而以往只要在乡下住上一个星期，就可以使她重新生气勃勃。你记得吗？”

“对，是这样。”

“这种情况，还是多加小心为好。你得马上给韦贝斯蒂大夫写信。”

“是，我马上就写。”

我再也不能控制自己了，就站起来说道：

“我去找朱丽亚娜。”

“去吧，不过，今晚你要让她休息，让她安静。我下楼去，一会儿再上来。”

“谢谢，妈妈。”

我用嘴唇轻轻地吻了一下她的额头。

“上帝保佑你，孩子!”她低声说着走远了。

我在对面的门槛上停住了脚步，转过身来；我目送着她那依然挺直的亲切身影消失，她穿着一身黑，显得那么高贵。

我有一种难以言喻的感觉，好像整座房子骤然坍塌了似的。我内心的一切，我周围的一切全都无可挽救地坍塌了，崩溃了。

十一

谁没听到过不幸的男人有时候说出这样的话：“我在一小时之内老了十岁。”这样的事情是令人难以置信的。可是，我理解。在我与母亲之间的那席几乎是平静的短短几分钟谈话中，我难道没衰老十年吗？人的内在生命的加速是宇宙中最奇妙、最令人恐惧的现象。

现在，我该怎么办呢？狂怒之下，我真想在夜里逃得远远的，或者跑到我的房间里把自己关起来，独自估量我的崩溃，独自辨认她这个人。但我是承受得住的。我这个人非同一般，那天夜里就显示出来了。我善于挣脱痛苦的折磨，表现出某种刚烈的男子气概。我想：“不能使我的任何行动有异样之处，让我母亲、我弟弟和这个家里的任何人感到难以解释。”

我在朱丽亚娜的房间门口站住了，无法抑制全身的战栗。当我听到走廊里传来脚步声时，就毅然走了进去。

伊迪丝小姐踮着脚尖从屋里出来。她示意我别出声。她低声对我说：

“她正要入睡。”

她半掩上身后的房门，轻轻地走了。

挂在拱顶中间的吊灯发出同样宁静的微光。一张椅子上放着紫红色的披风；另一张椅子上放着黑缎紧身胸衣，那是朱丽亚娜趁我暂时不在时在丁香别墅脱去的；另外一张椅子上是那件灰色的衣衫，就是使她站在美丽的丁香花丛中显得那么高雅的那件灰色衣衫。看到那些东西，我内心一阵痛苦，又愤然想逃走。我转身朝里屋走去，掀开幔帐；我看到了床，看到散乱在枕头上的深色头发，看不见她的脸，只看到隆起在被子底下的僵硬的身躯。我脑海里浮现出残酷的现实，那就是她极其卑劣的行径。“她被另一个男人占有过了，她接受了另一个男人的精液，她肚子里有了另一个男人的孽种。”我眼前展现出一系列我无法否定的令人憎恶的躯体的形象。而且不仅是发生过的形象，还出现了必将发生的形象。我还不得不确切无疑地看到朱丽亚娜将来(那曾是我的梦，我的理想！)那走了形的体态，怀着通奸的胎儿，腆着个大肚子……

谁能想象出比这更为残忍的惩罚呢？而这一切都是真的，一切都是确切无疑的！

当痛苦超过限度时，人总是本能地怀疑起来，以求暂时减轻无法忍受的痛苦；他会想：“也许我搞错了；也许事情不像我想象的那样糟；也许这一切痛苦都是荒谬的。”为了延长痛苦的间歇，他就迟疑不决，拒对现实作出确切的判断。但我没有过一瞬间的怀疑，我连一刹那的疑虑都没有过，我的头脑变得非同寻常的清醒，对此，我自己也无法解释。在一种发自内心隐秘处的本能的神秘之力的作用下，围绕着那尚未察觉的可怕事情的种种迹象似乎互相协调，构成了一种符合逻辑的、完整的、连贯的、决定性的和不可遏止的概念；突然产生的概念又迅速使我意识当中的一样东西浮出水面，不再因为莫名的羁绊而沉落在深处，始终浮在水面上。所有的迹象，所有的证据都有条不紊地摆在那儿。我不用花任何力气寻找它们，选择它们，把它们联系起来。以往那些无关紧要的、遥远的事情，现在都豁然贯通，显得异常明晰；新近的一些生活片断被赋予新的含义。朱丽亚娜对于花，对于气味的不寻常的反感，她特殊的心绪不宁，难以掩饰的恶心，她骤然的脸色苍白，眉宇间那种持续的阴影，某些姿态中流露出来的那种极度的疲惫，在俄国小说中用指甲作记号的篇页，老人对别祖霍夫公爵的责备，公爵夫人丽莎所提出的迫切问题，以及她那从我手中把书夺过去的动作；然后是丁香别墅里的一些场面，眼泪、哽咽、模棱两可的话语、晦涩的微笑、近乎悲怆的激情、类似疯狂的反复无常、对死的呼唤，所有这一切迹象都在母亲的话语周围聚集起来，深深地铭刻在我的心灵深处。

母亲说："不可能搞错的。两三天以前朱丽亚娜还否认，至少说是还不能肯定……她知道你是如此忧虑，她求我暂时不要告诉你……"事实再清楚不过了。那么，如今一切都已肯定无疑了！

我走进里屋；靠近床边。帐幔从我身后落下来；光线变得更微弱了。当我走到床头，俯身从更近处看她那几乎被床单盖住的脑袋时，我焦虑得透不过气来，血管里的血仿佛都凝固了。要是她那时抬起脸并与我说话，我不知道会发生什么事情。

她睡着了吗？只有眉毛以上的额头露在外面。

我在那里站着，等待了几分钟。她睡着了吗？她侧躺着，一动也不动。床单遮掩着她的嘴，我听不出她在呼吸。只有眉毛之上的额头露在外面。

要是她发现我在场，我应采取什么态度呢？那不是盘问的时候，也不是谈话的时候。要是她猜测到我什么都知道了，那天夜里她会做出什么极端的举动呢？我得若无其事、装模作样地显出温柔亲热的样子，我得显出完全不知道的样子，继续保持四小时之前她在丁香别墅对我悄悄说那些甜蜜话语时的感情。"今晚，今晚，在你的床上……你将看到我怎么抱住你。我将使你入睡。你将整宿睡在我的怀里……"

我迷茫地环顾四周，看到地毯上那双闪亮的纤巧的小鞋，椅子背上浅灰色的长筒丝袜、波纹绸的吊袜带和另一件高雅的内衣，在近日的温柔亲昵中，我那情人般的眼睛已经赏玩过这一切。情欲的妒火那么强烈地折磨着我，我竟然能那么克制自己，没有伏在她身上把她叫醒，在盛怒之下，我居然没有对她狂吼乱叫，那简直是一种奇迹。

我恍惚地缩回身子，从里屋走出来。我惘怅地想道："我们的结局会怎么样呢？"

我准备走掉。“我下楼去。我去对母亲说朱丽亚娜睡了，她睡得很安宁；我对她说我也得休息了。我回到自己的房间里。然后，明天早晨……”但我犹豫不决地待在那儿，惊恐万状，无法跨过门槛。以一种出其不意的动作，我又转过身，似乎感到有道视线投在我身上。我觉得帐幔在飘动着；但那是看花眼了。某些像磁波似的东西穿过帐幔向我袭来；那是一种我无法抵御的东西。我战栗着第二次走进里屋。

朱丽亚娜还是以同样的姿态躺在那儿。她睡啦？只有眉毛以上的额头露着。

我靠近床头坐着；我期待着。我看着那像床单一样苍白的额头，像块圣饼一样浅淡而又圣洁的额头，对我来说像妹妹那样亲切，那是我的嘴唇多次虔诚地吻过的额头，那是我母亲的嘴唇多次吻过的额头。

没有被玷污的痕迹；看上去她还是原来那样。而现在世界上却没有任何东西能抹去我心灵的眼睛所看到的污斑！

我重又想起最后一次沉醉在爱的喜悦中时自己所说过的话。“我将守护着你，从你脸上看你所做的梦。”我又想起她不时地重复说道：“是的，是的。”我问我自己：“她内心过的是一种什么样的生活呀？她打的是什么主意呢？她决心怎么干呢？”我看着她的额头。我不再考虑我的痛苦；但我屈辱地去想象她的痛苦，去理解她的痛苦。

当然，那是一种不可忍受的绝望；是一种无止境的、无边际的绝望。我的灾祸也是她的灾祸；对她来说也许是一种更为可怕的灾祸。在丁香别墅那边，在林荫小道，在长凳上，在房间里，她肯定听出了我的言外之意，她肯定从我脸上看出了真情。她相信我对她的无限的爱。

“……你待在我家里，我却在远处寻找你。啊，你倒说呀：这衷情的吐露难道不值得你落泪吗？这样倾诉衷情，你难道不该洒更多的泪吗？”

“对，更多的泪！……”

她是这样回答的，她是以全部身心回答的，口气是那样的神圣非凡。“对，更多的泪！……”

她本想为那样的倾诉洒落更多的泪，忍受另一番痛苦的！看着她失去多年并为之痛哭的男人痴情地跪在她的脚下，看到她眼前呈现出一个无名的天堂，她感到自己的不道德，有那种感到自己不道德的切实感受，她不得不忍受着我的脑袋依偎在她那已怀了另一个男人的孽种的肚子上。啊，她的眼泪怎么竟然没有伤害我的面容？我怎么会毫无痛苦地吞咽她的眼泪？

一刹那之间，我又重温了我们相爱的那一整天的时光。我重又看到了自我们步入丁香别墅后在朱丽亚娜脸上出现过的一切，哪怕是转瞬即逝的表情；我理解她的一切表情。我心里豁然亮堂了。“啊，当我对她谈到明天，谈到未来的时候！……我嘴上说出的那‘明天’一词对她来说该是多么可怕的言语呀！……”我重又想起在对着柏树的阳台门那儿的简短对话。她带着淡淡的微笑低声地重复道：“死！”她谈到了即将来临的死亡。她问过：“要是我突然死去了，你怎么办？譬如说，我明天就死了呢?”后来,在我们的房间里,她紧紧地搂着我大声说道:“不,不,图利奥,别谈未来的事……你想想今天,想想正在流逝的时光!”那些言谈举止不是道破了一种死的意向,一种悲怆的结局吗?很清楚,她已决心自杀,也许她在那天夜里就想自杀,她在不能推迟的明天到来之前,没有别的出路。

当我因想到即将来临的危险而产生的恐怖情绪消失之后,我独自考虑着:“是朱丽亚娜死的后果严重,还是她安然无恙地活着的后果严重呢?因为崩溃是注定的,深渊是无底的,即将出现的灾难也许比无休止的可怕的悲剧来得更痛快。”我想象着朱丽亚娜怀孕的各个阶段,看到了即将出世的新生命。这个外来的人将取我的姓,将成为我的继承人,他将窃取我母亲的亲切爱抚,我的两个女儿和我弟弟的爱抚。“当然,只有死亡才能中断这些事件的毁灭性的过程。但自杀能保住秘密吗?她用什么方法自杀呢?母亲和弟弟一旦肯定她是甘愿自杀的,他们会怎么想呢?母亲将受到何等沉重的打击呢?玛丽亚呢?娜塔利亚呢?那时我又怎么活下去呢?”

真的,没有朱丽亚娜,我的生活无法想象。尽管她不贞洁了,但我爱她这个可怜的女人。除了瞬间产生过的那种肉体上的妒火之外,我对她没有仇恨,也没有怨恨或蔑视。我没有产生过哪怕是霎时间的报复心理。相反,我对她倒有一种深切的怜悯之情。一开始我就对她的失足承担全部责任。一种慷慨大度的感情油然而生,它激励着我。“对于我的过失她能屈从、忍受和沉默;她的刚毅凛然和英勇的忘我克己给我作出了榜样。现在该轮到我这样做了。这是我应该回报她的。我无论如何得救她。”我灵魂的这种升华，这种高尚的举止，是从她那儿来的。

我去看她。她还是照旧露出额头躺在那儿不动。我想：“她睡啦？她会不会假装睡着，以消除别人对她的一切怀疑，让人以为她很平静，只是想独自一人待着？当然，她要是不想拖到明天，就会想尽一切办法。我想她是假装睡着了。要是她真的睡着了，就不会这样平静，这样一动不动。现在我推醒她……”但我犹豫了，“要是她真的睡着了呢？有时候，人在精神上极度消耗之后，即使心绪很不安宁，也会熟睡得像晕厥过去似的。啊，但愿她这样一直睡到明天，等明天起来时精神爽快，可以精力充沛地与我进行那场不可避免的对话！”我凝视着她与床单一样白的额头；我稍稍俯身看她，发现额上汗淋淋的。眉毛上挂着汗珠。这汗珠使我想到她是在出冷汗，这说明是麻醉剂的作用。我立即闪出一个疑团。“是吗啡！”我的视线本能地从床头转向床头柜，像是在上面寻找标有黑色骷髅的小玻璃瓶，标有明显的死亡标志的药水瓶。

床头柜上放有一个水瓶、一个杯子、一只烛台、一块手绢，还有一些闪亮的发卡；没有别的东西。我很快察看了一下整个房间。我忧心如焚。“朱丽亚娜有吗啡。她一直带着一些吗啡针剂，我肯定她想用吗啡自杀。她把药水瓶藏在哪儿了呢？”我眼前出现了朱丽亚娜手里拿着一小瓶针剂的情景，药瓶上面贴着药剂师用来识别毒物所用的那种恐怖的标志。我兴奋的幻觉提示了我：“要是她已经喝了呢？……那汗珠……”我坐在椅子上战栗着;我内心反复地思考起来。“她是什么时候服的?怎么服的?她一直没有单独留在房间里过。打一针一会儿工夫就够了。不过她也许恶心想吐过……刚到这儿时,她不是禁不住恶心想吐吗?由于她预谋好自杀,也许一直把吗啡带在身上。她会不会在到拉巴迪奥拉之前,在马车里,在阴暗处偷着服用了?怪不得刚才她不让费代里科去叫医生……”我不太清楚吗啡中毒后的症状。由于怀疑,朱丽亚娜那苍白的汗淋淋的前额,她那一动不动地躺着的样子,把我吓坏了。我想推醒她。“但要是我弄错了呢?她醒来后,我对她说什么呢?”我似乎感到,她醒来后说的第一句话,她与我交换的第一个眼神,我们之间的第一次直接接触,都会对我产生一种特别的效果。我觉得我会控制不住自己,无法掩饰,而她看着我,很快就会猜到我已知道一切了。那怎么办呢?

我竖起耳朵,希望而又害怕母亲突然到来。然后(即使我掀开一个死人盖着的裹尸布察看遗容也不会战栗得这么厉害)我慢慢地掀开盖在朱丽亚娜脸上的被单。

她睁开了双眼。

“啊,图利奥,是你呀?”

她的声音很自然。出乎意料的是:我居然还说得出话来。

“刚才你睡着啦?”我回避着她的目光说道。

“是的,我迷糊了一阵。”

“那我吵醒你了……请原谅……我想掀开盖住你嘴巴的被单。我怕你透不过气来……怕被子闷着你……”

“是的，是真的。现在我觉得热，太热了……把这些被子去掉些；求你了。”

我站起身来替她拿掉一些被子。现在我无法形容我做那些事、说那些话和听到她说话时的思想状态，那些事情都做得那么自然，好像一切依然如故，好像朱丽亚娜与我对发生的一切都一无所知，一切都安然如初，好像在那平静的屋子里没有过通奸，没有过幻灭，没有过悔恨，没有过嫉妒，没有过恐惧，没有过死亡，没有过任何人间残暴似的。

她问我道：

“已经很晚了吗？”

“没有，还不到半夜呢。”

“妈妈去睡了吗？”

“还没有。”

一阵间歇之后：

“你呢？……你不去睡吗？你也够累了……”

我不知该怎么回答。我该回答她我留下吗？我该求她让我留下吗？我得重复在丁香别墅我们房间的沙发椅上我曾对她说过的那些温存亲热的话语吗？但我留在这里怎么过夜呢？是坐在椅子上守护着她，还是挨着她躺在床上？我该怎么表现才好呢？我能掩饰到最后吗？

她接着又说道：

“图利奥，你最好还是去睡吧……今天晚上……我不再需要什么了；我就是想休息。要是你留在这儿……反而不好……今晚你最好还是去睡吧，图利奥。”

“但你万一需要……”

“不会的。再说，有克里斯蒂娜呢，她就睡在隔壁。”

“我拿条被子躺在那边长沙发上……”

“你干吗要受罪？你很累了，从脸上看得出来……而且，知道你在那儿，我就睡不安稳。听话，图利奥！明天一大早你来看我。现在我们俩都需要休息，得充分休息……”

她声音微弱而亲切，语气没有任何异常。除了她坚持说服我离开去睡觉外，看不出有任何要寻死的迹象。她显得疲惫不堪，但挺平静。她不时地闭上眼睛，像是困得睁不开眼了。

怎么办？我离开她？但正是她的平静使我害怕。她要是没有打定主意，是不会这样平静的。怎么办？果真如此的话，即使夜里我留在她身边，也是徒劳的。她完全可以实施她的计划，既然她已经打算好了，已准备好怎么干了。难道她真想用吗啡？那她把药瓶藏在哪儿了呢？在枕头底下吗？在床头柜的抽屉里吗？怎么能找到它呢？得把一切都挑明了，得突然对她说："我知道你想自杀。"不过，随之而来的是什么场面呢？那样一来，就什么都掩盖不住了。那么，那天晚上该怎么收场？重重的顾虑使我精疲力竭，身心交瘁。我的神经松弛下来。我越来越感到疲惫不堪。我的整个肌体进入了那种极度虚弱的状态，一切意志的功能都行将中止，作用力与反作用力都相互没有反应，相互抵消了。我深感自己已坚持不下去了，已无力抗争，已无法采取任何有用的手段。对我的虚弱，对必然发生的一切和正要发生的一切的意识，使我麻木瘫痪了。我像是得了一种突如其来的瘫痪症。我甚至有一种盲目地逃避现实的需要，不想清醒地意识到自我存在的需要。我的一切忧虑最后都转化为一种绝望的想法。“爱怎么样就怎么样吧，我也有死的时候。”

“好吧，朱丽亚娜，”我说道，“我让你清静些。你睡吧。我们明天再见。”

“你都站不住了！”

“是吗，真的，我都站不住了……再见。晚安！”

“你不吻我一下，图利奥？”

我本能地产生一种憎恶之感。我犹豫了。

这时，我母亲进来了。

“怎么？你醒着！”母亲大声说道。

“对，不过，现在我正想再睡。”

“我去看孩子们了。娜塔利亚还醒着。她马上问我：‘妈妈回来了吗？’她想来……”

“你为什么不叫伊迪丝把她带来见我？伊迪丝睡了吗？”

“没有。”

“再见，朱丽亚娜。”我打断她们说。

我走到床前，俯身吻她的面颊，她用肘部撑起身子把脸伸给我。

“再见，妈妈。我去睡了，我困极了。”

“你什么也不吃吗？费代里科在下面等你……”

“不了，妈妈，我不想吃。晚安！”

我也吻了她的面颊。我毫不迟疑地走了出去，都没有回过头去看朱丽亚娜一眼；我一走出房门，便使出余下的所有力气朝我的房间跑去；生怕在到房门口之前就倒下了。

我脸朝下趴在床上。当忧虑之结快要解开，神经即将松弛之时，极度的惶恐不安竟使我哭都哭不出来。高度的紧张持续着，却哭不出来，那痛苦是令人恐惧的。我全身感到一种超负荷的重压，我觉得那负荷不是压在我身上，而是压在内心深处；好像我的骨头和我的肌肉都变得像铅块一样沉。而我的头脑还在思索！我的知觉还很警觉！

"不，我不该离开她！我不能允许自己就这样走了。母亲一旦离去，她肯定会自杀的。当她表示想再见见娜塔利亚的时候，她的声调多异常呀！"我立时产生了幻觉：母亲从房间里出来，朱丽亚娜起身坐在床上倾听着。当她确信只有她一人时，就从床头柜的抽屉里拿出放吗啡的药瓶；她片刻也不犹豫，以一种坚决的动作，一口气把药喝了下去；她重又钻进被子里，仰躺着等待……幻觉中尸体的形象那么清晰，以致我像个疯子似的站了起来；我在房间里转了三四圈，碰撞在家具上，绊倒在地毯上，还可怕地用手势比划着。我打开了一扇窗子。

夜是平静的，不断传来青蛙那单调的呱呱叫声。星星在空中闪耀抖动着。

对面的大熊星座闪闪发光，那么清晰明亮。时光在流逝。

我在窗台前待了几分钟，期待着，看着大熊星座，它好像朝我被扰乱的视觉走来。我真的不知道我在期待什么。我迷惑了。我对那无边无际的寥廓天空有一种特别的感情。在那种令人疑惑的间歇中,像是有某种看不见的东西突然触动了我那已失去知觉的心灵深处,自发地提出了还未被很好地理解的问题:"你们已把我弄到什么地步了?"那暂时消失了的尸体的幻象重又出现了。

这太可怕了,尽管我不知道自己想干什么,但我毫不犹豫地转身走出房间,朝朱丽亚娜的房间走去。我在走廊里遇见了伊迪丝小姐。

"您从哪里来,伊迪丝?"我问她。

我发现她见到我的样子时十分惊讶。

"我把娜塔利亚带到太太那里,她要看看女儿;但我不得不把她留在太太那儿了。没法说服娜塔利亚回到她床上去睡觉。她哭得很厉害,太太同意把她留在身边。但愿玛丽亚现在别醒来……"

"噢,那么……"

我的心跳得那么厉害,连话都说不下去了。

"噢,那么,娜塔利亚留在她母亲床上了……"

"是的,先生。"

"那么玛丽亚呢……我们去看看玛丽亚。"

我激动得透不过气来。朱丽亚娜那天夜里算是得救了!那天夜里女儿在她身边,她不可能想到死。娜塔利亚的撒娇奇迹般地救了母亲。"祝福你!祝福你!"在看望睡着的玛丽亚之前,我看了看小床上因睡过人而留下的小小窝印儿。我产生了一种想去亲吻枕头的奇怪愿望，想去摸摸那窝印儿是否还是热的。伊迪丝的在场使我感到很不自在。我转过身去看玛丽亚，我屏住呼吸俯身久久地凝视着她，寻觅着她与我的相像之处，我几乎是在数着她头上、面颊上和脖颈上隐约显露出来的纤细的青筋。她侧身睡着，头向后仰着，微微翘起下颏，脖颈整个裸露在外。像米粒一样细小的洁白无瑕的牙齿在半张着的小嘴里闪耀着。跟她母亲一样的长眉毛沿着眼窝形成的一圈黑晕一直延伸到额角。这孩童的体态中显露出一种名贵之花的娇嫩和高雅，我感觉到她身上涌动着我血液的细流。

自从这两个宝贝出世以来，我什么时候产生过如此深厚、温柔而又悲怆的感情呢？

我好不容易才使自己离开那儿。我真想坐在两个小床之间，把脑袋靠在那张空着的小床边沿等待着明天。

“晚安，伊迪丝。”我出来时说道；我的声音异样地颤抖着。

当我回到我的房间时，我重又趴在床上。我终于绝望地呜咽起来。

十二

那天夜里，我突然陷入沉睡之中，睡得很酣畅，几乎可以说是睡死过去，醒来时，我好不容易才回复到现实中来。

过了一会儿，经受过夜间的刺激和冲动之后，对于我空虚的精神世界来说，这现实显得是那么冷漠，那么不加掩饰和不可变更。比起当时我那种惊愕得不知所措的心情，现在的焦虑不安又算得了什么？得活下去！那就像有个人递给我一只高脚酒杯，对我说：“如果你想喝酒，如果你想活下去，今天就把你心脏里的血一滴不剩地全挤在这杯子里。”一种无法形容的反感、厌烦和憎恶在我内心深处油然而生。但还得活下去，还得接受那天早晨的生活！首先需要的是行动！

我内心对现实的清醒认识和头天在丁香别墅里梦寐以求的奢望之间所作的比较，愈发使我不能容忍。我想：“我无法接受这样一种状态；要我起来，穿好衣服，从这儿出去，再去见朱丽亚娜，去对她说话，继续在母亲面前掩饰，等待适当的时候作一次决定性的谈话，以确立我们将来生存的条件，这是不可能做到的。这不可能。那怎么办呢？瞬间闪过的摧毁这一切的念头折磨着我……我得挣脱，逃走……别无他路。”考虑到事情的简单性，想象着行动的迅速，像一扣动手枪的扳机，子弹立即产生效力，一想到结局渺茫暗淡，我全身紧张、焦虑不安，尽管掺杂着某种快慰，某种近乎甜蜜的感觉。“别无他路。”虽然我焦虑不安地急于知道一切，但我快慰地想到，我什么都不知道更好，反正一切都总会有结果的。

我听到有人敲门。是我弟弟在叫喊：

“图利奥，你还没起来吗？九点钟了。我能进来吗？”

“进来吧，费代里科。”

他走进了房间。

“你不知道时间已经不早了吗？都过九点了……”

“我睡得很晚，昨晚我累极了。”

“你身体好吗？”

“马马虎虎……”

“妈妈已经起床了。她对我说朱丽亚娜身体相当好。我替你打开窗户好吗？是一个明媚的早晨。”

他打开了窗。清凉的风充溢整个房间；窗帘像两张鼓起的帆；房间里呈现出一片蔚蓝色。

“你看到了吗？”

也许强烈的光线照出我面容上经受过精神折磨的痕迹，因为他补充说道：

“怎么？昨晚你也不舒服啦？”

“我想是有点发烧。”

费代里科用那双清澈的蓝绿色的眼睛看着我；在那个时刻，我内心里为自己的谎言和未来要作的掩饰而感到特别沉重。哦，要是他知道是怎么回事就好了！

但像往常一样，他的在场驱散了我心灵的怯懦。一种虚构的力量使我重新振作起来，就像打了一针兴奋剂似的。我想：“要是处在我的境况下，他会怎么做呢？”我的过去，我受到的教育，我的禀性天赋是无可比拟的；不过，至少这一点是肯定的：在类似这种或在与此不同的不幸境况下，他肯定会表现得像个男子汉，坚强而又富有同情心，他将坚强地忍受痛苦，他会宁愿牺牲自己而不愿牺牲他人。

"让我摸一下……"他走近我说道。

他用手掌摸我的前额,按了按我的脉搏。

"我觉得现在你不发烧。但你的脉搏跳得多不均匀呀!"

"让我起来吧,费代里科,已经不早了。"

"今天下午,我去阿索罗树林。你要是想一起去,我叫他们替你备好奥兰多。你还记得那个树林吗?真可惜,朱丽亚娜身体不舒服!否则,我们把她也带上……她将看到点燃的篝火。"

当他提到朱丽亚娜的名字时,声音好像变得格外亲切,格外温柔,可以说是格外地充满友情。哦,要是他知道是怎么回事就好了!

"再见,图利奥。我去干活了。你什么时候能开始帮我呢?"

"今天或明天都行,随便你。"

他笑了起来。

"多热情呀!行了,我要看你的行动。再见,图利奥。"

他迈着轻快而又坚定的步伐走了出去,因为写在日晷仪上的箴言总在激励着他:"时间施人以恩惠。"

十三

我出来时已经十点钟了。普照着拉巴迪奥拉的四月的明媚晨光透过窗口和阳台照射到我身上,使我有些胆怯。在那种阳光下怎么戴得住面具呢?

在走进朱丽亚娜的房间之前，我找了母亲。

“你起晚了，”她见到我说道，“你好吗？”

“你呢？”

“挺好。”

“你脸色苍白。”

“我想昨晚我可能有些发烧，但现在我挺好。”

“你见到朱丽亚娜了吗？”

“还没有。”

“这可怜的孩子，她想起床！她说她觉得没什么了；但她的脸色……”

“我去她那儿。”

“你可别忘了给医生写信。你别听朱丽亚娜的。你今天就写。”

“你对她说了……我知道啦？”

“对，我告诉她你知道了。”

“我去了，妈妈。”

她站在散发出鸢尾根粉香味的核桃木大衣柜前，那衣柜是赫尔米家的财富，两个女用人把主人刚刚洗过的漂亮衣物都堆放在那儿。玛丽亚在琴房由伊迪丝小姐给她上钢琴课；快速而又均匀地弹奏着半音音阶。彼得罗端着放满水晶杯子的托盘丁当作响地过来了，因为年迈，手臂直抖。彼得罗是用人中最忠实的，他微微弓着背，头发都白了。充满阳光和新鲜空气的拉巴迪奥拉呈现出一片欢愉平静的景象。到处洋溢着那种难以言喻的祥和气氛;像是古罗马守护神永不消失的淡淡的微笑。

那种感情,那种微笑,从来没有这样深深地打动过我的心灵。无比的宁静,无比的仁厚,萦绕在我与朱丽亚娜所保守的可鄙而又不致葬送其中的秘密周围。

“现在怎么办?”我想道。我极为焦虑,像一个迷失方向的局外人在过道里来回转悠,我无法迈动步子朝我害怕的地方走去,好像我的身体拒绝服从我意志的冲动似的。“现在怎么办?她知道我已了解事情的真相,如今我们两人之间的任何掩饰都是徒劳的。我们必须面对面地谈论那件可怕的事。但今天早晨不可能这样摊牌。结局是难以预测的。现在比以往任何时候都更有必要不让我们的任何行为使母亲、弟弟和家里的任何人感到异样和难以解释。我昨夜的心绪不宁、我的烦恼和忧伤是可以解释的,他们以为我是担心朱丽亚娜怀孕后会遇到什么危险;但按逻辑推理,这种担心应使我对她比以往更温柔、更体贴、更关切才是。今天我得格外地谨慎。今天我无论如何得避免在我与朱丽亚娜之间产生一种尴尬局面。今天我得避免与她单独在一起。但我也得设法让她懂得我是出于一种什么感情才这样对待她的,让她懂得我这样表现的目的何在。要是她执意想自杀呢?如果她只是推迟几小时这么做呢?要是她已在等待适当的时机呢?”这种担忧改变了我迟疑不决的态度,促使我采取行动。我像是让人用鞭子抽打着赶上战场的那些东方士兵。

我朝琴房走去。玛丽亚一见到我,就中断了练琴,像见到了救世主似的轻松愉快地朝我跑过来。她像挥着翅膀的小天使一样秀美、聪颖和活泼。我用双臂把她举起来亲吻她。

“你带我走吗?”她问我,“我累了。伊迪丝小姐把我关在这儿一个小时了……我再也受不了啦。你带我出去吧! Let us take a walk before breakfast.[①]”

“到哪儿去?”

“Where you please, it is the same to me.[②]”

“不过,我们先到妈妈那儿去……”

“噢,昨天你们去丁香别墅了,而我们却留在拉巴迪奥拉。也许就是你不想带我们去那儿,因为妈妈本来想带我们去的。你真坏! We should like to go there. Tell me how you amuse yourselves[③]...”

她用英语唱歌,像只小鸟一样动听。我们朝朱丽亚娜的房间走去时,那不间断的鸟一样的啭鸣陪伴着我的忧虑不安。因为我在房门前犹豫了,玛丽亚就敲门喊道:

“妈妈!”

朱丽亚娜打开门,她没料到我的出现。见到我,她猛地一惊,像是看到一个鬼影,一个幽灵,一个什么可怖的东西。

“是你?”她结结巴巴地说道,声音低得刚刚能听得见,抖动着的嘴唇毫无血色:在一阵惊悸之后,她突然变得像根柱子似的那么僵直。

---

① 英语,意为吃早饭之前我们出去走一走吧。

② 英语,意为你想上哪儿就上哪儿,我随便。

③ 英语,意为我们想到那儿去。告诉我,你们是怎么玩的。

我们在房门口相对而视；我们相互盯着对方，在一瞬间，我们相互审视着对方的灵魂。周围的一切全消失了；在这一瞬间，我们俩之间的一切都说清了，理解了，解决了。

然后，怎么样了呢？我不知道，我记不清了。我记得，在一段时间里，我对所发生的事情的知觉是断断续续的，就像一连串短暂的日食和月食。我想，那是一种有点儿近似某些病人所患有的注意力衰竭的症状。我失去了注意力：我看不见，听不见，抓不住言语的含义，我什么也不懂了。过了一段时间之后，我慢慢地恢复了那种能力，我观察我周围的人和事物，我重又变成专心而有知觉的人。

朱丽亚娜坐在那儿，娜塔利亚坐在她膝上。我也坐着。玛丽亚不断地一会儿跑到她那儿，一会儿跑到我这儿，嘴里不停地说着话，逗着妹妹，还向我们提了一大串问题，我们只是点儿下头，没作回答。那活泼的言谈举止填补了我们的沉默。在她们的只言片语中，我听到玛丽亚对妹妹说：

“啊，昨天夜里，你跟妈妈一起睡了，是真的吗？”

娜塔利亚说：

“是真的，因为我比你小。”

“啊，不过今天晚上该轮到我了，是不是，妈妈？今天晚上，你让我睡到你床上来……”

朱丽亚娜默不作声，也不微笑，只是凝神沉思着。因为娜塔利亚背对着她坐在她膝盖上，她用双臂搂住她的腰；她那交叉放在女儿腹部的双手，她那比女儿的白色小衣服还要白皙的双手，消瘦、痛苦，她那吃力的双手本身就显露出一种无限的忧伤。她用下巴轻轻抚过娜塔利亚的脑袋，她倾斜着身子像是想用嘴巴压住女儿的鬈发；这样一来，当我向她投去目光时，看不见她脸的下部，看不见嘴巴的表情。我始终遇不到她的目光。但每当我看到她下垂的微微发红的眼睑时，心里都很不安，似乎透过眼皮可以隐约看到覆盖在下面的凝视的瞳孔。

她是不是在期待我说上只言片语呢？她遮掩着的嘴巴里是否涌动着难以启齿的话语？

最后，当我努力冲破那种时而出奇的清醒时而又迷茫混沌的被动局面，我开口了（我想，我是以一种继续一席业已开始的谈话的声调，以一种在已经说过的话语基础上补充说几句的声调说的）：

"妈妈要我通知韦贝斯蒂大夫。我答应她我将写封信。我会写的。"

她没有抬起眼皮，仍旧默不作声。一无所知的玛丽亚惊愕地看了看她，然后又看了看我。

我站起来准备出去。

"今天午后，我跟费代里科去阿索罗树林。我们晚上回来再见，好吗？"

由于她没有回答的意思，我又以一种意味深长的声音重复说道：

"我们晚上回来再见，好吗？"

她埋在娜塔利亚鬈发中的双唇轻轻地吐出两个字：

“好的。”

十四

在纷繁复杂而又相互对立的情绪的强烈支配下，我第一次经历痛苦的煎熬，面对着即将来临的危险，我还不能镇定下来去考虑那另一个男人。但是，从一开始我就对我原来猜疑的正确性没有任何怀疑。我脑海中的那另一个男人便是菲利波·阿尔博里奥；而且在卧室里，当肉欲的嫉妒之火油然而生时，在一系列可怕的幻象中，那可憎的形象与朱利亚娜的形象交媾在一起。

现在，当我与费代里科沿着那条在复活节前一天那个忙乱的下午我曾凝视过的弯弯曲曲的河流，骑着马朝森林走去时，那另一个男人似乎也跟我们来了。因我的憎恨而复生的菲利波·阿尔博里奥的形象出现在我与弟弟之间，我的憎恨使他的形象变得那么鲜活，我以一种现实的感觉看着他的形象，全身感到一种极度的紧张，就像有时候我站在决斗的场地上，面对着脱去衬衣的对手，一听到进攻的信号，就可怕地战栗起来一样。

弟弟的在场异乎寻常地增加了我的痛苦。与费代里科相比，那个男人的形象，如此清秀纤细，如此神经质，如此文弱、渺小，变得那么可怜，变得那么可鄙而又可憎。在新的理想力量的推动之下，在朴实的情操的感召之下，我受到弟弟的榜样的启示，不仅憎恨，而且还鄙视那个复杂而又虚伪的人，尽管他与我同属一个种族，他与我脑细胞的某些结构特点相同，就像在他的艺术作品中所显示出来的那样。我把他想象成他作品中的一个人物，染上了最可悲的精神病，心术不正，虚伪两面，由于习惯了分析和蓄意讽刺而令人痛心地变得好奇而又歇斯底里，他不断地把灵魂最热切和自发的冲动转化为清晰而又冷漠的概念，习惯把什么人都当作进行心理探索的对象，不懂得爱情，不能做出高尚的行为，不能放弃自己的欲望，不能为他人牺牲，谎言使他变得乖戾，厌烦使他变得愚钝，是个既淫荡好色、玩世不恭，又怯懦卑鄙之徒。

朱丽亚娜被那么一个男人所勾引、所占有，当然，并不被他所爱。在《秘密》扉页上的题词，在那对我来说惟一能证明小说家和我妻子之间过去关系的语重心长的题词中难道还没显示出勾引的手段吗？当然，他利用了她追求精神上和肉体上享受的要求，没有别的。攻占象牙塔，腐蚀一位公认贞洁的女人，在一个非常稀有的对象身上做诱惑的试验：乃是一项艰巨然而又充满吸引力的事业，完全值得一个写过《虔诚的女天主教徒》和《安杰利卡·多尼》的高雅艺术家，一个深不可测的心理学家去冒险。

我越往下想，事情就越显得残酷无情。菲利波·阿尔博里奥肯定是在朱丽亚娜这个"有德性的"女人长期忍受禁欲痛苦的时期里遇上她的，她被他那富有诗意的抱负，那无穷的愿望和莫名的柔情所打动；而那无非是用来遮盖掩饰低级的情欲刺激的幻影。富有经验的菲利波·阿尔博里奥猜到了他所要占有的女人在生理上所处的特别情况，采用了最合适的，也是最靠得住的手段，这就是：谈论理想和抱负，谈论高层次的素养，谈论神秘的纯洁的结合，并在发掘其他神秘事物的同时得手；总之，用一段娓娓动听的言语巧妙地非法侵占。而朱丽亚娜，这座象牙塔，这个沉默寡言的女人，温柔而又刚强的贵妇，独一无二的女人，却被那种老把戏所支配，中了那惯用的圈套，她也难以逃脱女性脆弱的规律。感情上的二重唱却不幸以交媾受孕而结束……

一种可怕的讽刺挖苦使我精神上痛苦至极。我觉得似乎是内心深处在颤动，而不是嘴巴像一个服了毛莨草后狂笑的人那样颤动。

我用马刺催马快跑；让它沿着河的堤岸飞快奔驰。

堤岸挺险峻，弯曲成月牙形的路段很窄，有些地段有塌方的危险，有些地段被某些粗大的畸形树木的枝杈所堵截，有些地段有裸露在地表的大树根穿过。对于所面临的危险，我心里异常明白；可我不但不勒住马，反而一直催马快跑，不是想朝死亡迎去，而是想在焦虑不安中止息那令人难以忍受的痉挛。如此疯狂的举动所产生的效果，我是领略过的。十年前，我还相当年轻时，在驻君士坦丁堡使馆当随员，为了驱除因回想起近日的情欲而产生的伤感忧郁的情绪，我在月光皎洁的夜晚策马走进一所布满坟墓的穆斯林公墓，千百次冒着摔死的危险，沿着布满石头的斜坡奔驰。我一骑在马背上，就顾不得死不死了。

“图利奥！图利奥！你停住！”费代里科在远处对我喊着，“你停住！”

我不听他的。我不止一次神奇地避开了险些打在我前额上的横着的树枝。我不止一次出奇地阻止住马儿碰撞在树干上。在狭窄的弯道处，我不止一次眼看就要掉进在下面闪光发亮的河水里去。但当我听见身后有另一匹马在奔跑，发现费代里科在飞速地追赶着我时，因为担心他摔倒，就使劲勒住可怜的牲口，它抬起前蹄直立片刻，像是要冲到水里去似的，然后它放下了前蹄。我安然无恙。

"你疯啦?"费代里科赶上来对我喊道，脸色十分苍白。

"我让你害怕啦? 请宽恕我。我以为不会有什么危险的。我想试一试马……后来我停不住了……这马是有点莽撞……"

"奥兰多是一匹莽撞的烈马!"

他带着不安的神情盯着我看。我竭力想微笑。他那异乎寻常的苍白脸色使我心里难受并产生爱怜之情。

"我不知道那些树枝怎么竟没有打破你的头；我不知道你怎么竟没掉进河里……"

"那你呢?"

为了追赶我，他冒了同样的危险，也许比我更危险，因为他的马更笨重，而为了及时追上我，他不得不策马全速奔驰。我们俩都看了看我们身后的路。

"是个奇迹!"他说道，"真的，想从阿索罗河里生还，几乎是不可能的。你没看见吗?"

我们俩都看了看下面会吞噬生命的滔滔河水。充满了漩涡和激流的阿索罗河，深沉，闪烁，湍急，它静悄悄地流经白垩土筑成的堤岸，这使它变得更加险恶，四周的景色也显出阴冷吓人的样子。午后的天空弥漫着烟霭，阳光照射在一片春意未尽的平川上，疲惫地泛出一种白色的散射光。枯死的叶子中掺杂着新生的叶子，干枯的树枝与嫩芽幼枝混杂在一起，残枝败叶与新生枝叶错综复杂、寓意深刻地混杂在一起。湍急的河水上方的天空，在矮树丛的衬托之下，疲惫地显出的鱼肚白在慢慢地消融。

"一次突然的跌倒；我就不再思考，不再痛苦，不再承受我可悲的肉体的重负了。不过，也许我会带着弟弟猛然冲下去：他是一种崇高的生命形式，一个男子汉。我奇迹般地得救了，就像他奇迹般地得救了一样。我的疯狂也使他处于极端危险的境地。一个充满美好事物的世界将和他一起消失。是什么厄运让我总是如此伤害爱我的人呢？"

我看了看费代里科。他变得沉郁、庄重。我不敢问他；但我为自己让他那么忧伤而深感悔恨。他在想什么？什么思绪引得他如此心神不宁呢？也许他猜到了我在掩饰一种难言的痛苦？因为只有在特定的情绪刺激下我才会这样没命地奔跑。

我们俩一前一后继续沿着堤岸行进。后来我们踏上一条通向丛林的小路；小路相当宽，我们俩骑着马并排行走，马儿打着响鼻，它们鼻子挨着鼻子像是在相互说着悄悄话，马嚼子上的口沫都混在一起了。

我不时地扫视一眼费代里科，见他还那么严肃，我心里想："要是我把真相对他说了，他肯定是不相信的。他不可能相信朱丽亚娜有过错，不会相信嫂子受到玷污。我真不知道是他对朱丽亚娜的感情深，还是母亲对朱丽亚娜的感情深。他不是总把我们可怜的科斯坦扎的肖像与朱丽亚娜的肖像一起供放在桌上，像是一幅可折合的双联画那样珍爱吗？今天早上，一提起她的名字，他的声音马上就变得那么温柔了！”我骤然觉得相比之下丑陋的东西就显得更加丑陋。那是我幻想中在击剑场的更衣室里隐约看到的身影。我的仇恨就像硝酸作用在铜板上显现出的线条轮廓。被腐蚀的铜板上的形象变得越来越清晰了。

由于那种男子汉英勇气概的激励，也由于我在与别的男性关系处得很僵时常激发出来的那种世袭的好斗本性，我策马飞奔，尚未平静下来的时候，我感到自己是无论如何也不能放弃跟菲利波·阿尔博里奥较量一番的机会的。“我得去罗马，我去找他，我得用某种方式向他寻衅，我要迫使他与我决斗，我要千方百计地杀死他，或者使他变成残废。”我想象他是很胆怯的。我重又回想起在击剑场上当教练朝他胸口猛刺过去时，他急忙躲闪的那个颇为滑稽可笑的动作。我又回想起他在问我决斗的情况时所表现出来的好奇心：那种幼稚的好奇心即使对从未有过决斗经历的人来说也令人惊异。我想起来，在我持剑进攻时，他总是盯着我看。我意识到自己的优越，肯定能压倒他，这使我感到宽慰。我幻想中，在那令人厌恶的苍白肌肤上划出一道红色。过去与别的男子较量中所有过的那种对现实的支离破碎的感触竞相出现，使我耽于其中的那种幻想中的情景更加生动逼真。我看见他满身是血，无力地靠在远处一家农舍的草堆上，有两个医生皱着眉头在那里替他治伤。

我，作为思想家、分析家和诡辩家的我，在衰败时期，曾多少次为自己是拉伊蒙多·赫尔米·德·佩内多的后裔而感到得意呀！当初，在查理五世眼皮底下，我的祖先在戈莱塔[1]建立了丰功伟绩，所向无敌！我过人的聪明才智和我的多重心灵都不能改变我深层的本质的东西，改变不了内在的素养基因，家族的一切世袭特质都蕴含其中。体现在我弟弟身上，机体平衡，思想与行动相协调；体现在我身上，思想占主导地位，但并不因此破坏我行动的机能，不仅如此，而且这行动的机能还常常发放着非凡的能量。总之，我是一个暴躁的人，一个崇尚自觉的人，在我身上，大脑中心某些部位的肥厚使正常的精神生活所必需的协调成为不可能。我对我自己来说，是十分清醒的监督者，我身上有不安分的原始本性的一切冲动。我不止一次地受到突然产生的犯罪欲念的诱惑。我不止一次地骤然冒出一种残忍的本性。

"那里是烧炭用的木柴堆。"我兄弟说道，他让马放慢了步子小跑着。

我听到林中伐木的声音，看到树丛中升起的袅袅青烟。烧炭工人们向我们致意。费代里科向工人询问工作进展情况，他以行家的目光注视着炭窑，向他们提建议，告诫着他们。所有人在他面前都毕恭毕敬的，并且专心地听他说话。周围的活儿似乎变得轻松愉快多了，就像那烧得正旺的炉火发出的欢快的劈啪声。干活的男人们来往奔忙，有的往冒出浓烟的地方铲土，有

---

① 突尼斯境内运河上的港口，位于突尼斯湖与地中海之间。

的用土块封住被炸开的裂口处；他们奔跑着，喊叫着。伐木工人嘶哑的喊声与粗犷的说话声交织在一起。树林深处回荡着某些被砍倒的树木折断倒地的声音。间或听到乌鸫的鸣叫。茫茫的大森林岿然不动地凝视着由它的生命点燃的火堆。

当我弟弟视察伐木工程的时候，我信马由缰地穿行在森林深处的小路上。我身后的响声变得微弱了，回声消失了。树梢上流泻下来的是一片寂静。我想："我怎么才能重新振作起来呢？我能带着我的秘密在母亲家里继续生活下去吗？我能像费代里科那样生活吗？世界上有谁或是有什么东西能重新燃起我生活中信仰的火花呢？"热火朝天的劳动的轰隆声在我身后消失了；万籁俱寂。"劳动，做好事，为他人活着……我现在能够从这些事物中重新寻觅人生的真正意义吗？难道真的只有在这些事物中而不是在个人的幸福中才能找到人生的真正意义吗？前几天，在与弟弟交谈时，我认为自己理解了他的话；我认为人生的真谛由他亲口揭示给我。照我弟弟看来，人生的真谛不存在于法则规律之中，而是简单而又惟一地存在于人赋予生活的意义之中。我似乎是懂了。现在，我突然重又回到黑暗之中；我重又变得失去理智了。我什么也不明白了。世上还有谁，还有什么东西，能减轻我因失去亲爱的人而感到的痛苦呢？"未来对我来说是那么可怕，毫无希望。新生儿模糊不定的形象在增大，在膨胀，就像有时候我们在噩梦里看到的那些不成形的可怕的东西似的，它占据了整个空间。这不是一种痛惜，不是一种悔恨，不是一种难以毁灭的回忆，不是任何一种内心痛苦，而是一个活的生命。我的未来与一个具有顽强生命力的邪恶的生命联结在一起;与一个陌生的人,一个强行闯进我们生活的人,一个可恶的家伙联结在一起,不仅我的灵魂对他深恶痛绝,我的肉体,我全部的血液和我全部的神经末梢都对他深恶痛绝,至死都难以平息,即使死后也难以平息。我想:"谁能想象出一种比这更残酷的折磨我的心灵和肉体的刑罚呢?最凶残的暴君再狡猾也想不出这样嘲弄人的暴行,只有命运才会这么残酷。原来推测因为疾病朱丽亚娜大概不会生育了。现在可倒好,她委身于另一个男人,第一次犯下不可饶恕的过错,她怀孕了,卑鄙无耻,像那些轻浮的女人一样放荡,粗鲁的汉子在发情期可以轻易地跟她们在篱笆后面的草地上胡搞乱来。而当她在孕期恶心得正厉害的时候,我却还沉浸在梦想之中,热衷于理想的爱情,重新像少年时期那么天真烂漫,我只想去采集花朵……(啊,那些花儿,那些令人厌恶的花儿,我那么羞怯地奉献给她的花儿!)我如醉如痴地沉溺在感情与欲望中时,得到的是多么温馨的消息。从谁那儿?从我母亲那儿!得知那消息后,我表现出一种令人赞颂的宽厚,我诚心地扮演了一个高尚的角色,我默默地自我牺牲,就像奥克塔夫·弗耶[①]笔下的一个英雄!这是什么英雄!这是什么英雄!这种讽刺使我痛不欲生,使我失去理智。于是,我疯了似的想逃离人世。

我朝前面看去。近旁的阿索罗河像眼前有幻象时产生的一

---

① Octare Feuillet(1821—1890),法国民间主题小说家。《一个穷年青人的小说》(1858)还改编为剧本上演。

种错觉似的在树干枝杈之间闪烁着。“真奇怪!”我想,浑身感到毛骨悚然。在那之前,我没有发觉无人驾驭的马已走到一条通往河边的小路上去了。像是阿索罗河把我吸引过去。

一时间我犹豫不决了,不知是继续走到河岸边去,还是掉头往回走。我摒除掉进河水的吸引力和邪恶念头,掉转了马头。

在内心的骚动之后,一种极度的沮丧随之而来。我似乎觉得我的心灵突然变成一种皱巴巴、憔悴和缩小了的可怜的东西,一种可悲的东西。我变得软弱了;我怜悯自己,可怜朱丽亚娜,同情所有被痛苦压抑着心灵的人,同情所有因被生活吞噬而战栗的人,就像一个在无可诅咒的获胜者的拳头下颤抖的失败者一样。“我们有什么了不起的?我们知道什么?我们想怎么样?谁也从来没得到过他曾经爱过的东西,谁也得不到他所爱的东西。我们寻求能充满我们心灵的善良、美德、热诚和激情,寻求能平息我们内心不安的信仰,寻求我们能以一切勇气捍卫的理想,寻求我们将要从事的劳动,以及我们将愉快地为之去死的事业。而一切努力的结果是一种无谓的劳累,一种觉得精力已耗尽,时间已消失的感情……”在那种时刻,生活对我来说,像是一种遥远、模糊而又隐约令人感到可怕的幻觉。疯癫,痴呆,贫穷,糊涂,都是疾病,都是不幸;是我们内心深处下意识的、隔代遗传的、兽性的力量的持续隐约的骚动;是不稳定的、瞬息即逝的、始终从属于一种气质并与一种器官的功能相联系的精神上的最高表现;是出于难以察觉的原因无缘无故产生的瞬间的精神上的变化;是体现在最高尚的行为中的个人主义的不可缺少的部分;

那么多精神上的能量都徒劳地耗费在一个不肯定的目标上，无谓地相信永恒的爱情，脆弱地相信道德上的不可动摇，缺乏最健康的意志力，而所有的羞愧，所有的不幸都在那一刻出现在我眼前。“怎么能生活呢？怎么能爱呢？”

树林里斧子砍伐的声音又在耳边响起：每砍一下都伴随着一声短暂而又粗犷的喊声。林中空地上到处是冒着烟的大堆树木，有的堆成截去顶端的圆锥形，有的堆成棱锥形。没有风，滚滚浓烟像树干一样笔直朝上空升起。对我来说，在那种时刻看到的一切都是象征。

我辨认出费代里科在附近的一个炭窑，就策马朝那儿走去。

他下了马，在跟一个脸刮得光光的高个子老人谈话。

“啊，你终于回来了！”他一见到我就朝我喊道，“我担心你迷路了。”

“没有，我没走很远……”

“你看，这是乔瓦尼·迪斯科尔迪奥，一条汉子。”他说道，同时把一只手搭在老人的肩上。

我仔细看了看那个人。他那枯干的嘴唇上浮现出一种特别温柔的微笑。我从未见过什么人前额下有那么忧伤的眼睛。

“再见，乔瓦尼。加油干！”我弟弟补充道，他的声音有时像某种烈性酒似的，似乎能使声调充满活力，“图利奥，我们可以重新上路回拉巴迪奥拉了。已经晚了，他们等着我们。”

他重又骑上马。他再次向老人致意告别。当他从炭窑旁边走过时，又告诫着烧炭工人们明晚烧旺火操作时应注意些什么。

我们并排骑着马离开了那里。

我们头上的天空逐渐豁亮了。薄薄的雾霭波动起伏着，时而消失，时而又重新集聚，蔚蓝的天空不断地呈现出鱼肚白色，犹如牛奶不断地倒入一种液体中，而后又散开消失了似的。昨天我和朱丽亚娜在丁香别墅观赏荡漾在一种理想光线中的花园时也差不多在这个时辰。四周的矮树丛开始披上金黄色。鸟儿在歌唱，但看不见它们。

“你注意观察那个乔瓦尼·迪斯科尔迪奥老人了吗？”费代里科问我。

“注意观察了，”我回答说，“我想，我忘不了他的微笑和他的那双眼睛。”

“那位老人是个圣人。”费代里科补充道，“那位老人干过的活和受过的痛苦是谁也比不了的。他有十四个儿子，但他们都一个个离开他走了，就像成熟的果实离开树木一样。妻子是个折磨人的人，已经死了。他现在孤身一人。儿子们抛弃了他，背离了他。他经受了人间所有忘恩负义行为的折磨。他没有领略过陌生人的欺侮，却遭受了亲生儿子的虐待。你明白吗？他自己的亲骨肉变成了心狠手毒的人，那是他爱过和帮助过的人，他还爱他们，他不会诅咒他们，在临死时还肯定会为他们祝福，尽管他们将让他孤独地死去。一个人这么固执地以善待人，难道不是很不寻常，简直是令人难以置信的吗？在忍受了那一切痛苦不幸之后，他却还能保留你所看见的那种微笑！图利奥，你忘不了那微笑是对的……”

十五

考验的时刻降临了,那是既令人生畏同时又令人期待的时刻。朱丽亚娜已准备好了。她坚决顶住了玛丽亚的任性;她想独自一人待在房间里等我。“我对她说什么呢?她会怎么对我说呢?我将对她采取什么态度呢?”一切预想和打算都烟消云散了。我只有一种令人难以忍受的焦虑和不安。谁能预见谈话的结果呢?我感到无法控制自己,不知道自己该说些什么,该做些什么。我只感到许多模糊不清而又相对立的东西纠缠成一团,而且稍一碰触,它们就要冒出来。我从来没有像那个时候那样清楚而又绝望地意识到我内心的思想矛盾,洞察到那些处于永恒冲突之中并且不甘受人支配的难以调和的因素,它们时而压倒对方,时而又相互抵消。我精神上除了激动之外,还有一种特别不安的感觉,这是那天不断折磨我的那些形象所导致的。我比其他任何人都更清楚地了解,简直太了解那种窘困不安是与人身上的下流污浊的东西交织混杂在一起的;我太了解那种无法加以防范的淫欲,好几个月以来一直把我缠捆在一个我所憎恨和鄙视的女人黛莱莎·拉福身上的那种可怕的性欲狂热了。为了能面对朱丽亚娜,为了坚持我的初衷,现在我需要的善良、怜悯的感情和力量都在我心中涌动,就像朦胧的雾气荡漾在污浊的谷底,那儿流淌着汩汩流水,并潜伏着种种危险。

当我从我的房间出来朝朱丽亚娜的房间走去时，已经快半夜了。一切响动都停止了。拉巴迪奥拉沉睡在一片寂静之中。我侧耳细听，在寂静中，我好像听到我母亲、我弟弟、我的两个女儿和一切不知内情的纯洁的人的呼吸。我面前重又浮现出头天夜里我见到的玛丽亚熟睡时的面庞。我眼前还出现了其他人的面容，每张脸上都是平静、和睦与善良的表情。我骤然产生一种亲切之感。头天曾霎时间隐约看到而又消逝的幸福重又出现在我心头，那是无限的幸福。要是什么事也没有发生，要是我仍然沉浸在幻想之中，那么，那天夜里该有多美好啊！我将像朝一个非凡的圣人走去那样朝她走去。万籁俱静中我焦急地想与心上人相见，世上难道还有比那种寂静更使人觉得甜蜜的东西吗？

我经过头天晚上从我母亲嘴里突然得知消息的那个房间。我重又听见指明时辰的挂钟的报时声；不知为什么，那匀均不变的嘀嘀嗒嗒的钟摆声极度增加了我的痛苦。不知为什么，透过还分隔着我们的空间，我似乎感觉到朱丽亚娜以她的极度痛苦回答了我。我的心快速地跳着，径直朝她房间走去，不再停歇，不再怕发出脚步声。我没敲门，而是突然推开了它；我走了进去。朱丽亚娜站在我面前，一只手放在桌子角上，一动也不动，比一根柱子还笔直。

我还能看到周围的一切。当时，什么都逃不过我的眼睛；现在也一样，什么也逃不过我的眼睛。真实的世界完全消逝了，留下的只是一个虚假的世界，我在其中急促地呼吸着，怀着一颗压抑的心，无法说出一个音节，尽管头脑特别清醒，就像面对剧场的一场戏似的。桌上的一支蜡烛点燃着，更渲染了那舞台剧般的虚假布景，因为摇曳着的火焰就像是悲剧演员用绝望或是吓人的夸张动作在自己周围制造那种莫名的恐怖气氛似的。

当我再也忍受不了那种寂静，再也忍受不了朱丽亚娜像石头似的僵死不动的模样而说出最初的几句话时，那种奇怪的感觉就烟消云散了。我说话的声音与我张开嘴唇那一瞬间想发出的声音截然不同。我的声音不由自主地变得那么温和，而且像是胆怯似的有些发颤。

“你等着我吗？”

她低垂着眼睑，连眼皮都没抬地回答说：

“是的。”

我看着她的胳膊，那只一动不动的胳膊像根支架似的，似乎越来越稳固地撑在放在桌子角上的那只手上。我担心那脆弱的支架在全身重量的压力之下随时都会折断，而她则会重重地摔倒在地上。

“你知道我是为什么来的。”我接着说道，我说得特别慢，是一字一句地从我心头吐出来的。

她沉默不语。

“是真的吗？”我接着说下去，“我从我母亲那儿知道的那件事……是真的吗？”

她还是沉默不语。似乎是在聚集她的全部力量。事情真怪：在那种间歇中，我竟不相信她绝不可能回答不是。

她回答道（与其说是我听见她说的，还不如说是看见她毫无血色的嘴唇上勾画出来的)：

“是真的。”

这回答在我胸口猛撞了一下,也许它比母亲告诉我的话对我的打击更猛烈。本来我已经全知道了;我已这样肯定地过了二十四小时了;但那种清楚而又确切的认定还是使我惧怕不已,像是第一次向我披露那无可更改的事实似的。

“是真的!”我自言自语地本能地重复道,有一种在漩涡深处重又获得生命和意识的感觉。

于是朱丽亚娜抬起眼睑;她带着一种令人痛苦的激动神情,两眼紧盯着我的眼睛看。

“图利奥,”她说道,“你听我说。”

但她的喉咙被压抑得说不出话来。

“你听我说。我知道我该怎么做。我原来决定做出一切牺牲以避免你遭受现在这样痛苦的折磨：但命运要我一直活到现在,忍受最可怕的痛苦,我对此十分害怕(啊,你明白我要说的),比死还要可怕一千倍：图利奥,图利奥,你的目光……”

她又一次窒息得说不下去,那时她的声音令人听了心痛欲碎,我觉得最微小的细胞都要撕裂了似的。我倒在桌子旁边的一把椅子上,用手捧住脑袋,等着她往下说。

“我本来活不到这个时刻,早该死的。我早就该死了！当然,我最好不到这里来。你从威尼斯回来最好再也见不到我。我死了,你就不会蒙受这种耻辱了;你会哀悼我,也许你会永远敬慕我。也许我永远是你的最心爱的人,你惟一的心上人,就像你昨天说的那样……你知道，我不怕死，我不怕。但一想到我们的两个女儿，一想到我们的母亲，我就一天一天推延着没死。那是一种极端的痛苦，图利奥，一种残酷无情的折磨，为此，我不止死了一次，是死了一千次。而我现在却仍然活着！”

间歇了一阵之后，她又补充说：

“我身体那么差，怎么能经受住如此痛苦的折磨呢？这方面我也是不幸的。你看，在我答应你到这儿来的时候，我想：‘我肯定会病倒的；当我到了那儿的时候，我就得躺在床上；而且再也起不来了。这么看起来我将像是自然地死去的。图利奥将永远什么都不知道，永远什么都不怀疑。一切都将结束。’可是我并没有倒下；而你什么都知道了；一切都完了，无法弥补了。”

她的声音很微弱，微弱极了，但是又那么凄楚，像是一种连续的尖叫。我紧按着太阳穴，感到脉搏跳动得那么厉害，我几乎都战栗起来，血管像是要从皮肤里爆出来，柔软而又温热地黏附在我的手掌心里。

“我惟一担心的是得向你隐瞒事实真相，我不为自己担心，我担心的是你，得使你得以解脱。你永远不知道，我恐惧得怎样毛骨悚然，我焦虑得如何喘不过气来。自从昨天我们到这里来以后，你期望过，你梦想过，你一直感到很幸福。但你想象一下，我在这儿的生活，我带着内心的隐秘，待在你母亲身边，生活在这个该死的房间里！昨天，在丁香别墅，当我们吃饭的时候，你对我说了那么多情深意切的话语，我听了心都要碎了，你对我说：‘你什么也不知道，你什么也没察觉。’啊，这不是真的！我什么都知道，什么都猜到了。当我在你的眼睛里突然发现亲切的温情时，我觉得自己像丢了魂似的。你听我说，图利奥。我有实话要说，千真万确的大实话。我在这里，在你面前，像一个垂死的人。我不会撒谎。你相信我对你说的话。我不想为自己开脱罪责，我不想为自己辩护。如今一切都结束了。但我想对你说的事，是真的。你知道，自我们见面的第一天起，我就一直爱着你。多少年来，我对你始终是无限忠诚的，不只是在幸福的年代里，即使是在不幸的岁月里，当你对爱情已经厌倦了的时候也莫不如此。你知道，图利奥。你始终是随心所欲地对待我。你始终把我看作你的朋友、妹妹、妻子、情人，为了让你高兴，我随时可以作出任何牺牲。图利奥，你别认为，别认为我让你回忆起我对你的一贯忠诚是为了谴责你。不，不，为了你，我心灵里连一滴苦水都没有了；你懂吗？一滴苦水都没有。但在此时，允许我提醒你别忘了多年来我对你的忠诚和温情，允许我对你谈谈爱情，谈谈我对你始终不渝的、坚贞的爱情，你懂吗？始终不渝的。我认为我对你的激情从未像最近这几个星期那样强烈过。昨天，你对我讲述的所有那些事情……啊，要是我能跟你说说我最近这些日子的生活，那该有多好呀！我知道你的一切，我什么都猜到了；而我不得不躲避着你。在我极端虚弱和疲惫的时刻里，我不止一次地倒在你的怀里，想闭上眼睛，让你抱住我。那天早晨，星期六早晨，当你捧着那些花儿走进来时，我看着你，我觉得你又是昔日的那个人了，那么兴奋激动，你像以往那样，目光炯炯地热情微笑着。你还让我看你手上给刺划破的地方！我一阵冲动，想拉住你的手，想吻它们……谁给予我力量使我控制住了自己呢？我觉得我自己有愧。霎时间，从你献给我的花中，我看到了我的全部幸福，那是我不得不永远放弃的全部幸福。啊，图利奥，我要是能经受住这种揪心的折磨，我就能经受住一切考验。我的生命真顽强。”

她说最后一句话时声音更加低沉，是以一种介乎嘲讽和恼怒之间的难以言喻的声调说的。我不敢抬起脸看她。她的言语令人感到一种难以忍受的痛苦；当她停歇片刻时，我战栗着。我生怕她突然没了力气，不能继续说下去。我希望从她嘴里供出别的内心的表白，吐露心灵的隐秘。

“真是一个重大的错误，”她继续说道，“我没在你从威尼斯回来之前死去是个大错误。但可怜的玛丽亚，可怜的娜塔利亚，我怎能离开她们而去呢？”

她迟疑了片刻。

“也许，我死后也会留给你痛苦……我使你感到某些内疚。人们可能会指责你。我们也许瞒不住母亲……她会问你：‘她为什么想去死？’她会知道我们至今一直瞒着她的真相……可怜的老人家！”

也许她的嗓子哽塞住了；因为她的声音变得十分细弱，因为要克制着不哭出声来而颤抖着。我的嗓子也同样哽塞住了。

“我考虑过了。当你想把我带到这儿来时，我也想过，我已经不配你的爱，不配你吻我的前额，不配被人称作夫人了。但是你知道，我们是多么软弱，是多么容易听命于客观事物的摆布。

我不再抱有任何希望;我很清楚,除了死我没有其他出路;我很清楚绳索缩得一天比一天更紧了。但我还是让日子一天天地过去了,没有解脱我自己。我曾有一种可靠的办法去死的!”

她停住不说了。我在一种突如其来的冲动下,抬起了脸,盯着她看。她一阵剧烈的颤抖。我那样看着她竟使她那么明显地感到难受,于是我重又低下了脑袋。我又恢复了常态。

她还站在那儿。后来她坐了下来。

接着是一阵沉默。

“你认为,”她带着一种令人难受的胆怯神情问我道,“你认为即便是违心犯下的过错也是严重的,对吗?”

只要一提到过错,我那已平静下来的心灵就突然又泛起汹涌的波澜;我嘴里漾出一种痛苦的滋味。我的嘴角不由自主地流露出讥讽和挖苦的神态。我强作微笑地说道:

“可怜的灵魂!”

朱丽亚娜的脸上显出一种那么强烈的痛苦表情,以致我立即感到后悔不已。我发觉,我这样刺伤她是最残酷不过的,在那种时候,讥讽那样恭顺听话的人真是太卑劣了。

“宽恕我吧,”她带着一个女人受到致命打击时的神情说道(我的确感到她的眼神是那么温柔、那么忧伤、那么天真,那种眼神有几次我从躺在担架里的伤者眼睛里看到过),“宽恕我吧。昨天,你也谈到了灵魂……你现在一定在想:‘这都是女人们为了求得宽恕而常说的话。’但我不想寻求别人对我的宽恕。我知道宽恕是不可能的,遗忘是不可能的。我知道没有生路。你懂吗？我只是想让你宽恕我从你母亲那里得到的亲吻……”

她的声音还是那样低沉，那样微弱，但又那么令人心碎，就像一种连续的尖叫。

“我感到额头上有一种痛苦的重负，不是因为我，图利奥，而是因为那种沉重的痛苦，只是因为那种痛苦，我才接受你母亲吻我的前额。如果我不配接受她的吻，那么那种痛苦是配接受她的吻的。你能够宽恕我吧。”

我有一种善良和怜悯的冲动，但我没退让，我没看她的眼睛。我的目光不由自主地去看她的肚子，像是为了寻找那可怕东西的痕迹；我还竭尽全力控制自己别痉挛抽搐起来，别作出轻率鲁莽的表示。

“有好些日子我一小时一小时地推迟自己意图的实施；一想到这个家，一想到我死后在这个家里将会发生的事情，我就失去了死的勇气。这样，指望能瞒住你事实真相，以拯救你的想法也就落空了；因为打头几天，妈妈就猜到了我的状况。你还记得那天在窗口旁，因为闻到紫罗兰的香味我感到不舒服的情景吗？从那时候起，妈妈就察觉到我怀孕了。你想象一下，我有多么害怕呀！我想：‘要是我自杀了，图利奥会从母亲那里得知我怀孕的事。天知道我干的坏事将会引致多么严重的后果呀！’我日日夜夜丧魂失魄地寻找着使你得以解脱的办法。当你星期天问我：‘我们星期二去丁香别墅好吗？’我不假思索地同意了，我听天由命了，我相信命运的力量，相信运气。我确信那将是我最后的一天了。这种肯定使我狂热兴奋，使我痴呆。哦，图利奥，你重新回想一下你昨天说的话，你告诉我，现在你是不是理解我受的折磨了……你理解了吗?”

她弯下腰，朝我探过身子来，像是为了把使她焦虑不安的问题塞进我的灵魂中去似的;而且她十指交叉地拧绞着双手。

“你从来没那样对我说过话;你的声音从来没有那么温柔过。当你在凳子那儿问我道:‘也许是太晚了?’我看了看你，你的脸使我害怕。我当时能回答你‘是的，太晚了’吗？我能突然撕碎你的心吗？我们之间会发生什么事情呢？当时我只想陶醉在最后一次爱的狂热之中，我变得疯了似的，我只看到死亡和激情。”

她的嗓音奇怪地变得沙哑了。我看着她;我似乎认不出她了，她完全变了个样。一阵抽搐使她脸上所有的线条都扭曲了;她的下唇猛烈地颤动着;她的眼睛燃烧着一种炽热的光芒。

“你谴责我吗?”她嗓音嘶哑而又刺耳地问我道，“你为我昨天所做的事而鄙视我吗?”

她用手捂着脸。后来，在间歇一阵之后，她又以一种难以言喻的痛苦、多情而又恐怖的声调，一种不知从内心深处哪个地方发出的声调补充说道:

“昨晚，为了不毁坏你留在我血液里的东西，我迟迟没有服用毒药。”

她把手放了下来。她做出一种坚决的动作，像是想驱除软弱怯懦。她的声音变得更坚定了。

“命运要我一直活到现在这个时刻。命运要你从你母亲那里得知事情的真相；从你母亲那儿！昨晚，当你回到这里来时，你已经全知道了。你沉默了，在母亲面前你还吻了我伸给你的脸颊。你让我在死之前吻一下你的手。我不要求你别的。我等你来是为了听命于你。我一切都准备好了。你说吧。”

我说道：

“你必须活下去。”

“不可能，图利奥，不可能，”她大声说道，“要是我活着，会发生什么样的事，你想过了吗？”

“我想过了：你必须活下去。”

“太可怕了！”

她猛地惊跳了一下，本能地战栗起来，也许是因为她感到了自己肚子里的那另一个生命，那将要出世的婴儿。

“你听我说，图利奥。如今你什么都知道了；现在我不该为了瞒住你，为了不让你知道事情真相而自杀了，不该为了避免面对你而去自杀了。你什么都知道了；我们在这儿，我们还可以对视，我们还可以说话！这完全是另一回事。我不想再躲开你的监视去寻死。我反倒要你帮助我尽可能以最自然的方式死去，以免在这儿引起家里人的猜疑。我有两种毒药：吗啡和氯化汞。也许用不着。也许要掩饰服毒而死的症状很难。得让我的死显得是无意的，是某种偶然的事故，或是某种不幸事件造成的。你明白吗？这样做，我们将达到目的。秘密将只有我们两人知道……”

她现在说得很快，表情坚毅严肃，像是在说服我接受什么有益的协议，而不是死亡的契约，不是接受扮演实现一个轻率念头的同谋角色。我让她说下去。一种奇怪的诱惑力使我待在那里看着,听着那个如此脆弱、如此苍白、又病得如此厉害并被道德力量如此强烈地冲击着心灵的女子说话。

“你听着,图利奥。我有个主意。费代里科对我讲了你今天的疯狂举动,你在阿索罗河堤上经历的危险,他把一切都告诉我了。我当时全身颤抖着,心想:‘不知他是在怎样痛苦的感情冲动下去冒那种危险的!’我又想了想,似乎明白了。我推测到了。我想象得出你今后要蒙受的其他一切痛苦:那是什么都无法弥补的痛苦,是与日俱增、难以得到慰藉又令人难以忍受的痛苦。啊,图利奥,你肯定已经预见到了,你也想到你将无法忍受这些痛苦。能解脱你、我、我们的灵魂和我们的爱的方式只有一个;是的,请允许我说:我们的爱。让我还是相信你昨天说的话吧,请让我重申一下,我从来没有像现在这样爱过你。正因为如此,正因为我们相爱,我应该在世界上消失,你不该再见到我。”

在那一瞬间,她道德上的卓越崇高,使她提高了嗓音,抬高了她的整个人格。我异常激动;一种转瞬即逝的幻想攫住了我的心灵。我相信,在那一瞬间,我的爱、那女子的爱,在一种无比崇高的理想境界面前,摆脱了人间的悲剧,不沾染任何污点,洁白无瑕,完好如初。片刻之间我感到像开始时那样,似乎现实世界完全消失了。然后,像往常一样产生了无可避免的现象。那种良知已不再属于我,变成了客观而又陌生的东西。

“你听我说,”她放低了声音,继续说道,像是怕让人听见似的,“我对费代里科表示过,我非常想去看看树林、炭窑和所有那些地方。明天早晨他不能陪我们去了,因为他得回到卡萨尔·卡尔多雷去。我们俩自己去。费代里科对我说我可以骑火花马去。当我们到了堤岸……我就照你今天早晨那样去做。那样,就将发生一场不幸的事故。费代里科对我说过,阿索罗河是不饶人的……你说这样好吗?”

虽然她说的话相当连贯,但她好像陷入一种极度兴奋的状态。两颊泛起一片不寻常的红晕,两眼放出异彩。

我脑海里立即浮现出河流险恶的幻象。

她朝我探过身来重又问道:

“你说这样好吗?”

我站了起来,拉住她的手。我想使她从狂热中镇静下来。一种无限的痛苦和怜悯心涌上我的心头。我的声音那么温柔、善良;含情脉脉地颤抖着。

“可怜的朱丽亚娜!你别这么焦虑不安。你太痛苦了;痛苦使你失去了理智,可怜的人儿!你得拿出极大的勇气来;你不能再去想你刚才说过的那些话……你想想玛丽亚、娜塔利亚……我接受这种惩罚。我认了;我会忍受它。但你必须活下去。为了玛丽亚,为了娜塔利亚,为了让妈妈高兴,为了我昨天对你倾吐的衷肠,你答应我,朱丽亚娜,你答应我,你无论如何不能去寻死,好吗?”

她低着头。突然,她从我的手里挣脱出来,一把抓住我的手,开始疯狂地吻起来;我的皮肤感到她温热的嘴唇和她的热泪。当我想摆脱她时,她从椅子上跪下来,不放开我的手,啜泣着,露出她那茫然的面容,她泪流满面,她挛缩的嘴显示着难以言喻的内心痛苦,似乎她全身都在痉挛着。我无法扶她起来,我再也说不出话来了,极度的痛苦压抑着我,那毫无血色的可怜的嘴巴那样痛苦地抽搐着,使我丢弃了一切怨恨和傲慢,内心只感到对生活的莫名恐惧,只感到跪下来的女人和我所经受的人类的痛苦,人间永恒的悲怆,感受到难以挽回的过失所带来的祸害,我们野蛮的肉体的重负,铭刻在我们生命之根上的难以消除的恐怖的厄运和我们的爱情在肉体上造成的全部悲剧,于是出于一种本能的需要,为表示我的屈服,为使自己与正在忍受痛苦折磨同时也使我蒙受痛苦的可怜的女子抱一致的态度,我也跪倒在地上。我也失声啜泣。在发生那么多事情之后,我们的眼泪又重新流在一起了,啊!那是如此动人却又不能改变我们命运的热泪。

十六

谁能用言语来表达一个绝望至极的人白白流干了眼泪的那种悲痛凄凉和惊愕的感情呢?哭泣是一种一时的现象,一切危机都得解决,一切过火的行为都是短暂的;而人在残酷无情的现实面前,深感自己无能为力,愚蠢而又凄凉,他觉得筋疲力尽了,几乎可以说是枯竭了。

我首先停止了哭泣;我首先使目光发出光彩;我首先注意到我的姿态,朱丽亚娜的姿态,周围事物的状态。我们俩仍面对面地跪在地毯上；朱丽亚娜还在啜泣。桌上的蜡烛还点燃着，火苗不时地像被风吹过一样摇曳着。在寂静中，我隐约听到放在房间某个角落里的一个时钟钟摆摆动的声音。生命在流逝，时光在飞逝。我的灵魂是那么空荡和孤寂。

强烈的感情冲动过去了，痛苦的激情过去了，我们那样跪着已毫无意义，没有理由再那样了。我得站起来，我得把朱丽亚娜扶起来，我得说些什么，那样的场面得最终结束了；但对这一切，我感到一种奇怪的厌恶。我似乎没有任何力气做物质上和精神上哪怕是最微小的努力。我为自己处在那样的境地中，落到那样的地步，不得不那样继续待着而感到遗憾。我内心深处对朱丽亚娜已隐约开始产生一种怨恨。

我站起来，也把她扶了起来。她还在那儿不时地啜泣，每一声啜泣都使我增加对她的那种难言的怨恨。

那么，沟通两个生命，即沟通两种利己主义的一切感情的深处都蕴含着某种仇恨，这的确是真的。这难消的仇恨始终玷污着我们最奔放的激情，最美好的柔情。心灵中一切最美好的东西都同时蕴含着潜在的具有腐蚀力的胚芽，因而一切美好的东西必然受到腐蚀。

我说道(而且我生怕我的声音不够温柔)：

“镇静些，朱丽亚娜。现在你得坚强些。你过来，坐在这儿。镇静些。你想喝点儿水吗？你吃点儿什么吗？告诉我。”

“是的，我想喝点儿水。你到卧室的床头柜那儿去找一找。”

她还带着哭声，坐在一张低矮的沙发上，对着衣柜上的那面大镜子用一块手绢擦眼泪。她仍在啜泣。

我走进卧室去拿杯子。在半明半暗中我看见了床。床已经铺好了：被子的一角翻开放着，一件白色长衬衫放在枕边。我那敏锐警觉的嗅觉很快闻到了亚麻细布的味儿，一种我所熟悉的鸢尾根粉和香堇菜散发出的气味儿。看到那床，闻到那熟悉的香味，我感到心烦意乱。我急忙倒了水，走出房间把杯子端给等在那儿的朱丽亚娜。

她一连喝了几口水。我站在她面前，看着她嘴巴喝水的动作。她说道：

"谢谢，图利奥。"

她把喝了一半水的杯子还给了我。因为我也渴了，就把剩下的水喝了。那小小的不假思索的动作增添了我的不安。我也在沙发上坐了下来。我们俩都默然不语，相互隔开一小段距离，各自沉思着。

我们坐着的沙发连同我们俩的形象都映照在大衣柜的镜子里。我们无需对视，在镜子里可以看到我们的脸，但因光线晦暗而不稳定，所以看不太清楚。我往镜子深处盯着看朱丽亚娜的形象，她那静止的状态，逐渐呈现出一种神秘的样子，那种因时光的流逝而显得暗淡的某些女性肖像中所具有的诱人的魅力，那由一种幻觉产生的虚伪而强烈的生命力。

而我觉得那远远的形象似乎逐渐比真实的人更有生气了。从那形象中我逐渐看到了爱抚过的别人的女人、沉湎于情色的女人、情妇、不忠贞的妻子。

我闭上了眼睛。那另一个男人出现了。一种熟悉的幻象出现了。

我想："她至今从未直接提到过她的沉沦，从未谈到过她是怎么堕落的。她只说过一句意味深长的话：'当灵魂并不同意这样做的时候，你认为即使是违心犯下的过失也很严重吗？'仅仅这一句话！她想说明什么呢？这只是通常用来开脱和减轻一切叛逆行为与卑劣行径的词句上的细微差别而已。可是，她与菲利波·阿尔博里奥之间除了那种无法否认的肉体关系之外，究竟是哪种关系呢？她又是在什么情况下坠入情网而不能自拔的呢？"一种强烈的好奇心刺激着我。我自己有过的同样经历暗示着我。我想起来我的老情人们所采用过的某些特殊的顺从让步的方式。那些形象产生着，变化着，清晰而又快速地接踵而至。我重又看到了遥远岁月中的那个朱丽亚娜，她独自坐在一扇窗边，膝盖上放着一本书，那么无精打采，脸色十分苍白，像是要晕厥过去的样子，同时，一种难以言喻的阴影掠过她过分黝黑的眼睛，像是强忍着把事情压下去似的。她会不会在那样忧郁的情况下意外地被那人撞见了，就在我自己的家里，她在一种无意识的境况下忍受了强暴，醒来时对无法弥补的过失感到恐惧和厌恶，她把那人赶走了，因而那人就没再见过她？或许她同意到某个秘密的地方去，在偏僻的小套房里，也许是在一间陈设着好家具的房间里，那里有过上百次通奸的丑行，在同一个枕头上她接受爱抚并以之回报，不只是一次，也不是多次，而是接连很多天，在固定的时间里，在肯定我不在意的时候幽会？我重又见到了十一月的那一天站在镜子前的朱丽亚娜，看到她把纱巾别在帽子上的姿态，她衣服的颜色和她“踏在阳光普照的人行道上的”那种轻盈的步履。那天早晨，莫非她是去赴约的？

我经受着一种无名的痛苦。渴求得知一切的欲望折磨着我的心灵；想象中的肉体的形象令我痛苦万分。对朱丽亚娜的怨恨变得越来越强烈了；想到最近夫妻之间的性生活，想到在丁香别墅的卧榻，想到她留在我的血液之中的柔情蜜意，这一切使我怒火更旺。朱丽亚娜的身躯挨着我的那种感受，使我产生一种特别的战栗，我深知自己已陷入我所熟知的情欲上的嫉妒，为了不使自己在盛怒之下感情冲动以致干出蠢事，得设法逃走。但我的意志力似乎瘫痪了；我已无法控制自己了。我待在那儿，两种对立的力量，一种反感和一种纯粹肉体上的引诱，一种混杂着厌恶之感的淫欲，一种隐约的对立冲突在支配着我，我无法平息它，因为它是在我没有理性的心灵深处产生的。

那另一个男人的身影，从他出现的一瞬间起，就不断在我的面前浮现。他是菲利波·阿尔博里奥吗？我真的猜对了吗？我没有弄错吧？

我突然朝朱丽亚娜转过身去。她看了看我。出其不意的提问在我的喉咙里哽住了。我垂下眼睛，低下了头；我像从自己身上割下一块肉来似的痛不欲生地大胆问道：

“那个男人叫什么名字？”

我的声音颤抖而又嘶哑，我自己听了也很难受。

朱丽亚娜被我这出乎意料的问话吓得惊跳起来，但她沉默不语。

“你不回答？”我竭力抑制着满腔怒火，追问道，那无名的怒火头天晚上在卧室里曾像一串子弹那样出现在我的心际。

“哦，我的上帝呀！”她痛苦地呻吟着，侧身倒下，把脸埋在一个垫子里，“我的上帝，我的上帝啊！”

但我想知道，想不惜一切代价让她招认出来。

“你还记得吗？”我接着说道，“你还记得十一月上旬我突然走进你房间的那个早晨吗？你记得吗？我不知为什么进来了：因为你在唱歌。你在唱俄耳甫斯的咏叹调。你已准备好出去了。你记得吗？我见到你的写字台上有一本书，我翻开了它，我在扉页上看到了一段题词……那是一本小说，题目叫《秘密》……你记得吗？”

她倒在沙发垫上不回答。我向她俯下身子。我像发高烧时打寒颤似的战栗着。我接着问：

“也许是他？”

她不回答，但她绝望地猛然站立起来。她好像神经错乱了似的。她作出要向我扑过来的样子，但她克制住了。

“你可怜可怜我吧！你可怜可怜我吧！”她突然说道，“你让我死了算了！你这样折磨我比让我死了更痛苦。一切我都忍过来了，我一切都能忍受；但我无法忍受这个，我不能……要是我活着，对我们来说，这将无时无刻不折磨我们，而且这种折磨会变得一天比一天更可怕。你将会恨我：你将在我身上发泄你的一切仇恨。这我知道，这我知道。我已从你的声音中感到这种仇恨了。你可怜可怜我！先让我死了算了!”

她好像神经错乱了似的。她很想趴在我身上，然而又不敢，她扭绞着双手克制着自己，全身都紧张不安。但是我抱住了她，让她依偎着我。

“那么我什么也不该知道吗?”我几乎是对着她的嘴巴说道，我也变得神经错乱了，一时的感情冲动使我的双手变得笨拙了。

“我爱你，我始终爱着你，我永远是你的，我是因一时的软弱才失足进入这个地狱的，你明白吗？一时的软弱……这是真话。你不觉得这是真的吗?”

又是一瞬间的清醒；随后，就产生了一种盲目的、野蛮的、无法遏制的感情冲动。

她仰躺在垫子上。我用嘴唇压住了她的叫喊。

十七

那强有力的紧紧拥抱遏制了许多事情。“野蛮！野蛮!”我重又看到了朱丽亚娜眼窝里充盈着无声的眼泪；重又听到了她在极端惊骇时发出的嘶哑的呻吟，那是一种奄奄一息的人在临死时的呻吟。我的心中又掠过一阵伤感，不同于别的伤感，它笼罩着我的整个身心。“啊真野!”第一次暗示我作出犯罪举动的不是在那种时候吗？不正是在狂怒之下，我的心灵中产生了杀人的念头吗?

我又想到了朱丽亚娜那痛苦的话语:“我的生命很顽强。”使我感到异乎寻常的不是她那顽强的生命力,而是她身体里的那另一个生命;那个生命令我很恼火,我开始谋划着怎样除掉它。

在朱丽亚娜身上,那种胯部扩展、腹部增大的外部迹象还不明显。她还处在怀孕的头几个月:也许是第三个月,或是第四个月的开头。胎儿与母体连接得还不很紧密。流产应该是很容易的。在丁香别墅那天,情绪上的强烈冲动,那天晚上的激情,体力上的消耗,心灵上的痛苦,肌肉的痉挛,怎么没有导致她流产呢?一切都跟我作对,所有的情况都于我不利,我的敌对情绪变得越来越强烈了。

阻止孩子生下来,乃是我秘密的意向。一想到那孩子的出生,闯入者的威胁,我们的生活就笼罩上恐怖的阴影。为什么朱丽亚娜在一开始怀疑自己有孕时没有想尽一切办法使妊娠中止呢?一种偏见,一种恐惧,一种做母亲的本能使她阻止了自己?她对私通怀上的胎儿也有一种母性的责任感吗?

我以一种敏锐的洞察力预卜着未来:朱丽亚娜要生下一个男孩子,他将是我们古老家族的惟一后嗣。不是我的血脉的儿子将安全无恙地长大;他将窃取我母亲的爱,我弟弟的爱;他将比我亲生的女儿玛丽亚和娜塔利亚更受宠爱。习惯的力量将抵消朱丽亚娜的内疚,而且她还会沉溺在母爱之中不能自制。不是跟我生的儿子在她的保护下成长,将受到她无微不至的关怀;他会变得健壮而漂亮;他将像个小暴君似的变得很任性;他将主宰我的家。这些幻象逐渐显得清晰。某些幻想的情景显得那么逼真生动，像是在一个现实舞台上；某些假想的生活片断在我心灵上打下如此鲜明的烙印，在一段时间内就像活生生的现实一样。男孩子的形象始终是变化不定的；他的举止动作千变万化。我时而看到他是那样纤弱、苍白和少言寡语，大脑袋沉甸甸地耷拉在胸前；时而又看到他脸红红的、圆圆的，他是那么快活、健谈，而且那么可爱和讨人喜欢，对我特别亲，特别好，时而又脾气怪僻、暴躁，有些刁钻和狡黠，天性凶狠，对姐姐们很厉害，对动物很残忍，对人一点也不亲切，非常任性。这最后勾画出来的形象逐渐压倒了其他的形象，消除了其他的形象，形成了一种确定的模式，活灵活现地出现在一种假想的生活中，甚至还有了一个名字：家里早已为男性后嗣确定的名字，我的父名：拉伊蒙多。

邪恶的小幽灵是我的仇恨的直接发泄对象；我对他有多大的敌意，他对我就也有多大的敌意；他是我着手要与之拼命的一个敌人，一个对手。他是我的牺牲品，我也是他的牺牲品。我无法回避他，他也无法回避我。我们谁都无法挣脱这精神的桎梏。

他的眼睛是灰色的，跟菲利波·阿尔博里奥一样。他目光中的表情多种多样，其中的一个表情常常刺激我，它不时地出现在想象出来的那一场面之中。场面是这样的：我毫无怀疑地走进一个黑漆漆的房间里，那里特别的寂静。我以为是自己一个人，忽然，我一转身，发现拉伊蒙多也在，他正用他那灰色的充满恶意的眼睛死死地盯着我。我立时就有杀人的念头，这念头是那么强烈，为了不使自己扑到那小孽种身上去，我逃走了。

十八

我与朱丽亚娜之间似乎已经达成了协议。她如常地生活着。我们俩假模假样、遮遮掩掩地继续过着日子。我们俩像嗜酒狂似的过着两种交替存在的生活：一种是平静的生活，充满着温柔的外表，子女对父母的亲情，真实的情感和仁慈宽厚的举动；另一种是紧张不安、混乱的生活，没有希望，并摆脱不了那固定的思想，总受到威胁，急剧走向一种莫名的灾难的生活。

在某些少有的时刻，我的灵魂非常渴望奔向我多次模糊地看到的崇高而又仁慈的理想境界，避开了许多邪恶的东西，挣脱了像用上千只触角包围着我的邪恶的念头。我回想起我弟弟在阿索罗的树林里对我说过的有关乔瓦尼·迪斯科尔迪奥的那番意味深长的话语："图里奥，你忘不了那微笑是对的。"那挂在老人干枯的嘴唇上的微笑有着一种深刻的含义，变得异乎寻常地光辉夺目，像发现了一种至高无上的真理一样激励着我。

在那很少出现的瞬间，我眼前几乎经常出现另一种微笑：还病倒在床上的朱丽亚娜的微笑，意料不到的"逐渐淡弱而又不消失的"微笑。在那极短暂的瞬间，我回想起一个遥远宁静的下午，我以一种骗人的狂热使有着如此苍白的双手的可怜病人兴奋异常；我回想起她第一次下床的那天早晨，她在房间里，倒在我的怀里边笑边喘着气；我回想起她以真正高尚的举动献给我的爱情、宽恕、宁静、梦幻、遗忘以及一切美好和仁慈的东西，这些都使我无限绝望地感到内疚和悔恨。安德烈·保尔康斯基在已死的丽莎公爵夫人的脸上所看到的那温柔而又可怕的问题，我在依然活着的朱丽亚娜的脸上看到了："你把我弄成什么样了？"从她嘴里从没有说出过任何责备我的话；哪怕为了减轻她过失的严重性，她从来没有当面指责过我的任何一件丑事，她在虐待她的人面前一直是谦卑的，她的言谈中从不掺杂一滴苦涩味；可是她的眼睛却在不断地对我说："你把我弄成什么样了？"

一种奇怪的牺牲的激情立即点燃我的心，它促使我去接受磨难。赎罪的伟大力量似乎使我增添了勇气。我感到有一种无穷的力量，英雄主义的精神，开明的思想。我朝痛苦的妹妹走过去时，我想："我将好言相慰，将以友爱的口气去减轻她的痛苦，使她重新抬起头来。"但是一走到她跟前，我就什么也说不出来了。我的嘴像贴上了一张撕不破的封条，整个人儿像着了魔似的。内心的光亮忽然熄灭了，像是被一股不知从何处吹来的寒风扑灭。那隐约的仇恨在黑暗中开始蠢蠢欲动，我对它太熟悉了，而且我无法压服它。

那是一种要发作的迹象。我茫然失措地在支吾着什么，避开不看朱丽亚娜的眼睛，我走开了，我躲避着。

我不止一次地留下了。当我忍受不了性欲的冲动时，我就疯了似的寻找朱丽亚娜的嘴唇；那是长时间几乎让人窒息的亲吻，那是疯狂的紧紧的拥抱，这使我们更加筋疲力尽，更加伤心，被一个更深的深渊所分隔，因多一个污点而感到更忧郁、更沮丧。

“残酷！残酷!”那些冲动的深处乃是一种杀人的企图,一种我不敢对自己供认的企图。要是最后有一次在那紧紧的搂抱中,情感冲动的痉挛能使顽强的胚胎脱离母体就好了！我不考虑这会把朱丽亚娜置于丧命的危险境地。很显然,要是类似的情况发生了,母亲将冒很大的生命危险。我处在神经错乱之中,一开始就只考虑毁灭儿子的可能性。只是在以后我才想到母子的生命是相互支配的,我的疯狂的意向会使两个生命同归于尽。

其实,也许朱丽亚娜猜到了我愿望中所蕴含的卑劣的成分,她不反抗我。她的眼眶里不再饱含着受蹂躏的心灵的无声的泪水。她以一种近乎悲怆的热忱来回报我。真的,她有时“像垂死的人一样出冷汗,呈现出僵尸般的面容”,着实令我感到恐惧。有一次,她疯了似的,用压抑的声音对我喊道:

“是的,是的,你杀死我吧!”

我心里明白。她希望死,她等着我杀死她。

十九

她在不知内情者面前的掩饰能力是令人难以置信的。她竟然还微笑得出来！对她健康的明显担忧使我能对自己无法掩饰的忧伤作出解释。我母亲和我兄弟都同样担心她的健康,这些担心使得家里竟对她重新怀孕像其他几次一样并不那么欢欣鼓舞，惯常的征兆预测和一切暗示性的谈话都得避讳。而这就是命运。

但韦贝斯蒂大夫终于来到拉巴迪奥拉。

他的来访使人放心。他发现朱丽亚娜十分虚弱，注意到她神经有些紊乱，贫血，机体营养上的障碍；但他断言妊娠过程中没有明显的异常，认为总的健康状况有所好转后，也有可能正常完成分娩的过程。另外，他表示十分相信朱丽亚娜的非凡体格，她非同一般的抵抗力在过去也得到过证实。他提出一种旨在恢复其体力的治疗方案，同意她在拉巴迪奥拉逗留，关照了调养的方式，建议要进行适度的体育锻炼，精神上要平静。

“我主要得靠您了。”他神情严肃地对我说道。

我失望了。原来我把获救的希望寄托在他身上，而这种希望却落空了。他来之前，我曾想过：“要是他声明为了保证母亲的健康得牺牲还未成形又没有生命力的孩子多好！要是他声明有必要实行人工流产以避免婴儿成熟期的灾难多好！……那样，朱丽亚娜将获救，她将恢复健康；而我也得救了，我将感到重获新生。我相信我或许可以忘记，或至少我可以忍受。时间能使许多伤口愈合，而且工作能减轻许多忧伤。我相信我可以逐渐获得平静，改过自新，学习我弟弟的榜样，变好，变成一个男子汉，为别人而活着，有一种新的信仰。我相信我能从这痛苦本身中重新寻觅到我的尊严。生来比别人要多忍受痛苦的人，该着比他人多忍受痛苦。这不是我兄弟常说的福音书中的一节吗？那就有一种痛苦的升华。譬如，乔瓦尼·迪斯科尔迪奥就是一位非凡的人。谁具有那种微笑谁就具有一种非凡的禀性。我想我有资格得到那种禀性。”我曾抱有过希望。与我想赎罪的狂热激情相矛盾的是我曾希望能减轻惩罚!

事实上,因为想在痛苦中获得新生,我反害怕痛苦:一种因为要面对真正的痛苦而感受到的极端的恐惧心理。我已经精疲力竭了;而尽管隐约地看到了宽阔的大道,而且被天主教的理念激励着,我走的却是一条偏斜的小路,尽头是无法回避的深渊。

我与大夫谈话的时候,显得对他令人放心的预见有些怀疑和某种不安,我设法向他表达了我的想法。我竭力让他明白我希望不惜一切代价使朱丽亚娜脱离危险,而且如果有必要,我可以毫不遗憾地放弃要第三个孩子。我请他什么也别瞒着我。

他重又向我作了保证。他对我声明,即使在一种绝望的情况下,他也不会采用堕胎的办法,因为根据朱丽亚娜的健康状况来看,一次大出血将是十分有害的。他对我重复说道,首先得促进和维持血液的再生机能,康复虚弱的机体,想尽一切办法使孕妇到分娩时已经充分恢复体力,充满信心而且心情平静。他补充道:

“我想太太特别需要精神上的安慰。我们都是老朋友了。我知道她经受了很多痛苦,您是可以使她振作起来的。”

二十

重新振作起来的母亲对朱丽亚娜倍加亲切和体贴。她表达了她美好的梦想和预感。她等待着孙子小拉伊蒙多的出世。

她这次是充满信心的。

我的兄弟也期待着拉伊蒙多。

玛丽亚和娜塔利亚也经常问我，问母亲，问奶奶，就未来的弟弟提出些天真而又惹人喜欢的问题。

这样，无数的预言、祝愿和希望，家庭之爱开始萦绕着那看不见的果实，那还未成形的生命。朱丽亚娜的肚子开始大起来了。

一天，我与朱丽亚娜单独坐在榆树底下。母亲刚刚走开。她在亲切的言谈中提到了拉伊蒙多；而且她还想出了一个爱称：蒙迪诺。重新唤起我对死去的父亲的遥远回忆。我与朱丽亚娜对她报以微笑。她满以为她的梦也是我们的梦，她从我们身边走开了，为了让我们继续把梦做下去。

那是日落之后，一个清澈透明而又宁静的黄昏时刻。我们头上的树叶一动也不动。一群燕子不时地扇动翅膀，猛地掠过长空，发出一阵叫声，就像在丁香别墅一样。

我们一直看着母亲的背影，直到她消失不见。于是我们默默地相互对视了一眼，十分沮丧。我们怀着无比的痛苦沉默了好长时间。而我全身带有一种极可怕的紧张，离开了朱丽亚娜，我感到生活在我身边的是孤立的生灵，好像那一瞬间我身边空无一物，那不仅是一种虚幻的感觉，而且是实在和深刻的。恐怖遍及我全身的血管，我猛地一惊，重又抬起眼看我伴侣的面部表情，以驱散那恐怖的感觉。我们茫然地对视着，面对内心的极度痛苦不知该说什么，做什么。我从她脸上的表情看到了自己的焦虑不安，我猜想着我的面容。而因为我的眼睛不由自主地去看她的腹部，当我抬起眼时，在她脸上发现了那种得了可怕疾病的人才有的恐怖惊慌的神情，那是当有人注视着不治之症所造成的畸形部位时病人常有的神情。

我们俩停歇一下，力图掂量我们的痛苦，却没有找到痛苦的终极，之后，她低声地说道：

“这样的痛苦会延续一辈子，你想过吗？”

我没开口，但我内心的回答是坚决的：“不，这不会持续下去。”

她补充道：

“请你记住，只要你一句话就可以中断这一切，设法解脱吧。我有思想准备。请你记住这一点。”

我还是沉默不语；但我想：“你不应该死。”

她用一种凄楚而又温柔的颤音道：

“我不能安慰你！对你对我没有可安慰的东西；永远也不会有……某个人将永远在我们俩之间，你想过了吗？要是你母亲的心愿实现了……你想想！你想想！”

但我的灵魂在激荡，置于一种顽固念头的不断冲击之下。我说道：

“大家已经都爱上他了。”

我犹豫不定，扫视了朱丽亚娜一眼，垂下眼皮，低下头，用一种消失在我嘴唇之间的声音问她：

“你爱他吗?”

“哎呀,干吗问这个呀!”

我不能不坚持问,尽管我感到很痛苦,就像把指甲重新戳入一处撕裂的伤口中似的。

“你爱他吗?”

“不,不。我因为他而感到恐惧。”

我由衷地感到高兴,好像她那样供认,是对我内心想法的赞同,几乎成了我的同谋。但她回答的是真话吗?或许她是为了怜悯我而撒谎?

一种坚持追问下去的残酷的奢望,一种逼迫她作一番冗长而彻底的供认,而且深入她内心深处的无情的奢望支配了我。但她的样子拦阻了我,我放弃了。现在我感到对她不能那么刻薄了,尽管她体内怀着一个折磨我的生命。我怀着一种感激之情向她俯下身去。我觉得她颤抖着向我供认的那种恐惧心理使她脱离了她滋养着的小生命而向我靠拢。我感到需要让她明白这些事,增加她对未出生的婴儿的憎恶感,就像憎恶一个势不两立的敌人一样。

我握住她的手,对她说:

“你使我感到稍微轻松些了。我感激你,你明白……”

我以基督徒的信念掩饰着我杀人的意图,补充说道:

“这是一种天意!谁知道!也许我们会有一种解脱的办法……你明白是什么办法。谁知道啊!祈祷上帝吧。”

那是一种对初生的婴儿死亡的企盼;那是一种心愿。而通过说服朱丽亚娜祈祷上帝保佑，我就使她对不幸的降临有了思想准备，我从她那里得到了精神上的支持。我甚至想过："如果听了我的话之后，她产生了谋杀的念头，而那念头会逐渐变得非常强烈，使她不能自拔！……当然，她会深信必须走出这可怕的一步，她会狂热地想使我解脱，她会有一种兽性的冲动，会作出最大限度的牺牲。刚才她不是还一再说她随时准备去死吗？她的死包含着孩子的死。那么并不是一种宗教的偏见和对罪孽的恐惧阻拦她；因为既然她准备去死，她也准备对她自己和她肚子里将要出世的孩子犯双重的罪过。但她深信，她活在人世对于爱她的人和她爱的人都是有用的，而且是必不可少的；她也深信，那个并非我亲生骨肉的存在将会使我们的生活变成一种令人无法承受的折磨。况且她也知道，只有除去孽种，我们才可能重归于好，在宽恕和忘却中也许能重新寻觅到甜蜜和温存，可以指望时间医治创伤。那么只要她考虑一下这些事情，就能使一种无用的誓愿，一种无效的祈祷突然变成一种意志和行动。"我想着；她也低着头缄默不语，思索着，她的手还放在我手中，这时静止不动的高大榆树在我们身上降下了夜晚的阴影。

她在想什么？她的前额总是像圣饼那样惨淡和苍白。莫非除了夜晚的阴影，还有另一种阴影降临在她身上？

我老是看到拉伊蒙多：他不再是一个邪恶的和长着一对猫似的灰眼睛的男孩儿模样，而是一个淡红色的柔软的小躯体，非常非常虚弱，轻轻一压就可以致他于死命。

拉巴迪奥拉的钟楼敲响了三钟经的第一下。朱丽亚娜把手从我手里抽了回去；她用手画了一个十字。

二十一

第四个月过去了，第五个月过去了，妊娠期过得很快。朱丽亚娜颀长、轻巧而又柔软的身躯在发胖，在变形，就像一个患水肿病的女人。在我面前她感到羞愧，像是得了一种见不得人的病症似的。每当突然发现我的眼睛盯着她那膨胀的肚子时，她脸上就显露出非常痛苦的表情。

我感到精疲力竭，再也无力承受那可耻的小生命的存在所造成的重压。真的，每天早晨当我在不得安稳的一觉之后睁开双眼时，好像有人递给我一个很深的高脚酒杯对我说："如果你想喝，如果你想活，今天你就得把你心脏的血挤在这杯子里，直到挤完最后一滴。"每次我醒来，就从我内心深处浮起一种难以形容的厌恶、反感和憎恶。然而，还得活着！

日子缓慢得近乎残酷。时间不是在流逝着，而是懒洋洋地、沉重地滴淌着。我眼前还是夏天和秋天的一部分，无穷尽的漫长的时间。我勉强跟着我弟弟，帮他忙些他所从事的繁重的农活，热心地助他实现自己的信念。我像个牧人一样整日骑着马；我在体力劳动中消耗自己的精力，在某种简单而又枯燥的事物中劳累自己；我竭力在跟普通人的接触之中，在跟那些朴实而又正直的人们的接触之中，在跟那些身上没有多少世袭的道德准则的人们的接触之中——他们像身体的器官一样，自然地履行他们的职责——使自己的知觉变迟钝。我不止一次地去拜访孤寂的圣人乔瓦尼·迪斯科尔迪奥；我想听到他的声音，我想了解他经历过的不幸，我想重新见到他忧伤的眼睛和温柔的微笑。但他是个沉默寡言的人，他在我面前很腼腆；他只笼统地回答几个字，他不喜欢谈论他自己，也不喜欢抱怨，也从不中断他在专心致志地干着的活计。他那双像是用铜铸成的手，干燥而呈深褐色，那双手从不停歇，也许它们不知道疲劳。一天，我感叹道：

“你的手究竟何时休息呢？”

这位憨厚的汉子微笑着看了看自己的双手；他先让手心朝下，然后又朝天向着太阳打量了一下手背和手心。那目光，那微笑，那阳光，那动作，使那粗大的长满老茧的双手变得无限崇高。他的手因使用农具磨出了老茧，因做好事和从事广泛的活计而变得神圣非凡，现在那双手真配得到棕榈冠了。

老人按照基督教丧葬的习俗把手交叉地放在胸口，还是那样微笑着回答道：

“快了，先生，如果上帝愿意的话。当他们这样把我装进棺材的时候。但愿如此。”

二十二

一切补救的办法都是徒劳的。体力劳动对我无济于事，不能给我以宽慰；因为干得太猛，忙乱无绪，紧张亢奋，还经常由于难以克服的惰性、心灰意懒和心事重重而中断。

我的兄弟警告说：

“这样不正常。你在一星期里消耗了六个月的精力；然后你又让自己重新陷入懒散怠惰的状态；接着再无节制地拼命干。这不正常。干我们这活儿得塌下心来，悠着劲儿，细水长流。你懂吗？我们得规定一种方式。你有着所有新手都有的毛病：一股过分的热情。往后，你得平静下来。”

他说：

“你还没有找到平衡。你还没有感到脚下的土地是实实在在的。你什么也别怕。你迟早会掌握自己的规律的。随着时间的推移，你会在不经意中突然掌握的。”

他还说：

“这次朱丽亚娜肯定会替你生个儿子：拉伊蒙多。我已想好了教父，将由乔瓦尼·迪斯科尔迪奥为你儿子行洗礼。他是再好不过的教父人选。乔瓦尼将赋予他仁慈和力量。当拉伊蒙多懂事时，我们将对他谈谈这个非凡的老人。你的儿子将成为我们不能也不善于成为的那样的人。”

他经常回到这个话题上；常常提拉伊蒙多的名字，他祝愿未出世的婴儿能成为他设想中的理想的楷模。他不知道他的每句话对我来说都是一种痛苦，使我的仇恨加剧，使我更加绝望。

所有人都没意识到是在跟我作对，都竞相伤害我。当我接近某个亲人时，就感到不安和恐惧，就像被迫站在一个手执可怕的武器又不知怎么使用，也不知它的可怕的人面前一样。我总期待着发生意外。我必须寻求孤独，远远地躲开大家，以得到片刻的安宁；但在孤独中，我又得面对我的死敌：我自己。

我感到自己在不知不觉地消亡；似乎失去了生命的全部活力。有时候我身上产生的痛苦，是距今已十分久远的最阴暗的时期所有过的。有时候，我只觉得自己孤立地存在于一切事物的呆滞不动的幻影之中。好久好久地只感到生活中那种沉重的压倒一切的顽念和我头脑里一根血管的轻微的跳动。

然后接踵而来的是对我自己的嘲讽，突然产生的要消灭和摧毁一切的狂热，无情的嘲弄，残忍的计谋，一种最龌龊的邪念，使我似乎不知道什么叫宽容、怜悯、温柔和仁慈。内心中一切最美好的源泉都像遭到灾祸似的干枯了。我从朱丽亚娜身上只看到兽性的行径，鼓凸起来的肚子，另一个男人泄欲的结果；我从自己身上只看到一个可笑的受愚弄的丈夫，一部蹩脚小说中感情愚钝的主人公。我的一切举动，朱丽亚娜的一切举动，无不渗透着内心的自嘲。对我来说，悲剧正在变成一出痛苦而又具讽刺意味的喜剧。我不再有任何牵挂，一切关系都中断了；该毅然地分手了。我想："我为什么留在这儿扮演这种可鄙的角色呢？我要离开这儿，回到世上去，回到我从前的生活中去，回到放荡不羁当中去。我将浑浑噩噩、自残自戕。那又有什么关系？我不愿像现在这样：陷在泥淖之中不能自拔。呸！"

二十三

有一次也像这样精神崩溃时,我决定离开拉巴迪奥拉,动身去罗马,到那里去散散心。

我给自己找到个借口。由于事先没想到要离开那么久,所以在离家时没有充分安置好。很多事情需要安排,得把一切打点妥当,以便能超过预定的期限,延长离家的时间。

我宣布我要动身。我以必要的理由说服了我母亲、我弟弟和朱丽亚娜,答应尽快在几天之内把事办完。我准备启程。

在临走前的那天晚上,已经很晚了,当我合上手提箱时,听到有人敲门,我大声说道:

“进来!”

进来的是朱丽亚娜,我很惊异。

“啊,是你?”

我迎了过去。她有点儿气喘吁吁的,也许是上楼梯走累了。我让她坐下,端给她一杯放了薄薄一片柠檬的冷茶,这是她以往最喜欢喝的。茶本是我为自己准备的。她稍稍把嘴唇沾湿,就又把杯子递还给我。她的目光中流露出不安,终于胆怯地说道:

“那么你要走了?”

“对,”我回答道,“明天早晨,你知道的。”

接着是长时间的沉默。从打开的窗户透进来一阵令人惬意的清新空气；银色的满月照耀着窗台；传来了蟋蟀的齐声鸣叫，很像是一支略为嘶哑而又无比遥远的长笛的伴奏。

她用异样的声音问我道：

“你什么时候回来？你对我说真话。”

“我不知道。”我回答道。

随后又是沉默。不时吹来的阵阵轻风使窗帘鼓起，吹拂在我们身上的阵阵微风带来了夏夜的欢愉。

“你不要我了？”

她声音里流露出一种深深的沮丧，以至于我内心中所结下的死疙瘩一下子都解开了；内疚和怜悯之情一齐涌上心头。

“不会，”我回答说，“你别担心，朱丽亚娜。我需要休息一下，我不能再待在这儿，需要去休息一下。”

她说：

“你有道理。”

“我想我会很快回来，就像我答应的那样。也许你也一样，不见到我痛苦，你也会轻松些。”

她说：

“我永远不会轻松。”

她的话语中含着一种无声的眼泪。突然，她又以一种令人心碎的痛苦声调说道：

“图利奥，图利奥，你对我说实话。你恨我吗？你对我说实话！”

她用比语言更令人伤心的双眼审视着我。似乎在一瞬间，她的灵魂在盯住我看。那可怜的睁大了的眼睛，那如此洁白的前额，那抽搐的嘴唇，那瘦削的下巴，那流露出痛苦的秀美的脸跟走形的身躯形成了强烈的反差，而那双手，那双令人忧伤的纤细的小手，用一种恳求的动作伸向我，这使我感到前所未有的难受，使我产生了恻隐之心，令我心软。

“相信我，朱丽亚娜，永远相信我。我对你没有任何怨恨，永远都不会有。我不会忘记我应该报答你；我一点也没忘记。对此你不是已有体验了吗？你放心吧。现在你考虑解救你自己。而且……谁知道啊！不过，不论在任何情况下，我都不会抛弃你的，朱丽亚娜。现在你让我走，也许离开几天对我会有好处。我将平静地回来。何况，需要非常镇静呢。你将需要我的一切帮助……”

她说道：

“谢谢。你愿意把我怎么样都可以。”

夜晚传来一阵歌声，掩没了森林里沙哑的长笛声，这也许是从月光下某个偏远的打谷场传来的劳动的歌声。

“你听见了吗？”我说道。

我们聆听着。风轻轻地吹着。夏夜美妙的一切充实了我的心田。

“我们去那边阳台上坐坐，好吗？”我温柔地问朱丽亚娜。

她表示同意，站起身来。我们走进了另一个房间，那儿除了月光外没有别的光亮。一片像牛奶一样洁白的月光洒在地上。她踏着月光走在我前面，先我到了阳台上；我能看到朦胧月光凄然勾画出的畸形的身影。

啊，我原来想紧紧拥抱在怀里的那纤细而又柔顺的宝贝在哪儿呢？四月的正午我在丁香花下找到的情人在哪儿呢？——霎时间所有的痛惜、愿望和绝望都涌上心头。

朱丽亚娜坐了下来，把头靠在栏杆的铁条上。她那被月光照亮的面容比周围的任何东西都白皙，比墙还要白。她半睁着眼睛，长长的睫毛在脸颊上形成一道阴影，它比目光更使我心烦意乱。

我能说什么呢？

我面对着山谷，俯身在栏杆上，手指抓着冰凉的铁条，我看到的是一片无垠纷繁的画面，从中只辨认得出阿索罗河水闪烁的波光。歌声随着吹来的阵阵凉风时断时续地传到耳际；间或可以听到那稍带沙哑而又十分遥远的长笛声。我觉得，我从来没有见过这么充满柔情而又凄清的夜晚。从我心灵的最深处冲出一声因那已失去了的幸福而迸发的叫喊，那声音很高，虽然听不见。

二十四

一到罗马，我就后悔了。我觉得罗马城很炎热，火烧火燎的，几乎没什么人；我因此而感到惶恐。我发现家里寂静得像一座墓穴，同样一件我十分熟悉的东西，却变样了，变得很怪，我因此感到惶恐不安。我感到孤寂，处于一种可怕的孤独之中；但我没去找朋友们，我不愿回想起朋友来，也不想认他们。我开始只寻找一个人，一个我对之怀有刻骨仇恨的人：菲利波·阿尔博里奥。

我本来希望能很快在某个公共场所遇见他。我到餐馆里去，我知道他常去那里。我事先想好了挑衅的办法，整整等了他一个晚上。每个新来的脚步都搅得我心神不定。但他没出现。我询问了餐馆的招待，他们说已好长时间没见到他了。

我去击剑场看了。场内空无一人，百叶窗关着，场地沉浸在一片灰绿色的阴影中，屋里弥漫着在木板地上洒水后散发出的那股特别的味道。学员离去之后，击剑师十分热情友好地接待了我。我注意地听他详细讲述最后一期学生在比赛中所取得的胜利战果。然后，我向他打听了经常上击剑班的一些朋友的消息；最后我问他菲利波·阿尔博里奥的情况。

“他已有四五个月不在罗马了，”击剑师回答我说，“听说他病了，一种十分严重的神经方面的疾病，很难治好。这是加利法伯爵说的。其他情况我就不知道了。”

他又补充说：

“他很虚弱，真的。他在我这里没上过几节课。他害怕对方用剑刺；他的眼睛不能看剑的尖端……”

“加利法还在罗马吗？”我问他道。

“不，在里米尼。”

几分钟之后我就告辞了。

这意想不到的消息使我感到震惊。我想:“但愿是真的!”我巴不得他得的就是那些脊髓或者大脑里的可怕的疾病,能导致一个人机体退化、坏死,导致白痴,导致最可悲的疯癫,并因此而死去。从科学书籍上得知的概念,对疯人院的一次参观,我的一位朋友,可怜的斯皮内利特殊的病例在我脑海里还留有深刻的印象,现在,这些都立刻回到我的记忆之中。我重又看到了坐在一把红色大皮椅上的可怜的斯皮内利,他面如土色,脸上的所有线条都僵住了,嘴巴张得大大的,淌满了口水,结巴地说着令人难以听懂的话。我重又看到他不时地用手绢接住不断从嘴角淌下来的口水时。我重又看到他有着一头金发、身材细长的妹妹,表情忧伤地像对待一个孩子似的把一块餐巾放在病人下巴底下,用导管把食物从咽喉输进他胃里去,因为他不能吞咽。

我想:“我将赢得一切。如果我跟一个如此出名的对手进行一次决斗,要是我使他身负重伤或者杀了他,事情当然会搞得满城风雨;会弄得尽人皆知,一旦传播开来,所有的地方报纸都会加以评论!而决斗的真正原因也包不住了!可是这场命中注定的疾病使我摆脱了一切危险、麻烦和流言蜚语。我完全可以放弃一场我亲手造成的血淋淋的恶斗和惩罚(而我对决斗的结果有把握吗),当我知道我所憎恶的人已病瘫了,已无能为力的时候。但消息是否确实呢?如果只是一种暂时的不适呢?”我有了个好主意。我乘上一辆马车,让车子把我拉到出版商的书店里去。一路上,我的脑子在思索着(怀着诚挚的誓愿),对于一个文人,一个语言创作者,一个文体家的两种最可怕的脑部疾病——

失语症和失写症。我想象着那些病的症状。

我走进了书店。起初，我什么也看不清，因为从明亮的外面乍一到暗处，有些眼花目眩。我听到有人用一种带着外国腔的鼻音问我道：

“先生，您要什么？”

我发现柜台后面有一个难以辨别年龄的人，浅黄色头发，干瘦而苍白，一副白化病患者的样子；我朝他转过身去，点出一些书名。我买了几本。然后我要菲利波·阿尔博里奥最新的小说。那患白化病的人把《秘密》递给了我。于是我装作是这位小说家的狂热的推崇者。

“这是最新的吗？”

“是的，先生。几个月来我们出版社已经预告要出一本新的小说：《象牙之塔》。”

“啊，《象牙之塔》！”

我的心猛地跳了一下。

“但是我想我们不能出版了。”

“为什么呢？”

“小说家病得很厉害！”

“病了！什么病？”

“一种延髓逐步瘫痪症。”那个白化病患者回答我时，装出一副博学者的做作样子一字一板地分得很清楚。

哦，朱里奥·斯皮内利的病症！

“那么说，病情挺严重。”

“十分严重!”白化病人断言道,“您知道瘫痪是不会中止的。”

“但现在还是初期。”

“是初期;但病的性质是确定无疑的了。他最后一次来这儿时,我听他说的。那时他说有些话时已经很困难了。”

“哦,您听他说话了?”

“是的,先生。他发音已含混不清,说某些词时声音有点发颤……”

我激那位白化病患者说下去,对他的回答给予极大的关注,几乎是带着欣赏的色彩。我想他简直是极想把著名小说家舌头绕不过弯来的那些辅音也模仿出来。

“现在他在哪儿?”

“在那不勒斯。医生们给他进行电疗。”

“哦,进行电疗!”我带着一种天真惊讶的神情重复道,就像个一无所知的人,因为我想激起他的虚荣心,以拖延谈话的时间。

那时,在像走廊一样狭长的书店里吹着一丝凉风,一股穿堂风。灯光很柔和。书店里的一个伙计安详地睡在地球仪阴影下的一张椅子上,下巴抵在胸部。没有人进来。书店老板在某些方面令我感到好笑。他那么苍白,龇着牙,说话齉鼻儿。在图书馆一般的寂静之中,听到有人那么肯定地宣称一个可憎的人患了不治之症,心里是相当宽舒惬意的。

“那么医生们还有希望挽救他。”我为了激他,故意这么说。

“不可能。”

“为了文学事业的荣光，我们应该希望有可能救他……”

“不可能。”

“但我相信有在逐步瘫痪的过程中痊愈的病例。”

“不，先生，不。他可以再活两年，三年，四年；但不会痊愈。”

“然而，我相信……”

在跟向我提供情况的人开玩笑的时候，我不知道从哪儿来的那种轻松的思想和在体验一种残忍的感情时的那种好奇得意劲儿。当然，我是在幸灾乐祸。在我的不同意见的刺激下，那位患白化病的人不再来反驳我，他爬上了一架靠在高处书架上的小木梯子。他瘦弱得像悬挂在房檐上的一只野猫。爬梯子时，他的脑袋碰在一根绳子上，这根绳子从书店的一个角落拉到另一个角落，上面落满了苍蝇。一群苍蝇肆无忌惮地在我四周嗡嗡地乱飞。他拿着一本书下来了：说明那疾病会致人于死地的权威性论证。那些驱不散的苍蝇也跟着他下来了。

他让我看扉页。那是一篇医学病理学的专题论文。

“现在您听着。”

他一页页地寻找。因为那本书还未开页，他用两个手指头把连在一起的两页裁开；他发白的眼睛专注地看着；他读了翻到的地方：“延髓逐步瘫痪症的预后不利于……”他又问道：

“现在你深信不疑了吧？”

“是的。可是太遗憾了！一个如此难得的天才！”

苍蝇没有平静下来。它们一齐发出恼人的嗡嗡声，朝我，朝患白化病的书商和熟睡在地球仪下的伙计身上袭来。

“他当时多大年岁?”我问道,无意中弄错了动词的时态,像是在谈论一个死者。

“谁呀,先生?”

“菲利波·阿尔博里奥。”

“我想三十五岁了。”

“这么年轻!”

我有一种奇怪的想笑的愿望,一种想冲着白化病人的脸笑出来,并让他惊愕地呆在那儿的幼稚的愿望。那是一种十分独特的兴奋,颇带点神经质,那是一种从来没有感受过的无限的兴奋。我的情绪激动,犹如被一种不可名状、难以控制的喜悦所激励似的,就像有时做了一场时断时续的梦那样喜出望外。论文在桌上敞着;我俯身看一页上的一张插图:上面画着一张做着鬼脸的人脸,一副凶相而且很古怪。“脸部左侧萎缩”。苍蝇不停地嗡嗡叫着。

不过,我又感到一种不安。我问道:

“出版商还没有接到《象牙之塔》的手稿吗?”

“没有,先生。预告已发出;但只有标题。”

“只有标题?”

“是的,先生。预告实际上也被取消了。”

“谢谢。请您在今天之内把这些书送到我家。”

我留了地址之后就出来了。

我走在人行道上,油然产生一种特别的茫然之感。我似乎觉得把生活中虚假的、伪装的、臆造的一面全抛在脑后了。我所做的，我所说的，我所体验到的一切，白化病患者的形象，以及他的声音和他的手势，似乎这一切都是臆造出来的，一切都显得像是一场梦似的不存在，好像是刚读完一部作品后的印象，而不是与现实接触之后所得的印象。

我重又坐上了车，回到家。朦胧的感受消失了，我陷入了沉思。我肯定一切都是活生生的现实，无可置疑。一想起可怜的斯皮内利当时的形象，我脑子里便很容易想象出病人所处的类似的情景。我又产生出一种新的好奇心理："要是我去那不勒斯看他会怎么样？"我眼前出现了那个被病毒所摧损的文人像个白痴般结结巴巴的可怜情景。我不再感到任何快乐。一切仇恨引起的激动心情都消失了。一种深重的忧伤之感向我袭来。那个人的毁灭对我的处境毫无影响，他的毁灭不能挽救我的毁灭。我的身上，我的存在，对未来的预想，都没有发生任何变化。

我又想到了菲利波·阿尔博里奥提出的书名：象牙之塔。我思想上疑窦丛生。难道那题词中的称呼纯粹是一种偶然的巧合吗？或是作家想创作一个与朱丽亚娜·赫尔米相似的文学形象以讲述他最新的艳史？这折磨人的问题重又冒了出来。这风流韵事从头到尾是怎么展现的呢？

我耳边重又回响起在那难忘的夜晚朱丽亚娜喊叫的话语："我爱你，我一直爱你，我始终是你的，我是因一时的软弱才陷入了这个地狱，你懂吗？一时的软弱……这是真话。你不觉得我说的是真话吗？"

哎呀，我们有多少次都把谎言当成真话呀！没有任何东西能使我们不受欺骗。但是如果我从朱丽亚娜嘴里听到的是纯粹的真话，那么她是不是真的在处于一种感情上的忧郁中时被那人意外得手的，就在我的家里，而且她是在意识模糊中忍受了暴行，而在重新醒来时对无可挽回的行为感到恐怖和厌恶，她赶走了那人，并且没再见过他？

这种想象表面上确实没有自相矛盾的迹象，这使人推想出朱丽亚娜与那个人之间的某种关系很长时间以来已经彻底中断了。

“就在我的家！”此时，我又这样想着。在墓穴般寂静的家里，在空无一人而又闷热的房间里，难以排除的形象总在困扰着我。

二十五

怎么办？在那火一般炎热的伏天里还留在罗马等着我头脑发热吗？或是去海滨，到山上，到人群中间去，在夏天高雅的娱乐场所借酒浇愁吗？或是去寻找另一个黛莱莎·拉福，去寻找随便哪一个轻浮的情人，再次沦落成原先那样骄奢淫逸的男人吗？

有那么两三次，我耽于回想那个金发的情人；尽管在一段很长的时期中，她已完全从我心中抹去了，从我的记忆中消失了。

“她会在哪儿呢？她还跟艾乌吉尼奥·埃加诺有关系吗？我再见到她时会怎么样呢？”那是一种脆弱的好奇心。我发觉我惟一深切而无法摆脱的愿望就是回到我那令人难受和痛苦的家。

我最迅速地采取了必要的措施；我去拜访了韦贝斯蒂大夫，往拉巴迪奥拉打了个电报，告诉家里我要回去，并已动身。

我被急不可待的心情占据了；一种万分焦急的心情刺痛着我，好像是去迎接什么奇异的新鲜事物。我觉得旅途是那么漫长。我倚靠在座垫上，天热得叫人喘不过气来，从窗缝钻进来的尘土呛得人很难受，火车车轮单调的滚动声伴随着单调的蝉鸣，丝毫未减轻我的厌烦，此时，我想着往后的事，思考着未来的种种可能，竭力探测着那巨大的阴影。父亲已受到了致命的打击，等待着儿子的又将是什么样的命运呢？

二十六

拉巴迪奥拉没有任何异常。我离开的时间很短暂。家里人庆贺我回来，朱丽亚娜第一个眼神就向我表达了一种无限的感激之情。

“你很快就回来了，这很好。”我母亲微笑着对我说道，“朱丽亚娜很不平静。现在你不会再走了，但愿如此。”

她又指着孕妇的肚子补充说：

“你没见她肚子大点了吗？噢，对啦，你记着买花边了吗？

没有？真是忘性脑子！”

才到家几分钟，折磨就又开始了。

朱丽亚娜一有机会与我单独在一起时，就对我说：

“我没想到你这么快就回来了。我心里多么感激你呀！”

她的举止与声音都是那样柔情地胆怯与谦恭。我却觉得她面容与身体其余部分的反差越发明显了。我看得出她脸上有一种特殊的令人怜悯的痛苦表情，显然，她思想上生怕有损声誉和身心健康的负担太重了。她始终带着那种痛苦的表情；即便有时短暂地表现出似乎很高兴的样子，也难以掩饰她的痛苦；那种神情是固有的，一成不变的；它令我怜悯；融化了我的怨恨，并且阻挡着我有时明显地表现出的那种含有讽刺意味的残忍。

“这几天你干什么啦？”我问她。

“我等你来着。你呢？”

“我什么也没干，只想着回来。”

“是为了我吗？”她羞怯而又谦卑地问道。

“为了你。”

她微微闭上了眼睛，脸上掠过一丝淡淡的微笑。我感到自己从未像在那种时刻里那样得到过爱。

过了片刻，她眼里含着泪水看着我说道：

“谢谢。”

那声调，那表达的情意，使我想起了另一次她说谢谢时的情景：那是她恢复健康期间，很久很久以前的一个早晨，我第一次犯罪的那个早晨。

二十七

在拉巴迪奥拉，令我疲惫的日子又这样开始了，它总是这样令人忧郁，没有什么值得一提的事情，而时间在日晷仪中迟缓不前，榆树上单调的蝉鸣使人觉得时光过得更慢了。时间施人以恩惠！

我精神上总是那样轮番交替地时而烦躁不安，时而怠惰迟钝，时而自我讽刺挖苦，时而又无望地渴求什么，时而出现种种自相矛盾的思想危机：充实而又空虚。一想到生活是那么灰暗、乏味、平庸、动荡而又具有无上的威力，我不止一次地想道："谁知道！人首先是一种能适应情况的动物。没有什么耻辱或痛苦是人所不能忍受的。也许我最终也会采取某种妥协办法的。谁知道！"

我多次讽刺自己是个废物。"谁知道菲利波·阿尔博里奥的儿子会不会就像人说的那样长得跟我一模一样呢。要是那样，就比较容易对付了。"我又想起，有一次，我听到别人在一对合法夫妇面前谈到一个小男孩(我清楚地知道那是个私生子)时想苦笑的情景：跟他父亲长得一模一样！由于生理学家们称为遗传影响的神秘法则的作用，父子长得的确特别像。

也由于那种法则的作用，有时候儿子长得既不像父亲也不像母亲，而像母亲在怀孕之前跟她已有过某种关系的男人。一个第二次结婚的女人，在第一个丈夫死去三年之后，生出的儿子却跟死去的丈夫长得一模一样，而一点儿也不像生育出他来的男人。

“也许拉伊蒙多会带有我的烙印，会像一个真正的赫尔米家的人，”我想着，“也许我会得到特别的庆贺，因为我在后嗣身上那么有力地刻上了家族的印记！”

“而要是我母亲和我弟弟的期望落空了呢？要是朱丽亚娜再生下第三个女孩儿呢？”这种可能性使我感到平静些。我觉得，我对新生的女孩儿也许反感小一些，而且也许我还会忍受她的存在。随着时光的流逝她会远离我家的，她会改姓另一个人的姓，她将在另一个家庭里生活。

随着产期越来越临近，我心里也越来越烦躁不安。总面对眼前那无限制地越长越大的肚子，我厌烦透了。总是处在同样的烦躁不安的心绪之中，处于在同样的惧怕心理和同样的困惑茫然的挣扎之中，我厌倦了。我真希望事情加速发展，最后产生随便什么样的灾难都无所谓。情愿让什么灾难落到头上，也比这种可怕的焦虑要好受一些。

有一天，我的弟弟问朱丽亚娜：

“那么，还要多长时间？”

她回答说：

“还有一个月。”

我想：“如果真是感情上的一时软弱所致，她应该知道受孕的确切日期。”

那时正是九月份。夏天快过去了。秋分已经临近，那是一年当中最美好的季节，那是葡萄成熟的时节，似乎本身就带有一种令人陶醉的气息。秋天的魅力一点一点地渗入我的心田，抚慰着我的心灵；有时候使我感到有一种得到柔情的需要，抒发激情的需要。玛丽亚和娜塔利亚长时间地与我单独在一起，她们或是在我的房间里，或是到外面的田野里。我从来没有如此深情和热烈地爱过她们。看着她们那充满着稚气、刚谙世事的眼睛，有时候在我心灵深处禁不住闪过一缕温馨之光。

二十八

一天，我在拉巴迪奥拉到处寻找朱丽亚娜。那是午后一两点钟。因为在她房间里没找到她，别的地方也没有，我就走进了母亲住的套间。门开着，没听见有说话声，也没有响声；窗上轻柔的帷幔微微颤动着；从窗口望出去可以隐约地看到榆树的绿色；在浅色的墙壁之间吹着一股凉爽轻柔的微风。

我小心翼翼地朝里屋走去。考虑到母亲可能在睡觉，所以我走路蹑手蹑脚的，以免打扰她。我掀开门帘，探进头去。果然听到有人熟睡的呼吸声。我看见我母亲在靠窗的一张扶手椅上睡着了；在另一张扶手椅的靠背外面，我看到了朱丽亚娜的头发。我走了进去。

她们两人遥遥相对地靠在各自的椅子上，中间有一张低矮的桌子，上面放着一只装满婴儿小帽子的篮子。我母亲的手里还拿着一顶那样的小帽子，上面有一根针闪烁着光亮。她做活计时困了，低头睡着了。她把下巴抵在胸部，也许她已进入了梦乡。穿在针上的那根白线只拉了一半，但也许她在梦中正拉着一根最珍贵的线呢。

朱丽亚娜也睡着，但她的头靠着椅背，双手搁在扶手上。她脸部的线条轮廓像是在甜美的梦境之中舒展开了；但嘴巴的线条依然忧郁地弯曲着，留有一种痛苦的阴影：嘴微张着，稍稍露出毫无血色的齿龈；而在鼻子上部，在眉心间，有一道因饱受巨大痛苦而留下的小小的皱痕。她的前额湿淋淋的：一滴汗水缓缓地从额角流淌下来。从衣袖里伸出来的那双比薄纱还要洁白的双手所摆放的姿势，似乎本身就供认了一种极度的疲惫。我的目光没有停留在这神圣外表的任何一个部位上，就像没有停留在容纳着如今已完全成形的小生命的腹部上一样。我再一次无视那些外表，不顾朱丽亚娜的身孕，感到生命孤立地活着，好像在那种时刻，没有任何别的东西生活在我身旁，生活在我周围，什么也没有。而且再一次感到那不是一种虚幻的感觉，而是现实的、深刻的感受；那乃是一种牵动我一切神经纤维的恐惧。

我环视四周；重又看到母亲手指间的婴儿帽上闪闪发亮的针；重又看到篮子里所有那些轻飘的花边和玫瑰色与天蓝色的带子，它们随风微微地抖动着。我的心里痛苦极了，都觉得难以承受了。我那做梦也想着那顶要戴在并非是我骨肉头上的可爱的白帽子的母亲，她的手指间浸透着多少亲切柔情呀！

我在那儿待了几分钟。那地方确实是家中神圣的地方。一边的墙壁上挂着我父亲的肖像，他跟费代里科很相像；另一面墙上挂着科斯坦扎的肖像，她有点儿像玛丽亚。两幅优越的生命形象的存在，使活着的人们深切地怀念着已故的亲人，他们富有魅力和感召力的目光有着一种无所不见的神力。另外，逝者的遗物使那个地方神圣化了。在屋子一角的一根柱基上，安放着依据我母亲生死相爱的男人的遗容制成的水晶面膜，上面覆盖着一条黑纱巾，而屋子里面却没有任何凄凉忧郁的气氛，那里笼罩着一种极度的安宁，似乎整个家里也和谐地弥漫着那种安宁的气息，犹如从一颗心里散发出和谐的生命的气息一样。

二十九

我想起一个雾霭迷蒙的早晨，我与玛丽亚和娜塔利亚，以及伊迪丝小姐在丁香别墅的一次游玩。那是一种朦胧的记忆，的确是很不清晰，很模糊，就像在一个既折磨人又甜蜜的长梦里看到的。

花园里不再有那无数成串的紫丁香花，不再有那纤细的花丛，也没有那像音乐般和谐的多重香味，不再有它那开朗的音容笑貌了，也没有了燕子不断的啁啾声。除了两个还不懂事的女孩子的声音和欢快的奔跑，真没有什么令人高兴的事。大多燕子都飞走了；另一些也要离开，我们正赶上送走最后一群。

所有的燕子窝都被丢弃了,空空的,毫无生气。有几个燕窝给捣碎了,在残余的土块上飘动着几根纤细的羽毛。最后一群燕子聚集在靠近屋檐的屋顶上,等候着几个失散的同伴。候鸟们排着队待在运河的岸边,有几只用嘴梳理着羽毛,有几只背转过身子,时而露出剪刀般的小尾巴,时而露出洁白的小胸膛。在它们这样等候的时光里,寂静的空中回荡着它们的呼唤声。还不时有姗姗来迟的同伴们三三两两地到来。离开的时刻临近,呼唤声停止了。一缕惨淡的阳光洒照在关闭着的房子和荒芜空寂的燕窝上。没有比看到那些被粘挂在窝边土块上随风拂动的纤细羽毛更令人伤感的了。

燕群像是被骤起的阵风一下子吹起来似的,振翅起飞了,它们在空中形成一股漩涡,垂直地在房子上空停留了片刻;然后毫不犹疑地聚集成队,踏上旅程,像是有人为它们画好了一道轨迹似的,飞远了,不见了,消逝了。

玛丽亚和娜塔利亚直挺挺地站在一把长椅上,尽可能久地目送燕子远去,她们还挥着手臂高声喊道:

“小燕子,再见了,再见,再见!”

对于其余的一切,我都记不清了,就像在一场梦中一样。

玛丽亚要进屋去。我自己打开了大门,朱丽亚娜站在三级台阶上悄悄地跟着我,像影子一样轻盈,她搂住了我,并且轻轻地对我说:“进去,进去。”在门厅拱顶上那些奇形怪状的图案之间还悬荡着燕窝。“现在我是你的,你的,你的!”她低声地说着,没有离开我的脖颈,但柔软地转动着身子想投入我怀里,想碰触我的嘴。门厅里和楼梯上都寂静无声;整个屋子一片宁静。在那儿我曾听到过深沉而又遥远的嗡嗡声,就像是深藏在某些海螺深处的声音。现在的寂静却像是坟墓里那种死一般的寂静。我的幸福就埋葬在那儿。

玛丽亚与娜塔利亚喋喋不休地饶舌,她们始终不停地盘问我,对一切都显得很好奇,她们去打开了五斗橱的抽屉,还有大衣柜。伊迪丝小姐跟随着她们叫她们动作慢一点。

"你瞧,你瞧我找到了什么!"玛丽亚跟在我后边喊叫道。

她在一只抽屉的深处找到了一把薰衣草和一只手套。那是朱丽亚娜的一只手套;指尖上沾有黑色的斑点;手套背面靠近边缘处可以辨认得出一行字:"桑葚:一八八〇年八月二十七日。请记住!"我霎时间又想起桑葚的事,那是一段我们初恋时令人感到幸福愉快的故事,我们田园诗般的爱情的一个片断。

"那不是妈妈的一只手套吗?"玛丽亚问我道,"你把它还给我,你把它还给我。我要自己去交给妈妈……"

我对其余的一切都已记不清了,就像是在一场梦中一样。

看门的老守卫卡利斯托对我讲了好多事情;而我几乎一点儿也没听懂。他多次向我重复一个祝愿:

"生个男孩儿,生个漂亮的男孩儿,愿上帝保佑他!一个漂亮的男孩儿!"

当我们走到外面时,卡利斯托关上了门。

"这些讨厌的鸟窝怎么办?"他摇着一头漂亮的白发说道。

"别动它们,卡利斯托。"

所有的鸟窝都被丢弃了，空空的，毫无生气。最后一批“客人”都飞走了。一缕惨淡的阳光洒照在关闭的房子上，照在空寂的燕窝上。没有比看到那些粘挂在窝边土块上随风轻拂的纤细羽毛更令人伤感的了。

三十

产期临近。十月的前一半过去了，已通知了韦贝斯蒂大夫，说不定哪一天就会阵痛分娩。

我的焦虑心情不时地加剧，变得越来越难以忍受了。我常常发疯似的失去理智，就像那天在阿索罗河岸上发生过的那样。我远远地逃离拉巴迪奥拉，骑着马兜好长时间，逼着奥兰多跳过篱笆和沟渠，鞭策它沿着险峻的小径飞跑。我和那可怜的牲畜满身大汗地回来时都精疲力竭了，但依旧安然无恙。

韦贝斯蒂大夫到了。拉巴迪奥拉所有的人都松了口气，他们充满了信心，满怀着希望。只有朱丽亚娜打不起精神来。我从她的眼睛里不止一次地看到一种不祥的情绪，一种顽念的阴影，一种预感到不祥的恐怖神情。

分娩的阵痛开始了；阵痛足足延续了一整天，中间有几次间歇，时而剧烈，时而缓和，时而能够忍受，时而又让人撕心裂肺。她扶着一张桌子站着，背靠着一只衣柜，咬紧牙关，以免喊出声来；或是坐在一张扶手椅上，几乎一动也不动地待在那儿，双手捂住脸，不时地发出微弱的呻吟；她或是不断地变换地方，从屋子的一个角落走到另一个角落，或是随便停留在某个地方，用抽搐的手指抓住一件什么东西。看着她如此痛苦，我的心都要碎了。我实在支持不住了，就走出房间，离开几分钟；然后我又回去，像是不由自主地被吸进去似的；我就待在那儿看着她痛苦万状却无力帮助她，没能对她说一句安慰的话。

“图利奥，图利奥，太可怕啦！哎唷，太可怕啦！我从来没有这么疼过，从来没有过，从来没有过。”

已是傍晚了。我母亲、伊迪丝小姐和大夫都已下楼到餐厅里去了，只留下我与朱丽亚娜单独待在那儿。他们还没有拿灯来。十月傍晚时分的紫色光线照射进来；风不时地吹动着窗玻璃。

“救救我，图利奥！救救我！”她疼得失去了理智，叫喊着，向我伸出双臂，睁大着眼睛看着我，在那半明半暗的光线中，她的眼白格外显眼，脸色都发青了。

“你告诉我！你告诉我！我怎么帮助你呢？”我结结巴巴地说道，我茫然不知所措了，一面以一种我以为能产生什么神奇作用的动作，亲切地抚摸她鬓角的头发，“你告诉我！你告诉我！我该怎么做？”

她不再呻吟了；她看着我，注意地听着我说，好像忘记了她的痛苦，几乎是惊愕了，也许是因我的声音而怔住了，被我那种惊慌失措的表情、焦虑的神态，我抚摸着她头发的颤抖的手指，以及我那毫无效果的动作所产生的饱含悲怆的温存所触动。

“你是爱我的，是不是？”她说道，同时使劲儿看着我，像是生怕失去我激动时所表现出的一切温情，“你宽恕了我的一切。”

她重又异常兴奋地滔滔不绝地说道：

“我需要你爱我，现在需要你特别爱我，因为明天我就不在了，因为今夜我将死去，也许今天晚上就将死去；而你就会因没有爱过我、没有宽恕我而后悔的，哦，你肯定会后悔的……”

她那么肯定自己会死，以致我立刻给吓呆了。

“你得爱我。你看见了：也许你不曾相信过那天夜里我对你说过的那些事，也许你现在还是不相信；不过，当我不复存在时，你肯定会相信我的。到那时，你就会幡然醒悟；到那时，你就会知道事实真相，而你就会后悔没有全身心地爱过我，没有宽恕我……”

她哽咽了。

“你知道我为什么不想死吗？因为我死了，你都不知道我曾是怎样地爱过你……尤其是后来，你不知道我是怎样爱过你……啊，这是什么样的惩罚呀！我该当落得这种结局吗？”

她把头埋在手里，但很快又露出了面容。她凝视着我，脸色十分苍白。好像又有一种更可怕的念头攫住了她似的。

“而要是我死了，”她结巴着说道，“要是我死了，留下他活着……”

“别说了！”

“你明白……”

“别说了，朱丽亚娜！”

我比她更虚弱。我被恐惧所压倒,甚至没有力量说一句安慰她的话,不能以一句表示要她活下去的话驱逐她那些死的念头。当时我也肯定地认为她会有那种可怕的结局。在紫色的阴影中我看着正看着我的朱丽亚娜;而我似乎在那可怜的疲惫不堪的脸庞上发现了濒于死亡的迹象,一种无法阻挡的崩溃的迹象。她按捺不住地变了声调地喊叫出来;于是她抓住了我的胳膊。

“救救我,图利奥! 救救我!”

她紧紧抓住我,抓得相当紧,但是对我来说不算什么,我恨不得让她的指甲嵌到我的肉里去,因为我情愿以自己肉体上的疼痛去分担她的剧痛。她把前额顶在我的肩上,不断地呻吟着。在肉体经受极端痛苦的时候,我们的声音变得难以分辨了,那种声音会使忍受命运残酷折磨的人去顺应那痛苦的命运:那乃是人或牲畜在经受肉体痛苦时的一种本能的呻吟。

她不时地重新以她自己本来的声音重复说道:

“救救我!”

她所遭受的痛苦折磨也强烈地感染着我。我接触到了她的腹部,感到那小孽种在里面一刻不停地折腾他的母亲。我不禁产生一种根深蒂固的仇恨,它好像化成了一股致命的激流冲击我的双手。那是很不合时宜的冲动;但此时我心里闪过那已闪现过无数次的谋杀的幻象。“你活不成。”

“哎哟,图利奥,图利奥,掐死我吧,让我死了吧! 我受不了啦,我受不了啦,你明白吗? 我再也支持不住了,我不愿再受罪了。”

她愤怒地喊叫着,疯了似的环顾四周,像是在寻找什么东西或是什么人给予她我所不能给予的帮助。

“你平静些，你平静些，朱丽亚娜……也许到时候了，你挺住！坐在这儿，勇敢些，挺住！再坚持一会儿！我在这儿陪着你呢。别怕。”

于是我跑去按了铃。

“叫大夫！让大夫马上来！”

朱丽亚娜不再呻吟了。她好像突然不疼了，或者是不再感到痛苦，而是被一种新的思绪所占据。显然她内心是在估量什么事；她凝神思索着。我都来不及注意这瞬间发生的变化。

“你听我说，图利奥。要是我昏迷了……”

“你说什么？”

“要是待会儿在高烧中我神志昏迷，要是我昏死过去了……”

“那又怎么啦？”

她的语气那么恐怖，如此吃力地做着暗示，以致令我全身发抖，简直是惊慌失措了，我不知道她究竟还想说些什么。

“那怎么啦？”

“所有人都会围在我身边……要是在昏迷中我说出来了，我泄露了……你明白吗？你明白吗？只要一句话就够了，而人在昏迷时是不知道自己在说些什么的。你应该……”

这时候，母亲、大夫，以及接生婆都来了。

“啊，大夫，”朱丽亚娜叹息道，“我觉得我要死了。”

“勇敢些，勇敢些！”大夫以他那亲切的声音说道，“别害怕，一切都会顺利的。”

他看了看我。

“我相信，”他又微笑着说道，“您的丈夫比您还糟糕。”

他冲我指了指房门。

“您走，您走，您别在这儿。”

我看到母亲惊恐不安而又让人可怜的目光。

“对，图利奥；你最好走开。”她说道，“费代里科在等你。”

我看了看朱丽亚娜。她不顾别的在场的人，呆呆地看着我，眼睛里充满一种奇异的光亮。那种目光是绝望的灵魂的鲜明写照。

“我就待在隔壁房间，不会离开的。”我直视着朱丽亚娜坚定地宣布道。

我从屋子里出来时，看到接生婆在往那折磨人的该死的产床上摆放枕头；我浑身一阵战栗，就像刮来一股阴风似的。

三十一

那是早晨四五点钟的时候。分娩的剧痛一直延续到那个时刻，其间有过几次间歇。将近三点钟时，我坐在隔壁屋子的长沙发上突然打起盹儿来。克里斯蒂娜喊醒了我；她说朱丽亚娜想见我。

我刚苏醒就迷迷糊糊站了起来，睡意犹浓。

“我睡着啦？发生什么事啦？朱丽亚娜……”

“别惊慌。没发生什么事。疼痛已缓和下来了。您来看。”

我走了进去。立刻见到了朱丽亚娜。

她平躺在枕头上，脸色跟她的衬衣一样白，几乎毫无血色。我立刻遇到了她的目光，因为她正看着门口等我去。我觉得她的眼睛更大、更深、更凹陷了，眼眶四周有很深的一圈黑影。

“你看，”她以鼓舞人的口吻说道，“我还是这样。”

她不停地看着我。她的眼睛就像丽莎公爵夫人的眼睛一样，似乎在说：“我原来想得到你的帮助，而你却不帮我，连你也不帮我！”

“大夫呢？”我问我母亲。她正神情沮丧地待在那儿。

她向我指了指一扇门。我朝那扇门走去。我走了进去。我见大夫站在一张桌子旁，桌子上有各种药品，一只黑色的信袋，一个体温表，一些绷带、药片和瓶子，还有一些形状特别的管子。大夫手里拿着一根橡皮管子，正在把一根导液管插进去，他轻声地在教着克里斯蒂娜。

“究竟是怎么回事？”我唐突地问他道，“怎么啦？”

“暂时没有任何令人不安的情况。”

“那干吗要做这一切准备呢？”

“预防措施。”

“这样还得折腾多久呢？”

“我们已近尾声了。”

“您直截了当地对我说吧；我求您了。您是否已预感到一种不幸的灾难了？请您坦率地告诉我。”

“目前还没有任何严重危险的征兆。不过我担心会大出血；所以我采取一些预防措施。我会止住血的。请您相信我，您应该镇静些。我发现有您在场朱丽亚娜很不安。在这最后的短暂时刻里，她需要使出剩下的全部力量。您必须远离她。您答应听我的话。什么时候我叫您时，您再进来。”

我们听到一声喊叫。

“阵痛又开始了，”他说道，“这就快了。镇静些！”

他朝房门走去。我跟在他后面。我们俩都靠近了朱丽亚娜。她抓住我的胳膊，并且像钳子一样紧紧地抓住。那就是说她还有那样的力气？

“勇敢些！勇敢些！这就快了。一切都会很顺利的。是不是这样，大夫？”我结结巴巴地说道。

“对，对。时间紧迫。朱丽亚娜，您放开您丈夫，让他离开这儿。”

她看了看大夫和我，眼睛睁得大大的。她松开了我的胳膊。

“胆大些！”我瓮声瓮气地重复道。

我吻了吻她满头大汗的前额，转身走开了。

“啊，图利奥！”她在我身后喊道，那是一种令人撕心裂肺的喊叫，似乎是在说：“我再也见不到你了。”

我现出要回到她身边的样子。

“走吧，走吧。”大夫作了个威严的手势命令道。

我很顺从。有人在我身后把门锁上了。我站在那儿听了几分钟；但我双膝发颤，我的心跳压过了任何别的喧闹声。我走过去倒在长沙发上;我嘴里咬着块手绢,把脸埋在一个靠垫里。我好像也备受肉体上的痛苦折磨,像经受一次做得很不成功而又非常缓慢的截肢手术似的。产妇的叫喊声通过房门传到我的耳际。每听到那阵阵的叫喊,我就想:"这是最后一次了。"在间歇中,我听到女人们在不断地轻声低语:也许是我母亲和接生婆在安慰她。又是一声更尖厉更失常态的喊叫。"这是最后一次了。"我惊跳着站起身来。

我无法迈开步子。过去了几分钟,时间难以计数地流逝过去了。无数的思绪和形象像闪电似的掠过我的脑际。"他出世了吗?要是她死了呢?要是母子俩都死了呢?不,不。她肯定是死了;而他将活着。可是为什么听不到婴儿的哭声呢?大出血,血……"我看到了朱丽亚娜在血泊中气息奄奄。我克制住了令我毛骨悚然的恐惧,一下子冲到房门口。我打开房门,走了进去。

我立刻听到了外科大夫厉声喝斥的声音:

"您别靠近!您别动她!您想害死她吗?"

朱丽亚娜像死了似的,脸色比枕头还要苍白,一动也不动。我母亲手里拿着一片药俯身站在她身旁。大摊大摊的鲜血染红了床褥,地板上也血迹斑斑。外科大夫在准备一个"冲洗器",动作敏捷、镇定而又准确。他的双手没有颤抖,虽然他皱着眉头。屋子的一角有一盆开水在冒着热气。克里斯蒂娜用一个水罐子往另一个盆里加水,同时把温度计浸放在水里试温度。另一个女人把一捆棉絮送到隔壁的房间里去。空气中弥漫着氨和酸的气味。

我一眼就看清了当时所有最细小的特点，并且深深地铭刻在我的头脑里，难以磨灭。

“水温五十度，”大夫转身对克里斯蒂娜说道，“请注意！”

我由于没听见婴儿的啼哭声，就在四周寻找。房间里缺了什么人。

“孩子呢？”我战栗地问道。

“在那边，在另一个房间里。您去看他吧，”大夫回答我说，“您就留在那边吧。”

我以一个绝望的手势对他指指朱丽亚娜。

“您别怕。克里斯蒂娜，把水端过来。”

我走进了另一个房间。耳朵里听到婴儿的一阵十分微弱的哭叫声，刚刚能听见。我看到一个红通通的小躯体躺在一层棉絮上，透过接生婆那瘦骨伶仃的双手，我看到他身上青一块紫一块的，她正揉搓着他的脚背和脚心。

“您来，您来，先生；您来看。”接生婆一面继续揉搓，一面说道，“您来看多漂亮的小男孩呀。刚生下来时他不呼吸；但现在没有危险了。您看，多好的小男孩呀！”

她把孩子转过来，让他背朝下仰躺着，让我看孩子的生殖器。

“您看！”

她抱起孩子，在空中摇晃着。婴儿哭得更厉害了。

我的眼睛里冒出一种奇怪的火星，使我看不清；我全身都麻木了，使我无法准确地觉察所有那些真实而又突如其来的事物。

“您瞧！”接生婆又重复说道，重又让啼哭着的男孩儿平躺在棉絮上。

现在婴儿哭得厉害了。他喘着气，他活着！我朝那发出石松味儿的颤动着的小小躯体俯下身；我低下身子看他，观察他，以辨认出与某人令人憎恶的相像之处。但是肿胀的小脸蛋还有点儿发青，眼球往外突着，嘴巴肿肿的，下颏歪斜着，扭曲着，简直不成个人样；他除了使我感到厌恶之外没有勾起别的什么反应。

“刚生下来时，”我结巴地说道，“他刚生下来时，没有呼吸……”

“没有呼吸，先生。有点儿中风……”

“怎么回事？”

“脐带绕缠在他脖子上了。后来，也许接触了污血……”

她一边说一边照料着孩子；而我却看着她那双拯救了他的瘦骨伶仃的手，现在她正仔细地把婴儿的脐带缠在一小块涂了油脂的纱布上。

“朱丽亚，把绷带拿来。”

她一面用纱布包扎婴儿的肚子，一面又说道：

“现在这孩子的性命已经保住了。愿上帝保佑他！”

她那熟练的双手攥住柔软的小脑袋，像是要把它捏成形似的。婴儿越哭越厉害了；他哭起来像是带着某种忿怒，全身都不安地牵动着，保留着那中过风的外表，那绛紫色的皮肤，那令人作呕的样子。他哭得越来越厉害了，像是想证明他的生命力，像是在向我挑衅，像是为了激怒我。

他活着，他活着。而母亲呢？

我又木然地突然走进另一间屋子里。

“图利奥！”

那是朱丽亚娜的声音，微弱得像是一个濒死之人。

三十二

热水不断的流冲，约摸十分钟左右就止住了大出血。现在产妇在里屋的床上休息。天已经亮了。

我坐在床头；我在寂静中痛苦地看着她。也许，她没有睡。但是极度的虚弱使她动弹不了，跟死了一样；像是昏死过去了似的。看着她跟蜡一样苍白哀伤的脸容，我还看到斑斑血渍，看到她流出的可怜的鲜血，浸湿了床单，渗透了褥垫，染红了外科医生的双手。“谁会偿还她所失去的那些血呢？”我本能地做了一个想去触摸她的动作，因为我觉得她身上一定冰凉冰凉的。但我生怕打扰她而克制住了。在我持续地沉思，在一种突如其来的恐惧支配下，我不止一次地想站起来去叫大夫。我一边想，一边用手指翻来覆去地揉搓着一块棉絮，我把它搓得很细很细；出于一种难以克制的不安情绪，我十分小心地把棉纱凑近朱丽亚娜的嘴唇，从轻飘的纱线的抖动中测量着呼吸的力度。

她仰躺在那儿，脑袋枕在一只很低的枕头上。略为蓬乱的栗色头发披散在她脸颊的周围，使她脸部的线条轮廓变得更加浅淡，更加苍白。她穿着一件颈部和手腕上都系扣的衬衣；她的双手搁在床单上，手心朝下，如此的苍白，以至于只有蓝色的血管才使它们与麻布床单区分开来。从那可怜的毫无血色而且一动不动的人身上散发出一种神奇的善德；一种渗透我整个身心，充实我整个心灵的德性。她像是不断地在重复："你把我弄成什么样了？"她那苍白的嘴唇，嘴角往下耷拉着，显示出一种极度的疲惫和呆滞，那是多重的痛苦折磨成的，那是多次的呐喊导致的，她似乎总是在重复地说着："你把我弄成什么样了？"

我凝视着那稍稍凸起的床面上单薄的身躯。因为已经完成了分娩，因为她最终卸下了可怕的重负，因为另一个生命已永远脱离开了她的生命，所以那些本能厌恶的冲动，那突然产生的仇恨的阴影，不再来扰乱我对她的温情和怜悯。如今，我对她只有一种无限温柔和无限怜悯的感情，就像对最善良和最不幸的人所寄寓的感情一样。现在我的整个灵魂都牵系在那随时可能终止呼吸的可怜的嘴唇上。我看着那苍白的脸容情深意诚地想着："要是能把我身里的一半血输送到她的血管里，我该是多么高兴呀！"

我一边听着床头柜上一只钟表轻轻的滴答声，感到时间在一分钟一分钟地快速流逝着，一边想着："可他活着。"时间的流逝使我产生了一种异常焦虑不安的情绪，这种不安与以往有过的相当不一样。

我想着:“那孽种活着,而且他的生命是顽强的。刚生下来时,他没有呼吸。当我见到他时,他身上还带着窒息过的痕迹。要是接生婆不把他救活,现在他就只不过是一具发青的小尸体,一个无害的、无足轻重的、也许会被人遗忘的东西。除了照顾好朱丽亚娜的病体使她康复之外,其他都不关我的事。我将寸步不离,将变成最尽心、最温柔的护士,出于对她的爱,我将会输送给她生命之力,我将创造奇迹。她不可能不痊愈。她将会逐渐康复,因获得新鲜的血液而再生。她会变成一个崭新的女人。经过一次如此漫长和痛苦的赎罪,我们两人都将感到自己得以净化,相互配得上对方。疾病和康复将把令人伤心的回忆推向无限远。我甚至真想从她心灵中抹去记忆的阴影;我要使她沉浸在爱情之中而完全忘却过去。经过这重大的考验之后,任何别的人间的爱情比起我们的爱来都将显得那么无聊和空洞。”我兴奋至极,沉醉在那个几乎是神秘的想象出来的未来之中,而在我的凝视之下,朱丽亚娜的脸容呈现出一种超凡的神情,一种超然的德性,好像她已脱离了人世,似乎她以那大股鲜血的涌流,把身上原来那些刺鼻的和肮脏的成分都排泄出去了,而且直面过死亡的她似乎已经变成了一种纯正的精神实体。那无声的责问已不再伤我的心,已不再使我感到恐惧了:“你把我弄成什么样啦?”我回答着:“你不是因为我才变成为痛苦的妹妹的吗?你的灵魂不正是在痛苦中上升到一个令人难以置信的高度从而能以一种不寻常的目光去观察世界的吗?你不正是从我这儿发掘到终极的真理吗?要是我们扯掉蒙住我们眼睛的面纱,要是我们能做到从我们可悲的灵魂中解救出一切圣洁高尚的东西，那么我们的错误，我们的沉沦，我们的过失，又算得了什么呢？我们得到的将是地球上最非凡杰出的人所孜孜以求的最大的喜悦：自觉地获得新生。”

我异常兴奋狂热。里屋一片寂静，阴影那么神秘莫测，我觉得朱丽亚娜的脸容都神化了；我觉得我的沉思默想是庄重的，因为我感到四周存在着无形的死亡。我的全部心灵都悬挂在那随时都可能终止呼吸的苍白的嘴唇上。而那嘴唇却抽搐着，发出一声呜咽。痛苦的挛缩使她脸部的线条都扭曲了。前额的褶皱更深了，眼皮轻微地抖动着，眼睫毛之间稍稍露出一点眼白。

我俯下身子朝备受痛苦煎熬的人看。她睁开了眼睛，又很快地闭上了。看来她好像没有看见我。眼睛无神，就像瞎了似的。也许她是得了贫血性的黑蒙症？她难道突然变瞎了吗？

我发现有人走进了房间：“但愿是大夫！”我从里屋走了出来。我果真见到了大夫、母亲和接生婆，他们慢慢地走了进来。克里斯蒂娜跟着他们。

“她休息啦？”大夫低声地问我道。

“她直呻吟。天知道她还要受多少罪呀！”

“她说话了吗？”

“没有。”

“千万不能让她受刺激。请您记住。”

“刚才她睁开了眼睛，只一会儿。好像她看不见。”

大夫走进了里屋，示意我们待在后面。我母亲对我说道：

“你来。现在他们得换药。你过来。我们去看小蒙迪诺。费代里科在那儿。”

她拉住我的一只手。我随着她走。

“他入睡了，”她补充说道，“他睡得很平静，今天午后奶妈就要到了。”

虽然她为朱丽亚娜的身体状况感到难过和不安，但当她谈到婴儿时，她的眼睛在微笑；她满脸洋溢着亲切的柔情。

遵照大夫的吩咐选了一间离产妇较远的房间：一间空气流通的大房间，那里收藏着许多勾起我童年时代回忆的纪念品。进去时，我立刻看到摇篮四周站着费代里科、玛丽亚和娜塔利亚，他们全都低着头在看熟睡的婴儿。费代里科转过身来，劈头第一句问我的就是：

“朱丽亚娜怎么样？”

“不好。”

“她没休息？”

“难受。”

我近乎是很勉强而生硬地回答道。一种苦涩的心绪突然占据了我的心灵。我只感到对那孽种难以克制和无法掩饰的厌恶，以及不知内情的亲人像给我上刑一样地刺痛着我的心而使我产生的悔恨和不耐。不管我怎么努力，也无法掩饰自己。现在是我、母亲、费代里科、玛丽亚和娜塔利亚围着摇篮在看拉伊蒙多睡觉。

他被紧裹在襁褓里，头上戴着一顶饰有花边和带子的婴孩帽。脸显得不那么肿了，但还是红通通的，面颊很光亮，就像刚愈合的伤口表皮一样。从闭着的嘴角里淌出一些口水；没有睫毛，肿胀的眼泡覆盖着外突的眼球；尚未定型的鼻梁上部有个乌青色的肿块。

“他到底像谁呢？”我母亲说道，“我还看不出他像谁来……”

“他还小，”费代里科说道，“得等几天。”

我母亲有两三次看了看我和婴儿，像是为了更好地对照我们的脸型。

“不像。”她说，“也许他更像朱丽亚娜。”

“现在他谁也不像，”我打断道，“他太难看了，你没看见吗？”

“难看！漂亮极了！你瞧他头发多浓密呀！”

于是她用手指轻轻地掀开婴儿的帽子，露出了软乎乎的脑袋，上面贴着稀稀拉拉的棕褐色头发。

“奶奶，让我摸摸！”玛丽亚请求道，一面把手伸向弟弟的脑袋。

“不行，不行。你想弄醒他吗？”

那头颅像是受热变软的蜡做的似的，油乎乎、黑乎乎的；似乎稍稍碰触它一下就会在上面留下印痕。母亲重又把帽子给他戴上。然后弯下腰去无限温柔地吻了吻他的前额。

“我也要亲他，奶奶。”玛丽亚请求道。

“可得轻点儿，我的天哪！”

摇篮太高了。

“你把我抱起来！”玛丽亚对费代里科说。

费代里科用双臂把她举了起来；于是我看见我女儿漂亮红润的小嘴在还没有碰触到那前额时就作出要吻他的样子，我看见她那长长的鬈发散落在白色的襁褓上。

费代里科也留下了他的吻。然后他看了看我。我没有笑。

“还有我呢？还有我呢？”

那是趴在摇篮边上的娜塔利亚。

“轻点儿，我的上帝！”

费代里科把她也举起来了。当娜塔利亚最后俯身温柔地吻他时，我重又看到了长长的鬈发散落在白色的襁褓上。我几乎跟僵住了似的待在那儿；我的视线肯定显露出了压抑着我的那种忧郁的感情。那对我来说如此可贵的亲吻，不但丝毫没有抹去强行闯入我家的人那种令人作呕的外貌，反而使我觉得他更加可恶了。我感到我是绝对不可能去碰触那陌生的肉体的，绝对不能屈从地去作出任何表现父爱的动作。我母亲不安地看着我。

“你不亲他呀？”她问我道。

“不，妈妈，不。他使朱丽亚娜太受罪了。我不能原谅他……”

我以一种本能的动作，带有一种明显的厌恶情绪往后退了退。我母亲惊愕得一时说不出话来。

“你这是什么话，图利奥？这可怜的孩子有什么过错？你得公正些！”

我母亲肯定已注意到我真实的反感情绪。我无法克制自己。我全身所有的神经都在抗拒。

“现在我不能，我不能……你别管我，妈妈。我过一会儿就好了。”

我的声音生硬而又果决。我浑身都在抽搐着。我喉部好像被什么梗塞住了，脸部的肌肉都在痉挛。经过那么多小时的剧烈的紧张不安之后，我的整个身心需要放松一下。我想，要是我能放声大哭一场，心里就会感到舒服多了：但喉结太硬了。

“看你这样子我很难过，图利奥。”我母亲说道。

“你要我吻他吗?”我突然失去理智地说道。

于是我走近了摇篮，朝孩子俯下身子，吻了一下。

孩子醒了；他啼哭起来，开始声音很微弱，后来哭得越来越厉害。我看到他脸上的皮色变得更红了，因为使劲全皱了起来，而发白的舌头在张开的嘴巴里抖动着。虽然我处在极端的绝望之中，但我发现了自己所犯的过失。我感到费代里科、玛丽亚和娜塔利亚的目光在盯着我看，使人难以忍受。

“原谅我，妈妈。”我支支吾吾地说道，“我都不知道我在干什么。我太过分了。原谅我。”

她把孩子从摇篮里抱出来，用双臂搂抱着他，还是不能使他平静下来。婴儿的啼哭声深深地刺痛了我，使我的心像撕裂了似的。

“我们走吧，费代里科。”

我急忙走了出去。费代里科跟着我出来了。

“朱丽亚娜的情况很不好。我不明白在这个时候怎么能不顾她而去想别人。”我像是为自己辩解似的说道，“你没有见到她。她跟死了似的。”

三十三

有好几天朱丽亚娜在生死之间挣扎。她虚弱得只要稍稍一使劲就会昏厥。她得始终一动不动地仰躺着。随便抬起身子来就会造成脑供血不足的后果。怎么样都无法抑制她的恶心，去除她胸中的噩梦，消除她不断听到的轰隆声。

我日夜警觉地守在她的床头，不知疲倦地站在那儿，我竟有那样的精力，连我自己也感到惊讶。我用我生命的一切潜能支撑着那行将熄灭的生命。我似乎感到，死亡就在床的那一头窥伺，随时都想抓住合适的时机夺走她。有时我真感觉到我在全身心地把自己倾注到病人那脆弱的躯体之中，把我的力量输送传递给他，激励她那疲惫的身心。疾病的惨状从来没有引起我的任何厌恶和烦恼。没有任何物质的东西伤害过我感情的一丝一毫。我最敏锐的感觉只专注在病人哪怕最细微的变化上。还未等她开口说话，未等她作一个示意，我就猜到她的愿望，她的需要，她难受的程度。完全用不着医生的关照吩咐，我已能预先找到新的巧妙方式去减轻她的痛苦，在剧痛时镇定她。惟有我知道怎么说服她吃东西，劝说她入睡。我好说歹说诱使她咽下几口提神的饮料。我就这样守着她，她因为无法执意自暴自弃而不得不努力使自己恢复健康，克服恶心。对我来说，没有比她在顺从我的意志时露出的淡淡的微笑更温柔的了。她的每一个顺从的小动作都使我的心深深地感动。当她以那特别柔弱的声音说着“这样行吗？我够听话的吧”的时候，我的喉咙哽得说不出话来，我的双眼被泪水蒙住了。

她常常因两边太阳穴抽跳着疼痛不止而呻吟。我用手指尖顺着额角来回按摩以消除她的疼痛。我轻轻地抚摸着她的头发哄她入睡。当我从她的呼吸发现她睡着了的时候，我感到宽慰，好像睡意也传染给了我似的。看着她那样睡了，我变得虔诚，一种无限的激情支配着我，我感到需要相信某个无所不见、无所不能的上帝，我要对他表达我的心愿。我内心深处按天主教的方式自发地预先做起祈祷来了。有时候内在的说服力把我对上帝的信奉推进到登峰造极的地步。唤醒了我身上一切神秘的意识，这种意识是上溯好几代的信奉天主教的老祖宗们传给我的。

我一面内心祈祷着，一面凝视着入睡的朱丽亚娜。她始终跟她的衬衫一样苍白。透过皮肤，我简直能够数出她脸颊上、下颏上和脖颈上的血管。我凝视着她，像是要捕捉住休息所产生的有益效果，进食而产生的新鲜血液缓慢的传布，康复痊愈的最初的迹象。我简直想通过一种超自然的性能来观看在那业已筋疲力竭的躯体内所完成的神奇的康复进程。我总是期望着：“当她醒来的时候，她将会感到有力气多了。”

当她那冰凉的手握着我的手时，她好像感受到一种极大的宽慰。有时候，她拉着我的手，把它放在枕头上，还像孩子似的把面颊贴在上面；她就这样待着，逐渐入睡。为了不弄醒她我可以久久地让麻木了的胳膊保持一动不动的姿势。

有时候她说：

“为什么你不与我睡在这儿呢？你总不睡觉！”

她要我把脑袋靠在她的枕头上。

“我们睡吧。”

为了给她做个好样子，我假装入睡。当我重又睁开眼睛时，正好碰上她那睁得大大的眼睛在看着我。

“怎么啦？”我大声说道，“你干什么呢？”

“你呢？”她回答道。

她的目光中有着一种如此温柔的深情，以至于我的心都溶化在其中了。我吻她的眼皮。她也想那样吻我。然后她又说道：

“现在我们睡吧。”

有时候，我们的不幸被蒙上一层薄薄的遗忘的轻纱。

她那双可怜的脚经常是冰凉冰凉的。我在被子底下碰触到它们时，觉得它们像大理石似的。她说得对：

“我的脚跟死了一样。”

她的双脚干瘦、修长，那么纤巧，我的拳头几乎都握得住。我特别爱怜它们。我亲自在炭火盆上为它们烘烤包布，我不惮其烦地照管它们。我恨不得呵气温暖她的双脚，把我的亲吻印遍她的双脚。我对她产生的新的怜悯中夹杂了遥远的爱的回忆，对幸福时光的回忆，那时，我早晨从不忘记亲自替她穿上袜子，晚上亲自替她脱去，我跪着，几乎成了一种奉献的习惯。

一天，因为长时间的守夜，我困得忍不住睡着了，当时我的手放在被子底下，用温热的布块裹着小巧的死人般的双脚。我耷拉着脑袋，就那样子睡着了。

当我醒来时，我看见母亲、弟弟，还有大夫在里屋看着我笑。弄得我很不好意思。

“可怜的儿子！你再也支持不住了。”我母亲以一种极其亲切的动作梳捋着我的头发。

于是朱丽亚娜说道：

“妈妈，你把他带走吧。费代里科，你把他带走吧。”

“不，不，我不累。”我一再说道，“我不累。”

大夫提出要告辞了。他声明产妇已脱离了危险，肯定会日见好转，“得想一切办法继续促进她血液的再生。”大夫跟他在图西的助手耶马商量过了，他的助手同意由他来继续照料她，况且剩下的工作已是十分省事的了。他相信严格遵守他所提出的卫生和饮食方面的各种规定，比服药更为重要。

“实际上，”他又指着我说道，“我不能企求一位比您更聪明、更警觉、更虔诚的护士了。您创了奇迹，而且还会再创奇迹。我可以放心地走了。”

我觉得我的心好像跳到嗓子眼儿了，喉头哽塞了。那严厉的人意外地在我母亲和弟弟面前赞扬我，使我深受感动；这是一种非凡的慰藉。我看了看朱丽亚娜，见她两眼充满了泪水。而且，在我的注视之下，她突然哭了起来。我想以一种超人的力量克制住自己，但我没能做到。我似乎觉得，我的心灵都溶化了。在那令人难以忘怀的时刻，我胸中汇集了世上一切最仁爱的东西。

三十四

朱丽亚娜的体力日渐恢复。我还是坚持不懈地照料她。韦贝斯蒂大夫所说的话反而使我更加精心地看护她，不让别人代替我的位置，免得母亲和弟弟劝我休息。我的身体已经习惯于这艰苦的磨练，而且几乎永远不感到劳累。我的全部生活都禁闭在那房间的四壁之内，那卧室的深处，那可亲的病人呼吸的空间之中。

由于她需要绝对的平静，得少说话以避免疲劳，我就设法连家里人也不让挨近她的床。所以那间内室就与家里别的地方隔离开来。我与朱丽亚娜长时间地单独待在一起。而且由于她身上难受，我又全神贯注地作着虔诚的祷告，所以有时我们压根儿就忘记了我们的不幸，失去了现实的概念，只意识到我们无限的爱。我有时候觉得，我的整个身心都扑在处于病痛中的爱人身上，似乎帷幔外面的一切都不存在了。再也没有什么能使我想起可怕的事。我看着我面前的妹妹在受罪，我关心的就只是如何减轻她的痛苦。

但忘却的面纱不时地被强行撕破。母亲谈到拉伊蒙多。帷幔掀开了，让外人闯了进来。

母亲把他抱在怀里。我待在那里。我感到自己脸色苍白，因为所有的血液全涌向了心脏。朱丽亚娜会有什么感觉呢?

我看着那像男人拳头那么大的、红通通、胖乎乎的脸蛋,一半藏在刺绣的小帽里;强烈的反感抹去了我心灵中任何别的感情,我想:“我怎么才能摆脱你呢? 你当初为什么不憋死在娘胎里呢?”我遏制不住自己的怨恨;那是本能的、非理性的、无法克制的,几乎可以说是物质上的;的确,它好像是存在于我的肉体之中,好像从我的每根纤维、每根神经、每根血管里冒出来似的。怎么也无法抑制它,摧毁它。无论在什么时候,无论何种场合,只要有这闯入者存在,我内心就萌生出一种本能的除掉他的念头,而且惟一主宰我感情的就是:对他的仇恨。

我母亲对朱丽亚娜说道:

“你看,几天之内,孩子变化多大呀! 他更像你而不像图利奥;但好像谁也不太像。他还太小。我们以后再看……你想吻他吗?”

她把孩子的额头靠近病人的嘴唇。朱丽亚娜有什么感受呢?

但孩子哭了起来。我鼓起勇气不带尖刻地对我母亲说:

“把他抱走吧;求你了。朱丽亚娜需要平静。这种刺激对她很不好。”

母亲走出了房间。婴儿哭得更厉害了,哭声使我感到痛苦不堪,真想跑过去抑制住这哭声,能不再听见。婴儿的哭声逐渐远去了,我们只听他哭了一会儿。当哭声终于停下来时,我感到异乎寻常的寂静;像有一块巨石压在我身上,使我透不过气来。但我并未沉湎在那痛苦之中,因为我很快想到了朱丽亚娜需要我的帮助。

“啊，图利奥，图利奥，这不可能……”

“你别说话，要是你爱我，就别说话，朱丽亚娜。你别说话；我求你了。”

我用声音和手势恳求她。我的一切敌对情绪都烟消云散了；我为她的痛苦而痛苦，我怕的只是给病人带来伤害，生怕那如此脆弱的身体再受到摧残。

“如果你爱我，你就只考虑养好你的身体，别的你什么都别想。你看到了？我只想着你，我只为你感到痛苦。你不能自寻苦恼；你得全身心地沉浸在我对你的爱抚之中，为了早日痊愈……”

她以颤抖而又微弱的声音说道：

“可谁知道你内心里是什么滋味儿啊！可怜的人！”

“不，不，朱丽亚娜，你别难过！我只是为你难受，看到你痛苦我才痛苦！要是你能微笑，我就把一切都忘了。如果你感到舒服，我就高兴。所以，要是你爱我，你就得好好养病，你得平静，听话，要有耐心。当你病愈后，身体强壮些时，到那时……谁知道！上帝是仁慈的。”

她喃喃地说道：

“上帝，请可怜可怜我们吧。”

“以什么方式，”我想道，“让闯入者死去呢？”我们俩都巴不得他死去，她也看到了除非孩子死掉，没有别的出路。我又回想起在很久以前的一个黄昏我们在榆树下的简短对话；而且我也回想起来她那痛苦的忏悔。“但如今他已出世了，她还厌恶他吗？她真会对她自己的亲生骨肉由衷地感到厌恶吗？她会诚挚地祈祷上帝收回她的小宝贝吗？”我重又想起在那可悲的夜晚曾在脑子里闪现过的疯狂的热望：“要是她能得到犯罪的启示，而且这种念头变得越来越强烈，以致使她难以摆脱该多好！……”我看着接生婆在晕厥过去的孩子青紫色的小身躯上揉搓脚背和脚掌心时，难道没有在刹那间也闪现过未遂的犯罪企图吗？那也曾是一种疯狂的念头。当然，朱丽亚娜是从来没敢这么想的……

我看了看她放在床单上的双手，手心朝下，那么苍白，只有蓝色的血管才能把它们与亚麻布床单区别开来。

三十五

现在病人已经日渐好起来，一种奇怪的悔恨心理刺痛着我的心。我内心深处对在卧室里度过的那悲伤阴郁的日子隐约地感到留恋，此时秋天乡间下着单调的蒙蒙细雨。那些清晨、黄昏和夜晚虽然难熬，但是蕴含着无限的柔情。我的仁德心似乎日臻完美。我的心中洋溢着爱的激情，这种爱有时淹没了忧郁的思绪，有时使我忘却了可怕的事情，给予我几丝令人慰藉的幻想和无尽的梦幻。有时候，我心里有一种类似在隐秘的忏悔小教堂的阴影中的感受：我感到自己找到了一个避风港，躲开了生活的暴力，逃离了犯罪的机会。有时候，我觉得我与万丈深渊之间只隔着层薄薄的轻纱。对一切都难以卜知的恐惧总是出其不意地袭击我。我在深夜里聆听着整个房子四周的寂静；我以心灵的眼睛时时看到，在远处一个房间的深处，在一盏灯光照耀之下的摇篮里躺着那个闯入者，我母亲的宝贝心肝儿，我的后嗣。巨大的恐惧常常使我毛骨悚然；而且常常闪过的可怕念头使我久久地处于惊慌失措之中。我与万丈深渊只隔着一层薄薄的轻纱。

可是现在朱丽亚娜的健康状况日见好转，把我们与生活隔绝开来的理由逐渐不存在了；日常的家庭生活慢慢地冲击着平静的房间。母亲、弟弟、玛丽亚、娜塔利亚、伊迪丝小姐常常进来，一待就好长时间。拉伊蒙多不能没有母亲的抚爱。我与朱丽亚娜都不可能回避他。需要毫不吝惜地给予他亲吻，得对他微笑。得故意地假装和掩饰，忍受一切最令人难以应对的尴尬场面，慢慢地被毁灭。

因为得到充足的营养丰富的奶水哺育，又得到无微不至的照料，拉伊蒙多那令人厌恶的外表逐渐消逝了，开始胖起来，脸色变白净了，模样变清晰了，灰色的眼睛睁得大大的。但他的一切动作，从嘴唇吮奶头的动作到小手胡乱挥动的样子都令我憎恶。我从他身上始终没能看到一处引起我好感、令我感到可爱的地方；我对他只有一种敌视的态度。当我不得不触摸他时，当我母亲把他抱来让我吻他时，我感到就像碰到一个肮脏的动物一样，浑身都起鸡皮疙瘩。我的每一根神经纤维都在抗拒；我的努力已达到了极限。

每天我都得承受一种新的酷刑；我母亲是最凶狠的刽子手。有一次，我突然走进房间，掀开卧室的幔帘一看，发现孩子放在床上，挨着朱丽亚娜。没有任何人在场。就我们三个人单独在一起。紧裹在白色襁褓里的婴儿平静地睡着。

“妈妈把他放在这儿了。”朱丽亚娜支支吾吾地说道。

我像疯了一样跑开了。

还有一次克里斯蒂娜来叫我。我跟着她到了放摇篮的屋里。母亲坐在那儿把赤条条的孩子放在她的膝盖上。

“我想在把他裹起来之前让你看看，”她对我说道，“你瞧！”

孩子因为感到自由了，就蹬踹着双腿，挥动着胳膊，眼睛滴溜溜地看四周，把手指插到嘴里，流着口水。手腕上、脚踝上、膝盖后面、腹股沟上都胖乎乎的形成好些肉纹儿，上面抹上了一层粉；在鼓胀着的肚子上肚脐眼向外突着，还没长好，也抹着白粉。我母亲高兴地用双手摸碰着小小的四肢，让我一一地看他所有的细小部位，看他那刚洗完澡后干净而又光滑的皮肤。似乎孩子也高兴她这样摸他。

“你摸摸，你摸摸，他已经长得多结实啦！”她一面要我摸他，一面说道。

于是我只好摸他。

“你掂掂，他多重哟！”

于是我只好把他举起来，我的双手感触到那温热而又柔软的小躯体的颤动，我的双手在哆嗦，并不是因为充满了亲切的柔情。

“你瞧！”

我母亲微笑着用食指和大拇指轻拢着娇嫩胸脯上的两个小

乳头，殊不知那胸膛内封藏着两个行为不端的人孕育出的顽强的生命。

“心肝宝贝，奶奶的心肝宝贝儿啊！”她不断地重复道，用一个指头搔孩子的下巴，但孩子不笑。

那曾经以同样的姿势俯身靠近两个神圣摇篮的可亲的灰白色脑袋，现在更加白发苍苍了，她不知道这是另一个人的儿子，不知道这是一个闯入我家的不速之客。我觉得她对玛丽亚，对娜塔利亚，对我的亲生骨肉，好像都没有表现出这样的深情。

她要亲自把他包裹好。她在他的肚子上用手画了个十字。

“你还不是天主教徒呢！”

她又转身对我说道：

“我们该确定一个受洗礼的日子。”

三十六

耶路撒冷圣墓骑士耶马大夫是一个漂亮而又开朗的老头儿，他给朱丽亚娜送来了一束白色的菊花作为早晨的礼物。

“啊，这是我最喜欢的花儿！”朱丽亚娜说道，“谢谢。”

她接过花束，久久地看着它，她用纤细的手指掐着花束：她的苍白与秋菊的白色相互惨淡地映衬着。那菊花花瓣很宽，像盛开的玫瑰，茂密而又馨香；花儿的颜色像是病人的肤色，异常苍白，好像快要腐烂了似的，很像是小叫花子的脸被冻得青一块白一块的。

有的花朵有着淡淡的紫色纹路，有的呈淡黄色，异常雅致。

“你拿着，”她对我说道，“你把它们插在水里。”

那是早晨；是十一月份；那些菊花令人想起将近一年前那个不祥的日子。

没有欧律狄刻我怎么办？

当我把白色的菊花往花瓶里插时，我回想起俄耳甫斯的咏叹调。我脑海里浮现出一年前的非同寻常的场面的某些片断；我重又见到光彩夺目和温馨可爱的朱丽亚娜，散发出那么浓郁的芳香，穿戴都浸透了女性魅力，似乎古老旋律的幽灵赋予其一种神秘的生命力，弥漫着某种难以言喻的神秘氛围。那些鲜花是不是也勾起她的某些回忆呢？

一种难以忍受的悲凉使我的心灵感到压抑，是一个极度沮丧的情人的忧郁的心境。另一个男人又出现了。他的眼睛就像那孽种一样是灰色的。

耶马大夫从卧室里对我说：

“你们可以把窗户打开。房间里空气流通些好，让阳光多进来点儿。”

“哦，对，对，你把窗子打开！”朱丽亚娜喊道。

我打开了窗子。这时，母亲带着怀里抱着拉伊蒙多的奶妈进来了。我待在窗帘中间，趴在窗台上，凝望着乡村风光。我听到身后亲人们说话的声音。

已经是十一月底了，十一月的小阳春已经过去了。乡村湿润的田野上，庄严而又平静的山坡上洒照着一片明媚的阳光。好像橄榄园中的树梢上游移着一片银色的雾霭。阳光下炊烟袅袅。阵阵秋风吹打着干枯的落叶，发出清脆的沙沙声。接着就是一片寂静和安宁。

我想道："那天早晨她为什么唱着歌？为什么我听见她唱歌感到那样焦虑和不安呢？当时我似乎觉得她变成另一种女人了。那么，她是爱着他喽？那非同寻常的感情流露反映了她什么样的心理状态呢？她唱着歌，因为她沉浸在爱中。也许我搞错了。但我永远不会知道真相。"那不是暧昧的嫉妒，而是一种发自内心的深切惋惜。我想："她对他留有什么样的记忆呢？她有过多少次受到回忆的激励呢？儿子是一条活的纽带。她从拉伊蒙多身上重又看到曾占有过她的男人的某些东西：她将会找到更确切的相像之处。她不可能忘记拉伊蒙多的父亲。也许她的眼前总是出现他的形象。要是知道他患了不治之症，她会有什么感受呢？"

我沉湎于想象着他怎么一步步瘫痪，在我心中形成了类似可怜的斯皮内利在我的记忆所留下的那些形象。在我的想象中，他坐在一张红色的皮扶手椅上，脸呈土灰色，脸上的线条轮廓都僵直了，嘴巴张得大大的，流着口水，不停地结结巴巴地叨咕着什么。我不时地看到他用手绢擦抹从嘴角不断流淌下来的口水……

"图利奥！"

那是母亲的声音。我转过身，朝卧室走去。

朱丽亚娜仰卧着，精神十分沮丧，一言不发。大夫在孩子头上察看着刚开始长出来的乳痂。

“后天我们去给他做洗礼吧，”我母亲说道，“大夫认为朱丽亚娜还得卧床休息些日子。”

“您觉得她怎么样？”我指着病人问老医生。

“我觉得她不怎么见好。”他摇着长有一头漂亮白发的脑袋回答说，“我觉得她很虚弱，十分虚弱。得增加营养，作一些努力……”

朱丽亚娜打断了他的话，又带着一种异常疲惫的微笑看着我：

“他听过我的心脏了。”

“怎么样？”我立刻转身问老医生。

我似乎看到他的额头上掠过一道阴影。

“她的心脏十分健康。”他马上回答道，“她就是气血亏……需要静养。来，打起精神来！今天早晨的胃口怎么样？”

贫血的病人嘴唇牵动了一下，显出一种厌烦的样子。她凝视着那扇打开的窗子，看着那片美丽的天空。

“今天冷吗？”她把手缩回被子底下去，胆怯地说道。

她显然是在哆嗦。

三十七

第二天，我与费代里科去拜访乔瓦尼·迪斯科尔迪奥。那是十一月份最后一天的下午。我们步行穿过了犁过的田野。

我们若有所思地默默走着。斜阳慢慢地朝地平线下沉。我们头上有一道弥漫着尘埃的光带,在宁静的空气中波动起伏着。湿润的土壤呈现出一种清新的褐色,一派生机勃勃的景象,可以说是一种对自己的能力的无声的意识。泥土中散发出一种气息,类似牛鼻孔里喷出来的喘息。在那柔和的光线之下,白色的东西呈现出一种异常的白,像雪一样的洁白。远处有一头母牛,一个农夫穿着衬衫,一幅展开的布篷,一所牛奶场的围墙,像是在满月的夜空下闪烁着。

"你很伤心。"费代里科温柔地对我说道。

"是的,我的朋友:十分伤心。"我绝望了。

接着又是长时间的沉默。成群的鸟儿从灌木丛里振翅起飞。远处传来了一群牛羊的响铃声。

"你因为什么事绝望呢?"我兄弟仍然那样亲切地询问我。

"为朱丽亚娜的命运和我的命运而绝望。"

他沉默不语;他没说一句安慰的话语。也许他内心很痛苦。

"我有一种预感,"我补充道,"朱丽亚娜起不了床了。"

他沉默不语。我们走过一条两旁长满树木的小路;落叶在我们的脚下沙沙作响;没有树叶的地方,踩上去泥土像是凹陷下去似的,发出沉闷的回声。

"她要是死了,"我补充道,"我怎么办?"

一种惊慌不安的心理,一种近乎恐惧的心理不断袭击着我;我看了看我那皱着眉头一言不发的弟弟,我环顾了一下白日里四周那种寂静荒芜的景象；我从来没有像那个时候那样感到生活可怕的空虚。

“不会的，不会的，图利奥，”我的兄弟说道，“朱丽亚娜不会死的。”

面对命运的判决，他说的是一句没有任何价值的空话。但他说的那些话语是那么简洁，深深地打动了我，使我感到异乎寻常。所以，有时候，孩子们突然说些意想不到的严肃的话语就深深地震撼我的心灵；似乎从他们不知情的嘴唇里发出一种预示性的话音。

“你能预卜将来吗?”我不带任何讽刺意味地问他。

“不会。但这是我的预感；而且我相信。”

我又一次闪过想对我的好兄弟说出真相的念头；那紧紧锁住我心扉的桎梏又一次由于他而放松些了。这种轻松很短促。在剩下的一段路程内他对我谈到了拉伊蒙多。

当我们快到乔瓦尼·迪斯科尔迪奥住的地方附近时，他瞥见了站在田间的老人高大的形象。

“你瞧！他在那儿。他在撒种子。我们是在一个庄重的时刻来请他。”

我们走上前去。我的心颤抖得厉害，好像准备去做一次亵渎神明的事似的。我真的是去亵渎一个美好而又伟大的心灵；我是去求那位可敬的老人给一个私生子做教父。

“你瞧他的形象!”费代里科停住脚步指着播种者惊叹道，“他只有一个普通男人的高度，却像个巨人。”

我们停在田边的一棵树后面看。专心致志干活的乔瓦尼还没有看见我们。

他稳步顺着田野径直朝前走。头上戴着一顶绿黑色相间的毛料便帽,帽子的两边沿着耳朵往下耷拉着,式样很像古时候小亚细亚的弗里吉亚人戴的那种。一个白色的兜子由一条皮带挂在脖子上,一直耷拉到腰间,里面装满了麦种。他用左手撑着布袋,右手不断拿取种子往地里撒种。

他的动作很大,矫健而又灵巧,节奏很均匀。从他的手掌心扬出来的麦粒有时在空中像是金色的火花一样闪亮着,然后掉落在挖得很均匀的湿润的垄沟里。撒种人缓慢地向前走着,赤裸的双脚深陷在松软的泥土里,不时仰起脑袋迎挡着神圣的阳光。他的动作很大,矫健而又灵巧;他的整个人是那么质朴、圣洁而又伟大。

我们走进了田间。

"你好哇,乔瓦尼!"费代里科一边朝老人走去,一边大声说道,"愿上帝保佑你播下的种子。愿上帝保佑你来年有好收成。"

"你好!"我也说道。

老人停下工作,摘掉帽子。

"乔瓦尼,要是你不愿让我们也摘下帽子的话,你就戴上帽子。"费代里科说道。

老人戴上了帽子,显得窘困,像是羞怯地微笑着。他谦卑地问道:

"什么风把你们给吹来的?"

我尽力以一种坚定的声调说道：

“我是来请你为我的儿子主持洗礼仪式的。”

老人惊愕地看了看我，然后又看了看我弟弟。他越来越困惑不解了。他低声地说道：

“你们这么看得起我！”

“你这是什么话？”

“我是您的仆人。愿上帝报答您今天给予我的荣光，感谢上帝给予我晚年这样的欢乐。愿上帝把一切恩惠降福于您的儿子！”

“谢谢，乔瓦尼。”

于是我向他伸过手去。我看到那忧郁的眼睛湿润了，显得那么温存。我的心充溢着一种无限的焦虑和不安。

老人问我道：

“您给他取的什么名字？”

“拉伊蒙多。”

“跟您的父亲一样，这是愉快的回忆。令尊是个真正的男子汉！您很像他。”

我弟弟说道：

“你独自一人播种。”

“一个人。我撒下种子并且掩埋起来。”

于是他指了指撂在褐色泥土上闪光发亮的耙子和两齿叉。四周是还未覆盖上的种子，那是未来麦穗的好胚芽。

弟弟说道：

“那你继续干吧。你干你的，我们走了。明天早晨你到拉巴迪奥拉来。再见了，乔瓦尼。祝你播种顺利。”

我们两人紧紧握了握那双不知疲倦的手，他播下的种子和他所撒播的仁爱使那双手变得更圣洁了。老人表示要陪我们往田间小路走。但他停住了脚步，犹豫着。他说：

“我求你们做件好事。”

“说吧，乔瓦尼。”

他打开了挂在脖子上的布袋子。

“你们抓一把麦子，撒在我的田里。”

我先把手伸进麦粒中去，尽可能多地抓起一把，把它们撒到了田里。我弟弟也效法我的样子做了。

“现在我对你们这样说，”乔瓦尼·迪斯科尔迪奥以激动的声音看着下了种的土地说道，“上帝会保佑我的教子像从这些种子里生长出来的面包那样完好。会是如此的。”

三十八

第二天早晨，因为考虑到朱丽亚娜的身体状况，洗礼的仪式搞得很简单，没有聚会，也没有排场。孩子给抱到小教堂去领受圣礼。我母亲、我弟弟、玛丽亚、娜塔利亚、伊迪丝小姐、接生婆、奶妈和耶马大夫都去参加了。我守候在病人的床边。

她处于半睡半醒的状态。从半张着的嘴巴里吃力地呼吸着，脸色比在背阴下开放的玫瑰还要苍白。卧室黑洞洞的。我看着她，想着："那么我不能救她了？我曾驱走了死亡；而现在死亡又回来了。当然，如果不出现意外的转机，她就会死的。开始，当我能做到不让拉伊蒙多接近她，当我能赋予她某种幻想，以我的温存使她忘却某些事情时，我觉得她是想康复的。但自从她见到了儿子，自从精神上的折磨重新开始后，她就一天比一天更消沉，比大出血时更憔悴。我万分焦虑地陪伴着她。她像以前一样不再听我的话，不再服从我了。是谁将致她于死命呢？是他。他，他将害死她，这是肯定的……"一股怨恨从我心底里冒出来，我觉得这股仇恨一下子全部奔涌到我的双手中。我见到可恶的小东西靠奶水胖起来，平静地成长壮大，没有什么危险，得到的是无微不至的关怀。"我母亲喜爱他胜过喜爱朱丽亚娜！我母亲对他的关心胜过对这可怜的濒死的病人！啊，我得不惜一切代价除掉他。"于是，我脑海里闪过了已犯下的罪行的幻象：死在襁褓之中的无害的小尸体躺在棺材里的幻象。"洗礼是他的临终圣礼。乔瓦尼把他抱在怀里……"

一种好奇心突然向我袭来。痛苦的情景把我吸引住了。朱丽亚娜依然昏睡着。我慢慢地走出卧室；我走出了房间，我叫了克里斯蒂娜，让她守护着；然后我带着一种令人窒息的焦虑心情快步朝祭台小屋走去。

小屋的门开着。我看见有个人跪在格栅面前。我认出来是彼得罗，他是看着我出生，并参加了我的洗礼的忠实的老仆人。他略显吃力地站了起来。

"你待着吧,你待着吧,彼得罗。"我低声地对他说道,同时把一只手放在他的肩上,想强使他重新跪下去。

我跪在他身边,把前额顶在格栅上,看了看下面的小教堂。我对一切都看得很清楚;我听着宗教仪式的套话。

仪式早已经开始了。我从彼得罗那儿得知孩子的嘴唇上已放过智慧盐了。仪式是图西的本堂神甫格雷戈里奥·阿尔泰塞主持的。他和教父现在正在背诵信经:一个声音高,另一个低声跟着念。乔瓦尼把孩子抱在右胳膊上,就是头天他撒过种子的那只手上。左手放在洁白的绸带和花边上。而那双瘦骨嶙峋的、干枯的、褐色的手像是在炽热的紫铜中冶炼过似的,那双因使用过农具而磨出老茧的双手,那双因施善和从事过各种劳动而圣化了的双手,现在是那么温柔亲切地捧着那个婴儿,像是带有一种和蔼而又安详的羞涩神情,我的目光根本无法离开它们。拉伊蒙多没有哭;他不断地牵动着流满口水的小嘴,口水从他的下巴流淌在刺绣围嘴上。

念完了驱魔咒以后,本堂神甫把手指浸在口水里,并摸了摸孩子红通通的小耳朵,念着神奇的话语:

"Ephpheta①."

然后又碰了碰鼻孔说道:

"In odorem suavitatis...②"

然后把大拇指在新教徒的圣油中蘸了蘸;当乔瓦尼把婴儿

---

① 拉丁语,音译为埃菲达,没什么具体含义,但具有神秘色彩。
② 拉丁语,意为在甜美的馨香中,是神父祷告时说的套语。

托在手臂上时，就用油在婴儿胸脯的上部画个十字；当乔瓦尼把婴儿翻过身来时，本堂神父就又用油在两边的肩胛骨上各画一个十字，说道：

“Ego te linio oleo salutis in Christo Jesu Domino nostro...①”

他用一块棉絮把抹了油的部分擦净了。

于是他把绛紫色的圣带放下来，那乃是分娩时痛苦和忧伤的颜色；然后披上了表示欢乐的白色的圣带，以宣告原罪的斑痕已被抹去。他呼唤了拉伊蒙多的名字，然后问了他三个庄严的问题。教父回答道：

“我信，我信，我信。”

小教堂里声音显得格外响亮。从高高的椭圆形的窗子里洒落下一片阳光，直射在地板上的大理石墓碑上，地板下是很深的墓穴，那里安息着我的很多长辈。我母亲和我的兄弟紧挨着并排站在乔瓦尼的后面；玛丽亚和娜塔利亚好奇地踮着脚尖想看小弟弟，不时地微笑着，相互低声耳语。乔瓦尼听到她们的低声耳语，有几次和善地稍稍转过身来，举止中显露出洋溢在那颗伟大心胸中的一个孤独老人对儿孙辈难以言喻的全部亲切之情。

“Raymunde，vis baptizari?②”司祭的神甫问道。

“愿意。”教父按提示的话语回答道。

辅祭者端上银盆子，洗礼水闪闪发亮。母亲摘去了待洗礼的婴儿的帽子，教父让他俯身在盆里沐浴。我清楚地看到头皮

---

① 拉丁语，意为我以我主耶稣基督的名义替你敷上圣油……

② 拉丁语，意为拉伊蒙多，你愿意接受洗礼吗？

上发出乳痂的圆脑袋朝银盆倾斜。本堂神甫用陶钵皿取水在那脑袋上浇洗了三次，每次冲洗时都用手画一个十字。

“Ego te baptizo in nomine Patris, et Filii, et Spiritus sancti.①”

拉伊蒙多拼命地哭起来了；在给他擦干脑袋时哭得更厉害。当乔瓦尼把他举起来的时候，我看到了那涨得通红的脸，因为使劲地张嘴哭，脸都起了皱纹，额头上也留有发白的斑点。我听到那哭声除了有心痛欲裂的感觉以外，还恼恨愤怒至极。没有什么比他的声音，他那固执的啼哭声更令我恼怒的了，它曾在十月凄凉的黎明时分第一次如此残酷地刺伤过我的心。这对于我的神经是一种令人难以忍受的撞击。

神甫把大拇指伸在圣油里蘸湿了，然后涂抹在受过洗礼的婴孩额头上，念着被婴儿的哭声淹没了的礼仪用语。然后神甫给他套上了象征纯洁无邪的白色的衣衫。

“Accipe vestem candidam...②”

神甫把祝福大蜡烛交给教父。

“Accipe lampadem ardentem...③”

婴儿平静下来了。他的眼睛盯着那长长的绘着花纹的蜡烛顶端晃动的火焰。乔瓦尼·迪斯科尔迪奥的右手臂上抱着新生的天主教徒，左手举着象征性的圣火，举止庄重敦厚地看着神甫念诵洗礼信经。他走在所有在场人的前头。周围没有比他那苍

---

① 拉丁语，意为我以上帝、耶稣基督和神灵的名义替你施洗礼。

② 拉丁语，意为穿上这圣洁的衣衫……

③ 拉丁语，意为拿着这点燃的烛光……

白的头发更洁白的东西了，连婴儿的白衣衫也没有他的头发白。

"Vade in pace, et Dominus sit tecum.①"

"Amen.②"

我母亲从老人的手臂里接过婴儿，紧紧地把他抱在怀里，吻了吻他。我弟弟也吻了吻他。所有在场的人都一个接一个地吻了他。

彼得罗还跪在我身边哭着。我心烦意乱、神志恍惚地站了起来，跑着出去了，穿过了前厅，突然走进朱丽亚娜的房间里。

克里斯蒂娜惊愕地轻声问我道：

"先生，发生什么事啦？"

"没什么，没什么。她醒着吗？"

"没有，先生。她好像睡着。"

我掀开幔帐，慢慢地走进卧室。开初在黑影中我只看见白色的枕头。我走近前去，俯下身子。朱丽亚娜睁着眼睛，她盯着我看。也许她从我的神情中猜测到了我的一切忧虑和不安；但她没说话。她又闭上了眼睛，像是再也不想睁开了似的。

三十九

打那天以后，我头脑明显地感到木然，开始急转直下地进入

---

① 拉丁语，意为愿你平安，上帝保佑你。

② 希伯来语，意为但愿如此，是基督教祈祷的结束语。

了那注定要把我引向犯罪的最后阶段。从那天以后，采取最容易而又最有把握的手段使婴儿死亡的预谋就开始了。

那乃是一种冷静、严峻而又艰巨的预谋，它发挥了我的全部内在效能。这不变的念头以一种令人难以置信的力量和毅力占据了我全部身心。正当我整个儿都处于一种极度兴奋的状态之中时，这种不变的念头却又明确无误地把我引向一种目的，就像把我按在一把明晃晃的锋利的钢刀刀刃上一样。我的警觉性好像两倍三倍地增加。我对我的外表和内心一丝一毫的异常都非常留意。我时时小心谨慎，从没有一时的疏忽。我闭口不说任何能引起怀疑的话，不做任何会引起惊讶的事情。我不仅对我的母亲、我的弟弟和其他不知内情的人不断地假装着，掩饰着，而且还瞒着朱丽亚娜。

在朱丽亚娜面前，我显得很安详，很平静，有时几乎像是把一切都忘了。任何影射那孽种的事我都有意地避开。我千方百计地鼓励她，使她抱有信心，说服她要遵照医嘱以尽快地恢复健康。我对她关心备至。我想以对她如此无微不至的关怀和温情，使她忘却痛苦而重新领略生活中更新鲜、更实在的滋味。我又一次感到自己已倾注到病人脆弱的身躯之中，把我的力量传送给她，激励她那颗软弱的心。我好像在推着她一天天活下去，几乎在把一种虚构的精力灌输到她的肌体内，以期那悲剧性的解脱的来临。我在心里不断地重复着："明天！"一个个明天来了，又过去了，消逝了，而那个时刻始终未来到。我不断地重复着："明天！"

我深信，要使孩子的母亲得救，就得让那孽种死。我深信，婴儿一死，她就会痊愈。我想："她不可能不痊愈。她会逐渐地恢复，因一种新鲜的血液而获得新生。她会像一个新人似的不带任何污泥浊水。经过一次如此漫长和痛苦的赎罪之后，我们两人都将感到自己的灵魂得以净化，相互配得上对方。疾病和康复将成为一种无限遥远的伤心回忆。而我甚至想从她的心灵中抹去回忆的影子；我希望她把过去爱情中的一切完全忘记。经过这次重大考验之后，任何其他人类之爱比起我们的爱都将显得渺小空虚。"对未来的幻想使我急不可待。我对自己的举棋不定逐渐感到无法忍受了。在我看来犯罪也显得并没有什么可怕的了。我强烈地责备自己的犹豫不决和谨小慎微；但我的脑海里还没有闪过任何念头，我还没有找到有把握的手段。

要让拉伊蒙多显得像自然死亡一样。也要让大夫不产生任何怀疑。对探究过的各种方式，我觉得没有一种是可取的或是可行的。与此同时，正当我等待闪过启示性的念头和巧妙的主意时，我感到受害者有一种奇怪的魅力吸引住了我。

我常常突然走进奶妈的房间，心跳得那么厉害，以致生怕她会听到我心的跳动似的。她叫安娜；她是蒙特戈尔戈·帕乌苏拉地方的一名妇女；她是阿尔卑斯山那种魁梧粗壮有男性气质的女人。有时候，她的模样很像是一尊不戴塔状花冠的西布莉女神[①]铜像。她的穿着打扮仍保持着家乡的特点：一件鲜红的

① Cybele，古希腊的女神。象征丰满多产，也被敬奉为山神和原始大自然之女神；常被人称作是上帝之母。

百褶裙，褶皱竖直而对称，一件黑色绣金线的上衣，两只长袖总耷拉着，她很少伸进胳臂去。十分洁白的衬衣上方挺着她那乌黑的脑袋。但她的眼白和洁白的牙齿比白色的亚麻衬衣更刺眼。眼睛像珐琅质的，几乎总是一动不动，茫然无光，没有梦幻，没有思想。嘴很宽，半张着，不多言语，长着一排细密而又整齐的牙齿。头发黑得发出紫光，发际很低，两条发辫拖在耳朵后面就像公绵羊的角。她几乎总是一个姿势待在那儿，抱着未断奶的婴儿，像雕像似的既不忧伤也无喜色。

我经常走进房去。房间里大部分处于幽暗之中。我总看到抱在沉着脸的强悍的女人怀里的拉伊蒙多的襁褓泛着白光，她总用那毫无生气的雕像般的眼睛盯着我看，不说话也不微笑。

有时候，我待在那儿看伏在圆圆的乳房上的婴儿，那乳房比起她的脸显得格外白，上面是一道道的青筋。婴儿有时吮得很轻，有时吮得很响，时而不想吃奶，时而又突然贪婪得很。柔软的脸颊随着嘴唇的动作而一鼓一鼓的，每吮一口喉部就颤动一下，鼻子几乎被鼓胀的乳房压挤得看不见了。在那新鲜、卫生而又富有营养的奶汁的哺育下，我似乎明显地觉得那娇嫩的身躯浑身都得到了滋补。我似乎觉得婴儿每吮一口新鲜奶汁，他的生命力就变得更顽强，更有耐力，更有害于人。看到他在长大，在发育，看到他除了头上那些轻微无害的白色乳痂以外，没有任何患病的迹象时，我感到一种难言的遗憾。我想："当他还在娘胎里时，母亲那样的焦虑不安，那样的痛苦，怎么没有危及他呢？

或者他真有什么机体上的毛病还没有表现出来,以后可能会发展而且能致他于死命?”

一天,我克制住自己的厌恶情绪,因为见他没有被裹在襁褓里赤身躺在摇篮里,就摸了摸他,把他从头顶到脚掌检查一遍,还把耳朵贴在他的胸口上听他的心脏。他来回伸缩并使劲儿地蹬踹着双腿;挥动着布满小窝和褶皱的双手;他把手指塞在嘴里,手指顶端已长出了一圈白指甲。手腕上,脚踝上,膝盖后面,大腿上,腹股沟上,耻骨上形成了柔软的肉曲轮儿。

他睡的时候,我也多次看过他,久久地看着他,反复考虑采用什么方法,出神地想象着,似乎已经看到裹在襁褓里的小尸体躺在棺材上,四周是白菊花花圈,还有四根点燃的蜡烛。他睡得十分平静。他仰躺着,紧紧地握着拳头,把大拇指攥在里面。他湿润的嘴唇不时地作出吮奶的动作。要是他入睡时的那种天真无瑕的神态打动我的心,要是嘴唇的下意识的动作使我产生怜悯之心的话,我就会像为了坚定我的意图似的对自己说:“他得死。”而且我想到,为了他,人们已经经受的痛苦,最近经受的和即将经受的痛苦,以及他从我的两个宝贝女儿身上所窃取的亲情,还有朱丽亚娜的苦恼,以及一切痛苦和威胁,这些就像莫名的烟云在我们脑袋上方萦绕盘旋。这样一来,我那杀人的罪恶意志又重新点燃,不断地萌生对熟睡的婴儿的谴责之情。在角落里,在阴影中,来自蒙特戈尔戈的奶妈坐在那儿守着,她像尊雕像一言不发,一动也不动;她的眼白和洁白的牙齿丝毫不比宽宽的金项圈闪耀的光亮逊色。

四十

一天晚上(十二月十四日),在我和费代里科回拉巴迪奥拉的路上,我们看到前面甬道上走着一个人,认出那是乔瓦尼·迪斯科尔迪奥。

“乔瓦尼!”我兄弟喊道。

老人停住了脚步。我们走上前去。

“晚安,乔瓦尼。有什么事儿吗?”

老人微笑着,他显得踌躇而又窘迫,好像我们当场发现了他的过失似的。

“我是来,”他吞吞吐吐地说道,“我是……为我的教子来的。”

他非常胆怯,好像在为自己胆大妄为的举动请求宽恕似的。

“你想看看他吗?”费代里科轻声地问他,他十分理解那位被遗弃的老人内心涌现出的既温柔又伤感的心情,关切地询问他。

“不,不……我只是来问问的。”

“那么你不想看他。”

“是的……不是……也许我太打扰了……在这个时辰……”

“我们走吧,”费代里科最后下结论说,他像个孩子似的拉住老人的手,“你来看看他。”

我们走进屋子。我们一直走到奶奶的房间里。

我母亲在那儿。她朝乔瓦尼亲切地微微一笑。她示意我们别出声。

“他睡了。”她说道。

她又不安地对我说道：

“今天傍晚时，他稍微有点咳嗽。”

她的话令我不安；我的不安情绪是如此的明显，以至于母亲为了让我放心又补充说道：

“但不很厉害，知道吗？稍稍有一点点咳嗽：不要紧的。”

费代里科和老人已经靠近摇篮，他们在灯光下看着入睡的婴儿。老人俯身注视着孩子。四周没有任何东西比他的满头白发更纯净洁白了。

“吻他一下。”费代里科低声说道。

他抬起身子，神情茫然地看了看我和我母亲；然后他用一只手摸摸自己的嘴和下巴，他没有好好刮胡须。

他跟我弟弟最亲近了，他轻声地对费代里科说道：

“要是我吻他，会扎疼他的。他肯定会醒。”

费代里科见可怜的老人实在很想吻一下婴儿，就做手势鼓励他。于是，那白发苍苍的大脑袋慢慢地、慢慢地向摇篮低下去。

四十一

当只剩我和我母亲单独在房里时，她站在拉伊蒙多熟睡在那儿的摇篮跟前，同情地说道：

“可怜的老人！你知道吗？他几乎天天晚上都来，可他是悄悄地来的。是彼得罗对我说的，他看见老人总在房子四周转悠。洗礼那天，他在外面让人指给他这间屋子的窗子，也许就是为了来看他……可怜的老人！看着他这样，我心里真难受！”

我倾听着拉伊蒙多的呼吸，我没觉得有什么变化，他睡得很安详，我说道：

“那么，他今天咳嗽过……”

“是的，图利奥。但很轻微，你不必担忧。”

“也许他是着凉了……”

“我们照看得多精心呀！我觉得他不可能着凉的。”

我脑海里闪过一个念头。我突然间感到一阵战栗。母亲那样站在我身边使我感到难以忍受。我茫然不知所措，我慌了，害怕自己会泄露真情。我头脑中出现的念头是那么清晰而又强烈，这令我生畏：“我脸上一定露出什么了。”那是一种模糊的恐惧感，但我无法控制住自己。我向前走了一步，并朝摇篮俯下身子。

母亲发现了什么，但她是从好的方面去想的，因为她说：

“瞧你愁的！你没听到他呼吸多平静吗？他不是睡得挺好吗？”

但是她的声音中蕴含着不安，尽管她嘴里这么说，却掩饰不住忧虑。

“对，是真的；不会有什么的。”我抑制着自己回答说，“你留在这儿吗？”

“我得等安娜回来。”

“我走了。”

我走开了。我到了朱丽亚娜房里。她在等着我。她的晚饭全准备好了,我常常陪她吃点什么,这样,病人的小饭桌就不显得那么令人厌烦了,在我吃东西的榜样之下,再加上我对她的照料,能促使她多少吃点儿。在我的行动和言语中表现出某种异乎寻常的欢快。我显得过分的激动,对此,我有十分清醒的认识,我可以管住自己,但不能缓和自己的情绪。我一反常态地饮酒,喝了两三杯给朱丽亚娜准备的博尔戈尼亚葡萄酒。我希望她也多喝几口。

“你感到好多了,是不是?”

“是的,是的。”

“要是你听话,我保证你圣诞节就能下床了,还有十天。要是你希望自己好起来,十天之内,你会恢复的。再喝一口,朱丽亚娜!”

她有点惊异又有点好奇地看了看我,她竭力全神贯注地听我说。也许,她已经疲惫了;也许已经抬不起眼皮了。她那样坐起身子待一会儿后,有时仍会产生脑供血不足的症状。

她用嘴唇沾了沾我递给她的杯子。

“告诉我,”我接着说,“你喜欢到哪儿去休养?”

她微微地一笑。

“到利古里亚海岸去?我是不是写信给奥古斯托·阿里契,让他给我们找一幢别墅?不知吉诺萨别墅是否有空!你还记得吗?”

她比刚才还更软弱无力地微微一笑。

“你累啦?也许你听我这么说话很累……”

我发现她快昏厥过去了。我扶着她,替她撤去后面靠着的枕头,把她的头放低些,让她躺下,我像往常一样地护理她。过了一会儿,她好像恢复了知觉,像在梦中似的喃喃说道:

“对,对,我们去……”

四十二

异样的不安占据了我。有时候,这种不安的心绪像是一种莫名的快乐,一种享受。有时候,它又像是一种强烈的急不可待的期待,一种难以抑制的狂热。有时候,我特别想见到某个人,想找个人说说话,一吐衷肠。有时候,又像是需要孤寂,跑到某个安全可靠的地方独自一人待着,以便好好省察我自己,以扩展我的思路,估量和审视一番即将发生的事情的一切细节,作好应付一切的准备。那些各不相同又相互对立的激情冲动,连同其他无数难以言喻和无法解释的感情冲动,飞快地交替出现在我心灵深处,大大加速了我内心生活的节奏。

我脑海里闪现过的邪恶念头,好像突然启示了埋藏在深处却早已存在着的一种意识,好像唤醒了我沉睡的记忆。我感到“我想起了什么”,但不管我如何努力,都无法寻觅到记忆的根源，也无法发现它的本质。当然，我是记得的。是不是想起了早先读过的一本书？是不是在某本书中寻找到了一种类似的情况？莫非有人过去曾对我讲起现在生活中会遇上的那种情况？莫非记忆中的那种感情是虚幻的，它无非是一种神秘的意念的联想？我觉得，肯定是有某个陌生人提示我的。我似乎觉得有人突然来打消我的一切顾虑，对我说："你得这样做，换了另一个人，处在你的情况下也会这样做的。"但那另一个人是谁呢？我肯定在某种场合结识过他。但不管我怎样努力，都无法摆脱他，无法使他变成客观存在。我难以确定我所处的特殊的精神状态。对于事情的全部发展过程，即对于一系列的行动，我有一个完整的概念，通过这一系列行为，有人使一种特定的意图变成过现实。但我对那个先行者毫无所知；我若不把自己放在他的位置上，就无法把有关的形象与那个意念联系起来。于是，我看到我自己完成了那些已由另一个人所采取的特殊行动，模仿另一个人处在与我同样情况下所采取的行动。我缺乏真正的自发的感情。

从朱丽亚娜房间出来时，我犹豫不决、毫无目的地在前厅转悠了好几分钟。我没遇上任何人。我朝奶妈的房间走去。我在门外偷听：我听见母亲轻柔的说话声；我走开了。

莫非她没离开过那儿？莫非婴儿的咳嗽更厉害啦？我对新生婴儿的支气管黏膜炎很熟悉，一种表面上迷惑人的可怕疾病。玛丽亚在出生三个月时所经历过的危险我至今记忆犹新，我记得她所有的症状。玛丽亚开始也打过几次喷嚏，有些轻微的咳嗽：她曾显出十分困倦的样子。我想："谁知道啊！要是我等待一下，要是我不任着性子干，也许慈悲的上帝会及时来干预，那我就得救了。"我往后退了退，仍在门外偷听；我又听见母亲的声音；我进去了。

"哦，拉伊蒙多怎么样？"我难以掩饰地战栗着问道。

"挺好。他很平静，没再咳嗽过，呼吸和体温都正常。你瞧，他正在吃奶。"

看上去母亲的确放心了，很平静。

坐在床边的安娜正给婴儿喂奶，孩子贪婪地吮着，吮吸时，小嘴唇还不时发出轻微的响声。安娜侧着脸，两眼盯着地板，像尊铜像似的一动也不动。灯烛摇曳不定的火焰在她红色的裙子上投下了光亮和阴影。

"屋里是不是太热了？"我感到有些憋闷，说道。

房间的确很热。屋子角落的炭盆上烘着几块布头和一条绷带。还听得见水煮沸的汩汩声。不时地听到窗玻璃被呼啸的狂风吹得叮咣作响。

"你听，这北风都刮邪啦！"母亲喃喃地说道。

我没再听到别的响声。我焦虑不安地倾听着风声，感到有点毛骨悚然，似乎刺骨的寒风渗入了我的身躯。我朝窗口走去。在打开一扇百叶窗时，我的手指都在发抖。我把前额贴在冰凉的玻璃窗上，看了看外边，但呼吸产生的呵气阻挡了我的视线。我抬起眼睛，通过窗子上方的玻璃我看见了布满星斗的天空。

"天气晴朗。"我从窗洞里出来说道。

我内心在想象清澈而又令人难以忍受的夜晚，眼睛却看着还吊在奶妈乳房上的拉伊蒙多。

“朱丽亚娜今晚吃过饭了吗?”母亲用一种亲切的声调问我。

“吃过了。”我冷冷地答道，而且我想：“整整一个晚上，你竟没有抽一分钟去看她一下！这不是你第一次忽略她了。你把心都交给拉伊蒙多了。”

四十三

第二天早上，耶马大夫检查了孩子的身体，认为他完全健康。他对我母亲提出的咳嗽之事根本没有予以重视。尽管对过分的照料和焦虑感到可笑，他还是关照说，在这寒冬腊月里得格外小心，洗澡时要特别注意别着凉。

大夫在朱丽亚娜面前谈到这些事时，我有两三次在场，我与她的目光像闪电似的短暂相遇。

那么说上帝不会帮忙了。得采取行动，得利用合适的时机，加快事情的进程。我下定了决心，决意谋杀，我等待夜晚的来临。

我集中全部精力，以最高度的敏锐，思索我要说的全部话语和要做的一切行动。任何引起怀疑的话都不说，任何令人诧异的事都不做。我时时刻刻都不放松警惕。我把一切聪明才智都用在准备和筹划自己要采取的行动上，以求得问题的彻底解决。

晚上我得找机会与小孽种单独在一起，而且得有一定的条件保证。

白天，我多次走进奶奶的房间。安娜像一位不动声色的守护人，总是待在她的位置上。要是我问她问题，她就回答我几个字。她声音嘶哑，带有一种特别的音色。她的沉默和迟钝使我恼怒。

她一般不离开房间的，吃饭的时间除外。但她用餐时，一般都由我母亲或伊迪丝小姐，或是克里斯蒂娜，或某个女佣来替她。在女佣看管的情况下，我能轻而易举地下命令支开她。不过，总还是有危险，说不定什么人突然来到房间。此外，我是听天由命，我无法选择接替安娜的人。无论是那天，还是以后的几个晚上，都很可能是我母亲来替她看着。况且，我觉得不可能无休止地延续这种警觉和紧张不安的状态，没完没了地伺机等待，不能总生活在对那不幸时刻的持续等待之中。

正当我在那儿犹豫时，伊迪丝小姐带着玛丽亚和娜塔利亚进来了。两个可爱的小家伙一看见我，就高兴地向我身上扑来，她们刚从室外跑回来，显得生气勃勃，裹着紫貂披风，头上戴的无檐圆帽也同样是紫貂皮做的，手上戴着手套，两颊冻得通红通红的。房间里一下子就充满了她们叽叽喳喳的声音。

“你知道，来了一些山里人。”玛丽亚告诉我说，“今晚在小教堂里开始圣诞九日祈祷。你要是看见彼得罗制作的耶稣诞生的马厩就好了！奶奶答应我们买圣诞树，你知道吗？是不是真的，伊迪丝小姐？得把圣诞树放在妈妈的房间里……那样一来，妈妈圣诞节就会好了；对不对？哦，让妈妈的病快好起来吧！”

娜塔利亚站在那里望着拉伊蒙多；她看着婴儿的怪相，看着他不停地蹬着双腿像是想从襁褓里挣脱出来的样子，不时地笑出声来。她一时心血来潮。

“我想抱抱他！”

她吵着要抱他。她使出全部力气承受婴儿的重量；她的脸变得很庄重，就像她当洋娃娃的妈妈时一样。

“现在该我了！”玛丽亚大声喊道。

小弟弟从一个姑娘转到另一个姑娘手里，一声没哭。可是，当玛丽亚在伊迪丝小姐的监护下抱着婴儿在房里转悠时，她摇摇晃晃地两手差点儿抱不住了。伊迪丝扶住了婴儿，把他抱了过来，交还给似乎完全不理会周围的人和事而一直在凝神沉思的奶妈。

我想着我内心的秘密，说道：

“那么，今天晚上开始圣诞九日祈祷……”

“是的，是的，今天晚上。”

我看着安娜，她似乎从沉思中醒悟过来，对我们的谈话异乎寻常地注意。

“来了多少山里人？”

“五个。”玛丽亚回答道，她好像对一切都打听得非常详尽，“两个吹风笛的，两个吹古风笛的和一个吹短笛的。”

她笑了起来，还多次重复着最后一句话，以鼓动她妹妹去看。

“他们从你住的山区来，”我对安娜说道，“说不定里面有从蒙特戈尔戈来的……”

她的双眼似乎失去了往日的迟钝呆滞，变得目光炯炯，闪耀着忧伤的泪光。她脸上显示出一种非同寻常的激情。我明白，她在忍受痛苦，她在思念自己的家乡。

四十四

夜晚临近了。我到下面教堂里去了，见人们正在做九日祈祷的准备工作：耶稣诞生的马厩，花儿，蜡烛。我不知为什么从教堂出去了；我看了看拉伊蒙多房间的窗户。我在空地上快步来回走着，希望能抑制住紧张的战栗，抵御住刺骨的严寒，忍住我那空荡的胃里的阵阵痉挛。

那是个冰冷的黄昏，寒风凛冽。远处地平线上是一片茫茫的青灰色，阿索罗河蜿蜒曲折地流入铅色的山谷深处。孤寂的河水闪烁着光亮。

一阵惊恐突然向我袭来。我想：“我害怕啦？”我似乎觉得，有某个看不见的人正看着我的灵魂。我感到眼睛酸痛，当目光被什么东西吸引住老盯着它看时眼睛就是这样疼的。我想：“我害怕啦？怕什么？怕去干那件事还是怕自己被人发现？”参天大树的阴影，辽阔的天空，阿索罗河水的闪烁，乡下所有那些隐约的声音，都令我惊惶不安。三钟经敲响了。我又走进了小教堂，像是被人跟踪似的，是急急忙忙地进去的。

在尚未点亮的过厅里，我遇见了母亲。

“你从哪儿来，图利奥？”

“从外面。我散了会儿步。”

“朱丽亚娜等你。”

“九日祈祷几点钟开始？”

“六点钟。”

当时已是五点一刻了，还差三刻钟。得特别留神才是。

“我走了，妈妈。”

没走几步，我又叫住了她。

“费代里科没回来吗？”

“没有。”

我上楼到了朱丽亚娜的房间里。她在等着我。克里斯蒂娜在准备小饭桌。

“你去哪儿啦，这么长时间？”可怜的病人略带责备地问我。

“我跟玛丽亚、娜塔利亚在那儿……我去小教堂看了看。”

“哦，对了，今晚开始九日祈祷。”她伤心地低声说道，非常忧郁。

“你从这里也许可以听到钟声。”

她若有所思地待了一会儿。我觉得她很伤感，那是一种令人悲怆的伤感，显露出一颗欲哭无泪、充满哀伤的心。

“你在想什么？”我问她。

“我想起我在拉巴迪奥拉过的第一个圣诞节。你还记得吗?”

她温柔而又激动;她唤起了我的温情,她靠在我身上以得到我的抚慰,让我抱住她,让我安抚她的心,吞饮她的泪水。我了解她的那些痛苦和忧郁,了解她的无穷的忧虑。不过,我焦虑不安地想着:“我不能顺着她。我不能让她捆住手脚。时间在流逝,要是她把我缠住了,我就很难脱身。要是她哭了,我就不能走远了。我得克制自己。时间过得很快,谁将留下照管拉伊蒙多呢? 肯定不会是我母亲,很可能是奶妈。其他所有的人都将聚集在小教堂里。我把克利斯蒂娜安排在这儿,这样我就有把握了。对我来说,没有比这更有利的机会了。二十分钟以后我就得脱身。”

我避免刺激病人,装出不理解她的样子,我不回报她那奔放的感情,竭力用具体的事情使她分心,我设法让克利斯蒂娜别像前几天晚上那样,让我和朱丽亚娜单独亲昵地待在一起,我过分关心地问了晚饭的事。

“今晚你为什么不与我共进晚餐呢?”她问我道。

“我现在什么也不能吃;我不舒服。你吃点东西吧,我求你了!”

我怎么努力也无法完全掩饰内心的极度焦虑和不安。她多次注意地看我,显然是想看透我的心思。后来,她突然皱起双眉,变得沉默不语了。她只吃了一点点东西,酒杯稍稍抿了抿。于是,为了脱身,我鼓起我的全部勇气。我装出听到一辆马车的声音。我侧耳细听，说：

“也许是费代里科回来了，我得马上见他……你允许我下去一会儿。克利斯蒂娜留在这儿。”

我见她脸一沉，像是要哭出来似的。我没等她表示同意，急忙走了出来；但我没有忽略又一次关照克利斯蒂娜，让她等我回来再走开。

我一到外面，就不得不停下来喘口气，刚才紧张得快要窒息了。我想：“我要是不能控制自己的神经，就一切都完了。”我竖起耳朵，但只听见自己的脉搏声。我朝前厅走去，一直走到楼梯口。我没碰上什么人，家里一片寂静。我想：“所有人都在教堂里，用人们也在那儿，没有什么可怕的。”我又等了两三分钟，以使自己重新镇定下来。那两三分钟里，我精神上不那么紧张了。我带着奇怪的茫然失措的心情，脑海里掠过一些模糊的、毫无意义的、与我要干的事根本不相干的思绪。我不由自主地数了数楼梯的栏杆。

“安娜肯定留下了。拉伊蒙多的房间离小教堂不远，钟声会宣告九日祈祷的开始的。”我朝门口走去。在走到那儿之前，我听到风笛吹奏的序曲。我毫不犹豫地走进了房间，我没估计错。

安娜站在椅子旁，显得那样兴奋。我马上猜想到，她刚才准是在听到她们山沟里的风笛吹奏古老牧歌的序曲时腾地站起来的。

“他睡啦？”我问道。

她点头表示肯定。

风笛声继续着，隐隐约约从远处传来，像在梦中那样优美，稍有点儿沙哑，缓慢地拖长着声调。在风笛的伴奏下，古风笛悠扬地吹奏出纯朴而又令人难忘的旋律。

“你也去吧，去做九日祈祷吧，”我对她说，“我留在这儿。他入睡多长时间了？”

“刚睡着。”

“那你去吧，去做九日祈祷吧。”

她两眼闪烁着光芒。

“我去？”

“对，我留在这儿。”

我亲自替她开了门；随后又把门关上了。我踮着脚尖朝摇篮快步走去。我凑近瞧了瞧，无辜的孩子仰睡在他的襁褓里，两只小手攥着拇指紧握着拳头。透过他的眼皮，我似乎看见了灰色的虹膜。不过，从我内心深处没有轻率地产生任何憎恨和愤怒的冲动。我对他的憎恶没有过去那样强烈了。我缺少那种曾不止一次地感受过的本能的冲动，这曾经涌到我手指顶端的冲动，能使人什么犯罪的事儿都干得出来。我完全自觉、冷静、清醒地听命于愿望的冲动。

我回到门那儿，重又打开房门；我看了一下，过厅确实空无一人。于是我跑到窗户那儿，我回想起母亲说过的一些话；我闪过一种念头，怀疑乔瓦尼·迪斯科尔迪奥可能就在楼下的空地上。我非常谨慎小心地打开了窗户。一股寒风向我袭来。我探身到窗外观察动静，没看到任何可疑的东西，只听见一片九日祈祷的风笛声。我缩回身子，靠近摇篮，竭力克制住极端的厌恶情绪，抑制着焦虑的心情，慢慢地、慢慢地抱起孩子；我不让他靠近我的胸口，因为我心跳得太厉害了，我把他抱到窗口那儿，让他吹着寒风，这样会置他于死地的。

我没有惊慌失措；我的感官都很清醒。我看见天空中的星星晃动着，似乎有一种超凡的风吹刮着它们；我看到门房里摇曳的灯光所产生的虚幻而又恐怖的影子；我清晰地听见重复演奏的牧歌，远处一条狗在狂吠。孩子的一阵抖动吓了我一跳。他醒过来了。

我想："现在他哭了。过了多长时间啦？也许一分钟，连一分钟也没有。这么一会儿能致他于死命吗？他受到损害了吗？"婴儿的两只小胳臂在胸前挥动着，扭曲着嘴，而后张开了，张开了；接着就爆发出哭声，我感到那哭声好像变了，更微弱，颤抖着，不过也许只是他哭的空间不同了，原来我总是听他在室内哭。那微弱而颤抖的哭声使我惊慌失措，我突然害怕极了。我跑到摇篮那儿，把婴儿放下，再回去把窗子关上；但在关窗之前，我探身出去往黑暗中看了一眼，除了星星我没看见别的。我关上了窗子，虽然我惊慌失措，但我避免发出任何声音。婴儿在我身后哭着，哭得很厉害。"我平安无事了？"我跑到门那儿，往过厅张望了一下，听了听，过厅里空无一人；传来悠扬缓慢的风笛声。

"那么我平安无事了？谁会看见我呢？"我一边看着窗户，一边想到乔瓦尼·迪斯科尔迪奥；还是有些不安。"不会，下面没有人。我看过两次了。”我又走近摇篮，让婴儿躺直了，小心地替他盖上被子，我肯定一切都恢复了原状。不过，现在我接触他时有一种难以克制的反感。他不停地哭着，怎么才能使他安静下来呢？我等待着。

但在那空寂的大房间里的不断的哭声，那不明真相的无辜者的微弱的呻吟，如此强烈地揪着我的心，使我忍不住站起来以摆脱折磨。我走出房间进入过厅，随手半掩上门；我待在那儿紧张地张望着。婴儿的哭声刚刚能听见，混合在风笛缓慢悠扬的曲调声中。风笛声继续着，隐隐约约地从远处传来，像在梦中那样优美，稍有点儿沙哑，缓慢地拖长着声调。在风笛的伴奏下，古风笛悠扬地吹奏出纯朴而又令人难忘的旋律。牧笛声播散在安宁的大房子里，也许在最远的房间里也听得到。朱丽亚娜听得见吗？她在想什么、听什么呢？她在哭吗？

不知为什么，我心里对此十分肯定：“她在哭。”由此而产生一种强烈的幻觉，它赋予我现实而又深刻的感觉。我脑海里掠过的思想和形象是断断续续、支离破碎和荒谬的，这些思想与形象是由互不相干的要素组成的，使人难以把握，自然地引起一种怀疑。我真怕自己会发疯，自问道：“过去了多长时间啦？”我发现我已完全失去了时间的概念。

演奏声停止了。我想：“祈祷仪式完毕了。安娜快要上楼来了。也许母亲也会来。拉伊蒙多不再哭了！”我重又走进房间，用目光环视四周以再次确信没有留下任何谋杀的痕迹。我走近摇篮，不无一种模糊的恐惧心理，生怕发现婴儿已昏死过去了。

他仰躺着，小手攥住大拇指紧握着小拳头。“他睡了！真让人难以置信。似乎任何事情都不曾发生过。”我干过的事像一场梦一样不存在。我像是突然中断了思想似的，头脑中一片空白，我等待着。

我刚一辨认出奶妈在过厅的沉重脚步声，就向她迎去。母亲没跟着她。我没有看她的脸，对她说：

“他还睡呢。”

我迅速地离开了：哦，谢天谢地！

四十五

打那以后，我精神上就处于一种木然的状态，也许是因为我筋疲力尽，心力交瘁了，我无力再做其他的努力了。我的知觉失去了那高度的敏锐，注意力也衰退了，我的好奇心无法与所发生的事态的重要性相提并论。我头脑里充斥着那些由很不清晰的形象所组成的回忆，模糊不清，残缺不全。

那天晚上我又走进了朱丽亚娜的卧室，重又见到了她，在她床头逗留了片刻。我费了好大的劲才说出话来。我看着她眼睛问她：

“你哭过啦？”

她回答说：

“没有。”

但她比以往更伤心，脸色像身上的衬衣一样苍白。我问她：

“你怎么啦？”

她回答说：

“没什么。你呢？”

“我感到不舒服。我的头疼得厉害……”

极度的疲乏使我衰弱不堪；我的四肢沉重，我侧着头靠在枕头的一角；在无穷的痛苦压抑之下，我那样木然地待了几分钟。当听见朱丽亚娜的声音时我惊了一下，她说：

“你有事瞒着我。”

“没有，没有。为什么？”

“因为我感到你有件事瞒着我。”

“不，不；你弄错了。”

“我弄错了。”

她沉默了。我重又把头靠在枕头的一角上。过了几分钟之后，她突然对我说：

“你常见到他。”

我惊愕地抬起身子看她。

“你是有意去看他，去找他。”她补充说道，“这我知道。今天也是……”

“那又怎么啦？”

“我怕这个，我为你感到害怕。我了解你。你在折磨你自己，你到那儿去折磨你自己，你，去毁灭你的心……我了解你……我害怕。你不甘心，不，不；你不可能善罢甘休的。我没有搞错，图利奥。还有今天晚上，刚才，你也去那儿了……”

“你怎么知道的?”

“我知道，我感觉到了。”

我毛骨悚然。

“你想让母亲起疑吗？你愿意她发现有人憎恶那孩子吗?”

我们低声说着话。她的神色也紧张不安起来，我想：“得，现在母亲该慌慌张张地进来喊：‘拉伊蒙多死了！’”

玛丽亚和娜塔利亚跟伊迪丝小姐进来了。她们叽叽喳喳地说话，屋子里马上热闹起来了。她们详详细细地谈起小教堂，谈到耶稣诞生的马厩，谈到蜡烛，谈到风笛。

我推说头疼，离开朱丽亚娜回到了我的房间里。我一躺到床上，几乎马上就来了倦意。我沉沉地睡了好多个小时。

白天的光线使我镇定下来了，我被一种奇怪的冷漠、一种难以解释的好奇心所控制。没有人来打扰我的睡眠，那么，就是没有发生任何不寻常的事情。头天晚上的事似乎是不存在的，非常遥远的。我感到，现在的我与以前的我之间，我的当时与过去之间，有一种无限大的差距。我的精神生活的过去与现在之间有一种中断。我不作任何努力去沉思，去理解这种独特的现象。我对干什么都感到厌恶；我竭力使自己保持在那种虚假的漠然状态中，过去的一切激动不安都蕴藏在那种麻木状态之下；我避免探究自己，以免重新唤醒那似乎已经死去了的东西，它似乎已不再属于我现实的存在。我有点儿像那些半身不遂的病人，总觉得在他们的身边，在他们的床上，躺着一具尸体。

但费代里科来敲我的门。他进来了,会给我带来什么新消息呢?他的出现使我心烦意乱。

“昨晚我们没见面,”他说道,“我回来晚了。你好吗?”

“不好也不坏。”

“昨晚你头疼,真的吗?”

“是的,所以我早早就睡了。”

“今天早晨你脸色有点发青。啊,我的上帝,什么时候能结束这不幸的灾难呀?你身体不舒服,朱丽亚娜老躺在床上,刚才我遇到妈妈,她心烦得很,因为拉伊蒙多夜里咳嗽了!”

“他咳嗽了?”

“是的,大概是有点儿感冒;不过,平时妈妈总爱言过其实……”

“医生来了吗?”

“还没来。不过,我觉得你比妈妈还要操心。”

“你要知道,牵涉到孩子的事,焦虑是很自然的。一点不大的事就会……”

他用他清澈的蓝绿色眼睛看着我,而我既惊恐不安又羞愧不已。

等他走了,我从床上跳起来。我想:“那么,开始产生效果了,那就没什么疑问了。但他还能活多久?他也有可能不死……啊,不会,他不可能不死。昨晚风那么刺骨,使人难以呼吸。”我心中重又现出喘息着的婴儿,半张着的小嘴,颈部的小肉纹。

四十六

大夫说道：

“没有任何理由感到不安。是非常轻微的感冒。气管是畅通的。”

他又俯身在拉伊蒙多裸露的胸膛上倾听。

“绝对没有任何杂音。你们亲耳听一下就可以放心了。”他转身对我补充说道。

我也把耳朵贴在虚弱的胸脯上，我感触到他身上的温热。

“果真是……”

我看了一眼母亲，她在摇篮另一边，忧心忡忡的。

没有气管炎通常有的症状。孩子很平静，相隔很长一段时间才轻轻咳嗽几下，喝奶的次数照常，睡得很安稳香甜。我自己也被表面现象所迷惑，怀疑起来：“那么说我的企图落空了。看来他不该死。他的生命力真顽强！”我又开始像原先那样恨他，而且更强烈。他那平静红润的脸蛋使我很恼怒。莫非我是白白受那精神上的痛苦和烦恼了，无谓地冒那种风险了！在我暗暗的恼恨中杂有一种迷信色彩，对他那出奇顽强的生命力颇感惊异：“我想，我是不会有勇气再重新干的。那么怎么办呢？我将是他的牺牲品；我无法回避他。”我眼前又出现了罪恶的小幽灵，脾气暴躁而又机灵的男孩子，聪明过人而又天性邪恶；他重又用他那冷冰冰的灰眼睛盯着我看，像是在向我挑战。在空无一人的房间黑影里的可怕情景，我怀着敌意所想象出来的场面重又出现在我面前了；鲜活的现实重又那么强烈恼人地触动我的心。

那天，天空灰蒙蒙的，有一种要下雪的预感。朱丽亚娜的卧室对我来说似乎还是个避风港。那闯进来的小孽种不该出他自己的房间，他不能跟到这里来纠缠我。我毫不掩饰地沉浸在忧伤之中。

我看着可怜的病人，心里想："她不会痊愈了，她起不来了。"我又回想起头天晚上她说的那些蹊跷话儿，这使我感到困惑不安。那闯入我们生活中来的人，对她来说无疑是个折磨，就像对我一样。毫无疑问，她只能想着他而慢慢地死去。这对她那如此虚弱的心来说，该是多大的负荷呀！

随着幻想中这些断断续续的形象的展现，我脑海中又浮起对过去生活片断的联想；又想起了另一次疾病，很久以前的另一次恢复休养期。我的思想停滞下来，重新织补那些片断，重新使那如此温柔而又如此痛苦的时期再现，就是在那段时期里，我播下了不幸的种子。温馨的阳光使我想起来我与朱丽亚娜度过的那个漫长的下午，我们读着一本诗集，一起埋头看着同一页，眼睛看着同一行。我重又看到她按在书边空白处的纤细的食指和指甲留下的印痕。

> 请您接受那纯真的声音吧，
> 它始终蕴含在祝婚的诗句中。

对于心灵来说，没有什么
能比快乐更好的事！

我拉住她的手腕；我缓缓地低下脑袋直至嘴唇触到她的手心，我低声说道：

“你……能忘记吗？”

她用手捂住我的嘴，并说了她那句惊人的话语：

“安静。”

我怀着真实而又深切的感情，重又回想着那生活的片断；我继续回想着，不停地回想着，我回想起她第一次下床的那天早晨，那可怕的早晨。我重又听见那中断了的欢笑声；重又看到她奉献出她的爱所做的手势，她在突然受到打击后坐在沙发椅上的模样，以及后来的一切。为什么我的心灵再也摆脱不开那些形象呢？那痛惜是徒劳的、枉然的。“太晚了。”

“你在想什么？”朱丽亚娜问我，在我沉默的时候，也许她只是为我的忧伤而感到难受。

我对她不掩饰我的思绪。她说话时发自内心深处的声音那么微弱，但是比一声呐喊还要感人肺腑。

“啊，我心灵中有你的广阔天地呀！”

一阵长时间的沉默，也许她把没流出来的泪水吞饮下去了，然后，她又说道：

“如今，我不能使你感到安慰了！你与我都没有什么安慰了；不会再有什么安慰了……一切都失去了。”

我说：

“谁知道！”

我们对视了一眼；显然，那时我们俩想的是同样的事情：拉伊蒙多可能会死。

我犹豫了片刻；然后我影射着一天晚上在榆树底下的谈话，想要问她：

“你向上帝祈祷了吗？”

我的声音颤抖得很厉害。

她回答说(我勉强听得见她的话)：

“祈祷了。”

她闭上了眼睛，侧过身去，把脑袋埋在枕头里，她躲开了我，浑身冷似的蜷缩在被子底下。

四十七

傍晚，我又去看拉伊蒙多。我见母亲把他抱在怀里。看上去他更苍白了；但还是很平静，呼吸正常，没有任何可疑的迹象。

“他一直睡到现在！”我母亲对我说。

“你对此感到不安吗？”

“是的，因为他从来没睡这么长的时间过。”

我盯着孩子看。在满是淡白色痂皮的前额下，他那灰色的眼睛毫无生气。他不停地翕动着嘴唇，像是抿着嘴咀嚼。突然，他把一点奶反吐在围嘴上。

“啊呀，不行，不行，这孩子不舒服。”我母亲一边摇着头，一边大声说道。

“他咳嗽了吗？”

拉伊蒙多像是在回答我似的咳嗽起来。

“你听见了吧？”

是一阵轻微的咳嗽，没伴有任何内脏器官的杂音。咳的时间很短。

我想：“得等待。”由于我心中重又产生那不幸的预感，我对孩子的厌恶程度减轻了，我对他的刻毒平息下来。我发现我的心一直揪着，很忧郁，怎么也高兴不起来。

如今我回想起来，在我不幸的人生中那天晚上是我从来未有过的最伤心的一个晚上了。

我怀疑乔瓦尼·迪斯科尔迪奥可能就在附近不远的地方，于是我从家里出来，踏上了上次我与弟弟遇上他的那条甬道。黄昏的微光预示着初雪。沿着成排的树木落下了满地的树叶。光秃秃的枯树枝参差错落地耸入云霄。

我朝前张望着，希望能看见老人的形象。我想着老人对他教子的温情，想到那老年人凄凉的爱，想到那双满是皱纹的带有老茧的手，我看见那双颤抖着的手在抱着白色的襁褓时变得那么圣洁。我想：“不知他会哭成什么样子！”我看见躺在棺材里裹着襁褓的死去的幼小生命，周围是白菊花，点着四支蜡烛；我看见乔瓦尼在跪着哭泣。“母亲将痛哭不已，她将会绝望。整个家都将陷于哀痛之中。圣诞节将充满哀伤。当我出现在房门口，在床边对朱丽亚娜宣布：‘他死了。’她会怎么样呢？”

我走到了甬道的尽头。我张望了一番；不见有什么人。寂静的乡村沉浸在黑暗之中；远处山坡上点燃的一把火映出一片红光。我独自一人往回走。忽然，什么白色的东西在我眼前颤动了一下，又消逝不见了。是初雪。

后来，当我站在朱丽亚娜的床前时，我听到了每天在这个时刻风笛都吹奏的九日祈祷。

四十八

晚上过去了，黑夜过去了，第二天早晨过去了。没有发生异常的事。但医生在给孩子看病时，毫不隐瞒地说，鼻腔和支气管有黏膜炎：一种轻微的炎症，没多大关系。不过，我发现，他是在掩饰某种不安。他留下医嘱，关照要特别小心，答应当天再来。我母亲一刻都不得安宁。

我走进卧室，没看着朱丽亚娜的脸，低声对她说道：

“病情恶化了。”

我们有好长时间没再说话。我不时地站起来，走到窗口那儿去看雪。难以克制的焦虑心情支配着我，在房间里来回转悠。朱丽亚娜把头埋在枕头里，她几乎全身都钻到被子底下去了。当我走近她时，她睁开眼睛，很快地扫了我一眼，快得令我无法看清她的目光。

“你冷吗?”

“冷。”

但房间很暖和。我总到窗口那儿去看雪,雪花不断地徐徐飘落在一片白茫茫的田野中。已是午后两点钟了。孩子的房间里会发生什么事? 肯定没有发生什么异常,因为没有人来叫我。但我越来越焦虑不安了,我决定去看一看。我打开了房门。

“你去哪儿?”朱丽亚娜用肘关节撑起身子朝我喊道。

“我去那儿,就一会儿。我马上回来。”

她一直用胳膊肘撑着,脸色异常苍白。

“你不愿意让我去?”我问她。

“不愿意:你留在我身边吧。”

她不让自己重新倒在枕头上。她脸上现出一种奇怪的惊愕神情;她的眼睛不安地游移着,像是跟着某个移动着的影子。我走近她,亲自让她重新仰卧,我摸摸她的前额,温柔地问她道:

“你怎么啦? 朱丽亚娜?”

“不知道。我害怕。”

“怕什么?”

“我不知道。我没有过错;我病了;我就是如此。”

但她的眼睛飘忽不定,不盯着我看。

“你找什么? 你见到什么了吗?”

“没有,什么也没有。”

我又摸了她的额头。她体温正常。但我像想到会发生什么似的，局促不安起来。

“我不离开你；我跟你待在一起。”

我坐了下来，等待着。我心神不定，焦灼不安，期待着即将发生一件什么事情。我肯定会有人来叫我的。我竖起耳朵细听任何一个轻微的响声。我不时听见门铃在响。我听到了马车停在雪地上时所发出的沉闷的声音。我说：

“也许是医生来了。”

朱丽亚娜没吭声。我等着。过去了好长一段时间。忽然我听见房门打开的声音，脚步声越来越近。我腾地站了起来。朱丽亚娜也同时坐了起来。

“发生什么事啦？”

但我已经知道是怎么回事了，连进来的人要对我说什么话我都一清二楚。

克里斯蒂娜走了进来。她显得很惊慌，但她竭力掩饰着她的不安。她没朝我们走过来，眼睛看着我，朝我结结巴巴地说道：

“先生，我得跟您说句话。”

我从卧室里走了出来。

“什么事？”

她低声地补充道：

“孩子不行了。您快去。”

“朱丽亚娜，我到那儿去一下。我让克里斯蒂娜留在这儿。我很快就回来。”

我出去了。我跑到了拉伊蒙多的房间。

“啊，图利奥，孩子死了！”我母亲趴在摇篮上绝望地喊道，“你瞧他！你瞧他！”

我也朝摇篮俯下身。发生了意想不到的突然变化，表面看来是难以解释的，骇人听闻的。小脸儿发灰，嘴唇发青，眼睛像枯萎了似的，失去了光彩，毫无生气。可怜的小东西像是服了剧毒。

我母亲声音哽咽着对我讲：

“一小时以前，他似乎还挺好。是有些咳嗽，但没有别的。我离开了他，把安娜留在这儿。我以为他快睡着了。他当时好像困了……我回来却发现他这样了。你摸摸：他几乎全身都冰凉了！”

我摸了摸他的前额和一边的脸颊。皮肤的温度的确降得很低了。

“医生呢？”

“还没来呢！我派人去叫了。”

“得派人骑马去。”

“是，奇里亚科去了。”

“骑马去的？你肯定吗？得抓紧时间。”

我这不是虚伪做作。我是诚挚的。我不能不救他，不能不想方设法抢救他，就让那无辜的小生命这样死去。当我的犯罪行为快要完成时，面对那死人般苍白的脸，我内心深感怜悯、悔恨和痛苦。我跟母亲一样焦躁不安地盼着医生来。我摇了摇铃。来了一个用人。

“奇里亚科走了吗？”

"走了,先生。"

"步行去的?"

"不,先生;乘轻便双轮马车去的。"

费代里科气喘吁吁地赶来了。

"发生什么事啦?"

一直趴在摇篮上的母亲喊道:

"孩子死了!"

费代里科跑了过来,看了看孩子。

"他咽气了,"他说道,"你们没看见吗? 他不呼吸了。"

他抓住孩子,把他从摇篮里抱出来,举着他,使劲地摇他。

"别这样! 别这样! 你干什么? 你要弄死他的!"我母亲喊道。

就在这时,门打开来了,一个声音说道:

"医生来了!"

耶马大夫进来了。

"我正要来这儿。我遇上了马车。怎么啦?"

他不等回答就走近我弟弟,他双臂还举着拉伊蒙多;医生把孩子抱了过来,查看了一下,脸沉了下来。他说:

"镇定! 镇定! 得解开他的襁褓。"

他把孩子放在奶妈的床上,帮我母亲解开襁褓。

赤裸的小身躯露出来了。他身上的颜色与脸上的一样呈灰色。四肢松弛瘫软。医生的胖手在他皮肤上这儿摸摸那儿摸摸的。

"大夫,替他想想办法吧!"我母亲哀求道,"您救救他吧!"

但医生似乎有些犹豫不决。他摸了摸脉搏，耳朵贴在孩子的胸口，喃喃地说道：

“心脏出了毛病……不可能的。”

他问道：

“怎么会发生这种变化？这么突然？”

母亲想对他说是怎么回事，但还没说完，就号啕大哭起来。医生决定作某些尝试，进行抢救。他使劲地摇晃处在麻木僵硬状态中的孩子，他想刺激孩子让他喊出来，让他吐出来，迫使他使劲做呼吸动作。我母亲睁大着眼睛看着他，泪水夺眶而出。

“朱丽亚娜知道了吗？”我弟弟问我。

“不，也许不知道……也许她已猜到了……也许克里斯蒂娜……你待在这儿。我跑去看看；我这就回来。”

我看了看医生手中的孩子，又看了看母亲；我从房间里出来；我跑到朱丽亚娜那儿。我在门口停了下来：“我对她说什么？我把事实告诉她吗？”我走了进去，我看到克里斯蒂娜在窗洞里；我走进拉上了帷幔的卧室。她蜷缩在被子底下。我走近她时，发现她像在发高烧似的战抖着。

“朱丽亚娜，你看：我在这儿。”

她露出脸，把脸朝向我。她低声问我道：

“你从那儿来？”

“是的。”

“把一切都告诉我。”

我朝她俯下身；我们挨得很近，悄声地说着话。

“他不行了。”

“很严重吗?”

“是的,很严重。”

“快要死啦?”

“谁知道！也许是的。”

她立即把胳膊伸到外面,勾住了我的脖颈。我的脸紧贴着她的脸;我感到她在颤抖,我感到了那病弱可怜的胸脯是多么软弱无力;当我紧紧搂住她时,头脑里闪过远处那个房间里的情景;我看见了孩子失去光泽、毫无生气的呆滞的眼睛和发紫的嘴唇;我看到母亲泪如雨下。那种拥抱中没有任何欢乐。我心里非常痛苦;我的心灵非常绝望和孤寂,就那样俯身在那另一个灵魂的黑暗的深渊之上。

四十九

当夜晚来临时,拉伊蒙多不行了。那幼小的躯体上全都是急性苯酚中毒的症状。小脸发青,近乎铅灰色;鼻子尖尖的;嘴唇有一层隐隐的浅蓝色;还半睁着的眼皮底下隐约可见一点乳白色;一条大腿靠近腹股沟的地方出现一块微红的斑痕。若干小时前我母亲用手指亲切地抚摸过的红润而又娇嫩的皮肉,现在却显出那么可怜的样子,似乎已经开始腐烂了。

母亲的叫喊声、哽咽声和毫无意义的话语,在我耳边嗡嗡作响，费代里科和女佣正拖着她往外走。

“谁也别碰他，谁也别碰他！我要给他洗洗，我要把他裹好……我……”

再也听不见什么了。叫喊声停止了。不时地传来门扇的碰撞声。我独自待在那儿。医生也在房间里；但我独自一个人待着。在我身上发生了一些异乎寻常的事；但我还什么都看不出。

“您走吧，”医生拍着我的肩膀温和地对我说道，“您离开这儿吧，您走吧。”

我驯服地听从了他。当我慢慢地离开房间朝过厅走去时，我感到有人又碰了碰我。是费代里科；他拥抱了我。但我没有哭，我并不特别感动，我不懂他在说些什么。不过，我听见提到朱丽亚娜的名字。

“你陪我去找朱丽亚娜。”我对他说。

我把胳膊伸到他胳膊底下，我像个瞎子似的让他搀扶着我。

当我们走到房门前时，我对他说道：

“你走吧，别管我。”

他紧紧地拥抱了我；然后就离开了。我独自走了进去。

五十

深夜，房子里死一般寂静，阴森森的。过厅里点着亮。我像个梦游人似的朝那亮光走去。我身上发生了某种异乎寻常的事,但我还什么都看不出。

我近乎是出于一种本能,停住了脚步。一扇门开着:从下垂的幔帐透出来一些亮光。我跨过门槛;撩开帷幔;朝前走去。

摇篮放在房间中央,挂着白纱,四周燃着蜡烛。我弟弟与乔瓦尼·迪斯科尔迪奥在守夜,他们分坐在两边。老人的在场并不使我感到诧异。我觉得他在那儿是很自然的;我什么也没问他;什么也没有说。我想对他们露出一丝微笑,他们在看我。我真不知道我的嘴唇是否在微笑,但我是想微笑的,像是为了表明:"你们别为我难过,你们不用设法安慰我。你们看:我是平静的。我们可以不说话。"我走了几步;走到摇篮跟前的两支蜡烛之间;我怀揣着胆怯、谦卑、软弱的灵魂来到摇篮边,那是完全失去了原来本性的灵魂。弟弟和老人还在那儿,但我是孤单的。

幼小的尸体穿着一身素白:是他受洗时穿过的那件衣服,或许是我这样觉得。只露出脸和手。那多次发出哭声使我恼怒的小嘴,像是贴上了神秘的封条似的,一动也不动。那小嘴巴里不再发出任何声音,我的内心和周遭也寂然无声。我呆呆地凝视着,凝视着。

这寂静在我的内心,在我的灵魂深处发出一种强力的光芒。我懂了。我弟弟的话语、老人的微笑所不能向我揭示的,却由那无辜者的沉默不语的小嘴揭示了。我明白了。当时我骤然可怕地感到一种供认我罪孽的需要,吐露我的秘密,面对那两个人肯定地说:"是我把他杀死的。"

他们俩都看着我;我发现他们俩都为我和我在尸体面前的

神态而焦虑不安，他们都焦急地等待我从那一动不动的神态中复原过来。于是我说道：

“你们知道是谁害死这个无辜者的吗？”

在寂静中，那声音是那么奇怪，连我自己都辨认不出来了；我觉得那不是我的声音。立时产生的恐惧使我毛骨悚然，使我舌头麻木僵硬，视线模糊不清。我开始颤抖了。我感到弟弟搀扶着我，他摸着我的前额。我的耳朵嗡嗡作响，他说的什么话我都听不清，断断续续的。我明白他以为我神经紧张到了极点，他竭力想把我带走。我由着他带走了。

他把我搀回到我的房间。此时我心里还是很恐惧。当我见到桌上孤零零地燃烧着一支蜡烛时，我惊跳起来。我记不得它是否一直燃着来的。

“你脱去衣服，躺下吧。”费代里科亲切地用双手拉着我，对我说道。

他让我坐在床上，重又摸了摸我的前额。

“你感觉到了吗？你热度升高了。脱衣服睡吧。来，快点儿！”

他那么温存地帮我脱衣服，这使我想起我母亲。他帮我躺下。他坐在我床头，不时地摸摸我的前额以测试我是否在发烧；当他觉得我还在战栗时，便问我道：

“你身上发冷吗？你怎么全身直打哆嗦呢？要给你多盖点儿吗？你渴吗？”

我一边战栗一边思索着：“要是我说出来了呢！要是我说下

去了呢！那些话是我用我的嘴说出来的吗？真是我自己吗？要是费代里科重新好好回想和考虑一下我说的话而有了怀疑了呢？刚才我问道：'你们知道是谁害死这个无辜者的吗？'除此没再说别的什么。不过，我当时的样子不像是认罪招供的杀人犯吗？费代里科回想一下之后，肯定会纳闷儿：'他这是想干什么呢？他这种奇怪的指控是冲着谁呢？'我的失态他似乎不会明白。医生！……也许他会想到：'也许他指的是医生。'得让他有别的证明我失态的证据，得让他继续相信我是在发烧，是处于一种断断续续的神志恍惚的状态之中。"当我这样思考的时候，我头脑中快速而又清晰地掠过一些念头，那么现实又那么确实："我在发烧，而且温度很高。要是我突然神志昏迷，在失去知觉的情况下泄露了秘密怎么办！"我怀着一种焦虑而又恐惧的心理提醒着自己。我说道：

"医生，医生……他不知道……"

我兄弟俯身看着我，他重又摸了摸我，不安地叹息着。

"别苦恼了，图利奥。你镇静些！"

他把一块手帕放在凉水里浸湿，然后把它放在我发烫的额头上。

那念头继续快速而又清晰地掠过我的脑海。我怀有一种强烈的可怕幻觉，重又见到了男孩儿濒死时的状态。他在摇篮里已奄奄一息。他的脸呈灰色，那种颜色那么苍白，以致眉毛上乳痂的外皮似乎都呈黄色了。他凹陷的下嘴唇都看不见了。他不时地翻着有点儿发紫的眼皮，好像贴在了虹膜上面似的，因为眼皮抬起时虹膜跟着牵动，消失在眼皮底下，露出了眼白。微弱的喘息声逐渐停止了。医生忽然说道，像是为了作最后一次尝试：

“来，来，我们把摇篮放到窗口靠亮光的地方去。让开！让开！孩子需要空气……让开！”

我与弟弟挪动着像一口棺材似的摇篮。但是在亮光之下，在那茫茫积雪的冰冷洁白的光线之下，情景更加凄惨。母亲说道：

“他死了！你们看见了，你们看见了：他死了！你们听见了：他已经没有脉搏了。”

而医生说：

“不，不。他在呼吸。只要有口气，就有希望。别泄气！”

他把一勺乙醚灌入濒死的孩子那发青的嘴唇里。过了一会儿，快要死的孩子重又睁开了眼睛，眼皮往上翻，发出一声微弱的哭声。脸上的颜色发生着细微的变化。他的鼻翼翕动着。

医生说：

“你们没看见吗？他在呼吸。不到最后一刻不应该失望。”

他用一把扇子在摇篮上扇动着，然后用一个手指按着孩子的下巴，使他的嘴唇往下，把嘴巴张开。紧贴在上颚的舌头像一片瓣膜似的耷拉下来；我瞥见了延伸在上颚和舌头之间的黏液丝，积聚在喉咙深处的白色物质。重又出现一阵抽搐，牵动着那发紫的小手朝脸上抓，尤其是掌心，指骨弯曲的部位和指甲上显得更紫；我母亲一刻不停地抚摸着那双已经苍白的手。右手上的小指头一直远离其他几个手指，微微抖动着；再也没有比这更令人心碎的了。

费代里科竭力劝说着母亲从房间离开。但她一直俯身看着拉伊蒙多的脸，几乎都快碰着他了；她审视着每一个迹象。她的一滴泪水掉落在她心爱的宝贝儿头上。她马上用手绢擦去，但她发现头颅上的囟门塌陷下去了，凹进去了。

“您瞧，大夫！”她惊呆了，叫喊着。

我的眼睛盯着那柔软的头颅看，上面布满了乳痂皮，淡黄色的，像一块块蜡似的，中间有一块凹陷下去的东西。所有的骨缝都明显可见。颞颥部位发青的毛细血管都被乳痂盖住了。

“您瞧！您瞧！”

乙醚所产生的轻微的复活假象消失了。垂死之前发出的嘶哑的喘息现在变成了一种特别的声音。两只小手毫无生气地垂落在两胯；下巴颏儿变得更凹陷了；囟门更塌陷了，一点儿也不跳动了。濒死的孩子忽然像要呕吐；大夫马上扶起他的脑袋。从绛紫色的小嘴里流出一点白沫。但在他想呕吐出来的时候，额头上的肉皮伸展开了，透过皮肤现出了淤滞的黑色斑点。母亲发出一声喊叫。

“我们走吧，我们走吧。你跟我来。”弟弟不停地对她说着，想拖她走。

“不，不，不。”

医生又灌了一勺乙醚。濒死的状态在延续着，折磨在延续着。小手重又抬起来，手指还在胡乱地抽搐着：在半睁着的眼皮之间，虹膜时现时隐，皱缩得像两朵凋谢枯萎的小花，像两只打了蔫的小花冠。

在无辜者临终之前，夜幕降临了。窗玻璃上仿佛出现了晨曦；那是从雪地上迎着黑暗升起的曙光。

“他死啦？他死啦？”母亲听不见孩子发出的嘶哑的喘息，当看到鼻子周围出现一圈青灰色时，她喊起来了。

“不，不，他在呼吸。”

他们早点着了蜡烛；一个女佣拿着它。黄色的火焰在摇篮边晃动着。我母亲突然掀开小躯体上盖的布摸了摸。

“冰凉了，全冰凉了！”

大腿软瘫了，小脚变成了绛紫色。在夜幕降临的窗前，在那种烛光之下，再也没有比那一小团死肉更令人怜悯的了。

但从那几乎已变成淡蓝色的小嘴巴里又发出一种难以形容的声音，既不是喊叫，也不是嘶哑的喘息，随之还流出一点白沫。母亲像个疯子似的趴在小尸体上。

我闭着眼睛重又见到了一切；我睁开眼睛，重又令人难以置信地目不转睛地看着那一切。

“那支蜡烛！把那支蜡烛拿掉！”我从床上欠起身子，被那苍白的晃动的烛光吓住了，我对费代里科喊道。

费代里科过去把蜡烛拿开，放在了一扇屏风后面。然后，他回到我的床头；他重又让我躺下；他换下捂在我额头上的那块冷手巾。

在寂静中，我不时地听到他的叹息声。

五十一

第二天，虽然还处在一种极端虚弱和呆滞的状态之中，我还是想参加本堂神父的对死者的祝福，想参加所有的殡葬仪式。

孩子的尸体已装在一口白色的棺木里，上面盖着一块水晶玻璃。他头的上方放着一个白雏菊花圈，他合着的双手中间有一朵白雏菊花，但没有比他那纤细的双手再苍白的了，只有指甲仍然是紫色的。

在场的有我，费代里科和乔瓦尼·迪斯科尔迪奥，以及其他家庭成员。教堂里的四枝大蜡烛一直燃着，淌着滴滴蜡油。神父披着白色的长巾走了进来，后面跟着拿着圣水钵和无柄十字架的辅祭者。我们都跪了下来。神父把圣水洒在棺材上，说道：

“Sit nomen Domini...①”

然后他吟诵赞美诗：

“Laudate Pueri Dominum...②”

费代里科和乔瓦尼·迪斯科尔迪奥站起身来，抬起棺材。彼得罗在他们前面把门打开。我跟着他们。跟在我后面的是神父、辅祭者和四位拿着蜡烛的亲属。我们穿过了寂静的过厅，到

---

① 拉丁语，意为以主之名。

② 拉丁语，意为孩子们，赞美上帝吧。

了小教堂，此时神父吟诵着赞美诗：

“Beati immaculati...[①]”

当棺材抬进小教堂时，神父说道：

“Hic accipiet benedictiomem a Domino...[②]”

费代里科和老人把棺材放在小教堂中间的小灵柩台上。我们所有的人都跪了下来。神父吟诵了别的赞美诗。他祈求无辜的灵魂能被召唤到天堂。他重又把圣水洒在棺材上。然后由辅祭者跟着走了出去。

这时候我们都站了起来。葬礼的准备工作都已就绪。乔瓦尼·迪斯科尔迪奥托起轻轻的棺材；他两眼盯着看水晶玻璃盖。费代里科第一个走下墓穴，老人抱着木棺跟在他后面下去；再后面是我跟一个家里人。没有人说话。

墓穴全部是用灰色的石块建造的，很宽敞。墓室的四壁挖有很多壁龛，有些有墓碑封堵着，有些敞开着，很深，里面黑洞洞的，都是早就挖好了的。在一道拱门上挂着三盏用橄榄油点燃的灯；那三盏灯在潮湿、郁闷的空气中燃着，冒出微弱而又不灭的小火苗。

弟弟说道：

“这儿。”

他指着一个开着的壁龛，其上方是另一个已有墓碑封上的壁龛。墓碑上铭刻着科斯坦扎的名字；字母隐约地闪动着亮光。

---

① 拉丁文，意为纯洁的人们有福。

② 拉丁文，意为他将在此接受上帝的祝福。

于是乔瓦尼·迪斯科尔迪奥伸出抱着棺材的双臂，让我们再看一眼幼小的死者。我们看了一眼。透过水晶玻璃盖，那发青的小脸，那合抱着的一双小手，还有那衣服，那些雏菊花和所有那些白色的东西，似乎无限遥远，不可触动，似乎那魁梧的老人手臂上托着的透明棺材盖板使人像是透过一条缝隙，看到一种神秘的、超自然的、可怕而又温馨的东西。

没有人说话。简直像是没有人再呼吸了。

老人转过身，朝向葬死人的壁龛，弯下身子，放下棺材，慢慢地把它推向深处。然后，他跪了下来，一动也不动地在那里待了几分钟。

放进去的棺材在壁龛深处隐约地呈现出白色。在灯光之下，老人的白发闪闪发亮，在亡灵的门前低垂着脑袋。

一八九一年四月至七月

于圣·玛丽亚马焦雷修道院

后 记

加布里埃莱·邓南遮是在十九世纪末至二十世纪三十年代曾经轰动全欧洲文坛的诗人和作家。邓南遮不仅是意大利文坛上一位颇有影响的唯美派文学巨匠，而且是当时意大利政坛上举足轻重的人物，堪称一位在法西斯统治时期与墨索里尼并驾齐驱的历史人物。他那种大胆的铤而走险的精神，一往无前的“英雄气概”，他那种“超人”的意志力，以及雄辩的口才，高雅的文采，加上他生活上的骄奢淫逸和对情欲的无节制的追求，使他成了全欧洲风靡一时的“超凡”人物。直至现在，人们每当谈起邓南遮，都认为他是个“无与伦比”、“非同寻常”而又令人不可思议的人物。

一八六三年三月十二日邓南遮出生于意大利中部濒临亚得里亚海的一个名叫佩斯卡拉的小城市。据说出生时，他外祖母把四百里拉银币塞在他的襁褓里，意在象征他是披挂着银铠甲来到这世上的。幼年时的邓南遮，常依偎在祖母身旁，听她讲美丽动人的童话故事。邓南遮有三个姐妹，一个弟弟，身为佩斯卡拉市市长的父亲对儿女们管教甚严，邓南遮在童年时被送到一所教会学堂求学。中学时代的邓南遮就显露出非凡的才华，不仅各科成绩优异，而且还酷爱文学，起早贪黑地阅读各国古典名著。邓南遮在少年时代就向往荣誉，“我喜欢受到赞美，因为我深知你们将为人们对我的赞誉而欢愉；我喜欢荣誉，因为你们为能听到我的光荣名字而感到欣喜；我热爱生命，因为它对你们是精神支持和安慰。”（一八七五年四月二十五日给父母亲的信）每当他在学校里受到校长的赞扬时，他就“两眼炯炯有神，心里感到无比喜悦而且泪流双颊”。他最崇拜的偶像是拿破仑，所以后来他就身体力行地竭力效法。

一八八一年邓南遮入罗马大学文学系攻读。当时，罗马是刚刚获得统一的意大利的首都，全国各地的工业企业家、投机商、政治家、文艺界人士都争相聚集在这里。邓南遮在上大学期间频繁出入上流社会的交际场所，风流韵事层出不穷。《玫瑰三部曲》的第一部《欢乐》（一八八九年）就是在此期间问世的，从此邓南遮就开始形成了自己独特的艺术风格，并在欧洲文坛上占有一席之地。继《欢乐》之后，邓南遮又发表了《无辜者》（一八九一年）和《死亡的胜利》（一八九四年），这就是脍炙人口的《玫瑰三部曲》，是邓南遮所有作品中最具艺术价值的力作。

一八九四年，邓南遮在威尼斯逗留期间，结识了当时红极一时的著名女演员埃莱奥诺拉·杜丝，这使邓南遮的文学创作有了一个决定性的转折。长篇小说《火》（一九〇〇年）就是描述他与杜丝之间的恋情的。从此，杜丝的艺术生涯就与邓南遮的戏剧创作紧密地联系在一起了。在创作剧本《死城》（一八九八年）、《焦孔达》（一八九九年）的过程中，邓南遮曾与杜丝切磋，并由杜丝主演而获得了极大成功。然而，邓南遮生活上的挥霍无度，使他债台高筑而在经济上陷于困境，他在佛罗伦萨近郊的别墅被抵押，家具被拍卖抵债，他不得不于一九一〇年侨居巴黎，直至第一次世界大战爆发才返回意大利。

一九一五年五月意大利对奥地利宣战。在巴黎侨居了五年的邓南遮回到了意大利，在探望了母亲之后即奔赴前线，参加了多次重大的战役，一九一六年他驾驶的飞机失事，迫降于海面时右眼受伤失明。在他被迫退役在家休养期间，写下了献给他母亲的动人的诗作《夜曲》（一九二一年）。

邓南遮对他母亲的感情是极其深厚的。一九一三年三月十三日，他五十岁生日时，远在法国的邓南遮拍电报给母亲："今晚我结束了工作之后，全身心地想着你。谢谢你使我变得如此坚强和勇敢。"邓南遮在养伤期间，曾把自己的母亲想象成米开朗琪罗的杰作《哀悼基督》中的圣母，而把自己比作圣母怀抱中受难的基督。邓南遮说《夜曲》是"我用血写成的"，是奉献给赐予他全部的爱，并与他共命运的崇高而又可敬的母亲的。

一九一九年十一月，邓南遮反对意大利政府在国际和谈中所采取的妥协立场，认为承认意大利东北部与南斯拉夫交界处的阜姆城的独立，对战胜国意大利来说，是一种"残缺不全的胜利”。于是他策动和指挥了一次向阜姆城进军的行动，率兵占领了阜姆城，并在那个“自由王国”当了一年的首领。后来意大利政府军为执行国际协议，受命把邓南遮指挥下的军团驱逐出阜姆城，邓南遮在身负轻伤之后退出了阜姆城。

此后，邓南遮就一直隐居在意大利北方加尔达湖畔的维多利亚莱别墅里，他深居简出，接待各方人士和好友，墨索里尼也曾多次造访。尽管墨索里尼一方面对邓南遮极尽阿谀奉承之能事，另一方面却又派出以一名警察头子为首的警卫队对他加以“特别监护”，然而邓南遮却始终未正式加入法西斯党，对法西斯若即若离，喜怒无常，有时坦诚相见，有时缄默保留。邓南遮在晚年时的情绪是伤感的，忧郁的，在他的遗作《密书》中，他感慨地叙述了自己一生所走过的道路，忏悔地写道：

“目睹这惨淡而又痛苦的人生，我真想抹去自己曾有过的那些经历——如今想起来真令人毛骨悚然——真想抹去加布里埃莱·邓南遮这样一个人的存在，抹去这样一个文艺家和英雄的存在，抹去这样一个与过去休戚相关，又与今后的生存紧密相连的人物，抹去与他说过的话、写过的篇章、声明过的并且实现了的业绩紧密相连的英雄般非凡而充满情欲的一生。”

一九三八年三月一日，邓南遮因突患脑溢血而谢世。三月二日清晨，墨索里尼亲自去邓南遮的住所向他的遗体告别。葬礼是按宗教仪式举行的，庄严肃穆。当时意大利政界要员都出席了葬礼，意大利国王也派了代表出席。邓南遮的遗体是立着埋葬的，葬礼上演奏的是他本人事先选定的贝多芬四重奏交响乐曲。

综观邓南遮的一生，不难看出，他是一个狂热的民族主义者，他一生中孜孜以求的是在冒险的军事行动中创建所谓“英雄业绩”，干出一番惊天动地的丰功伟业。在第一次世界大战中，他从侨居了五年的巴黎赶回意大利，参加陆、海、空军的一系列战斗，他驾机飞到维也纳上空散发印有意大利三色旗的传单，还挥舞马刀驰骋疆场，他曾获两枚金质奖章、三枚银质奖章、一枚铜质奖章，并三次获得军功十字勋章，三次晋升，一九一九年冬天占领阜姆城的军事行动更赤裸裸地暴露了邓南遮狭隘的民族主义思想，尽管他不是出于个人对领土和权力的野心，但充分反映出他那种“强权意志论”的实质。战争对邓南遮来说，是实践他“难以效法”的生活的最好的机会。

在法西斯统治时期，邓南遮又是一个狂热的军国主义者。一九二六年，墨索里尼派遣的法西斯军队在北非的的黎波里登陆以后，邓南遮寄给墨索里尼一组题为《远洋业绩颂》的诗篇，为他的侵略行径涂脂抹粉，诗中还肉麻地吹捧墨索里尼：“今天你的每根血管里都洋溢着活力。”他虽然没有正式参加法西斯，但深为法西斯所赏识，墨索里尼本人对邓南遮也推崇备至。一九二七年成立的国立学院就是一所研究和推广邓南遮全部著作的学术机构；一九二八年邓南遮病卧在床期间，墨索里尼曾多次去登门看望；一九二九年邓南遮患阑尾炎开刀后，墨索里尼又立即亲自去探望;一九三七年邓南遮又被任命为意大利科学院院长,只是因为他年事已高身体虚弱而未能尽职。

然而,邓南遮却又是意大利唯美派中一位最有代表性、最有影响的诗人、作家和剧作家,他的数量众多的作品对后来整个欧洲文学乃至世界文学都有着不可低估的影响。他不仅才华横溢,而且在文学写作上的坚忍不拔的精神也是非凡的,“我从早上十点钟工作到晚上十点,然后,稍稍打上两个钟头瞌睡,半夜里又着手写作,一直到清晨鸟儿啼鸣为止。”(《晚邮报》,一九二八年六月十四日)他就是以这样顽强的毅力,完成了一部又一部长篇小说,还有多部剧作,它们连同他一生写下的多达四万行诗句的诗歌作品,极大地充实和丰富了唯美主义流派的文学宝库;邓南遮生前在他留给后人的几百页《密书》中自豪地写道:“发奋地学习、学习、再学习,使我成了这样的巨匠,我善于表达他人无法表达的东西,我的写作风格也超越了多少世纪以来所有的人所写过的。”

邓南遮及其所代表的唯美派文学的产生是有其客观的特定的时代背景的。在十九世纪末年,作为世界经济、政治中心的欧洲,已逐渐失去了它在全球的统治地位,欧洲资产阶级社会面临一种深刻的危机。意大利的知识界和文艺界也普遍存在着一种危机感,对资产阶级所标榜的进步和民主失去了信心,不再笃信理智和科学的力量;大工业生产导致了人的个性的消亡,使文艺界和知识界人士失去了本身存在的社会价值,深感自己游离在社会之外,从而有一种孤立感和陌生感。当时邓南遮的一番感叹正恰如其分地反映了这种心态:“试验已经完成了,科学已无法证实那已被摒弃的天地,平静安宁的灵魂已被科学所毁灭,而且科学再也不能使那蒙受过创伤的心灵得以拯救……我们不愿要什么真理了,给我们梦幻吧。我们惟有生活在未知世界的阴影下才能得到安宁。”(《在生活和艺术之中》,一八九三年)

这种心态来自文人的主观愿望和历史现实之间的失调与不平衡,他们开始探索自身的社会价值,于是就出现了一种妄图逃避现实,对抗被科学技术主宰的工业社会,着力于表现个性,追求单纯的形式美的文艺流派,即颓废派,或曰唯美派。对于唯美派文人来说,艺术成了人的存在的最高价值,人只有在艺术中才能找到自己存在的价值,它是超脱于任何社会、伦理和教育的目的而独立存在的。所以邓南遮在作品中竭力探寻生活与艺术的交融,即唯美派艺术家所追求的梦幻。他认为“生活就是艺术”,生活应该像艺术一般美,他在文学创作上就着力于探求那“无法效法”的生活中的美的意境,“把文学作品看作是一幅镶嵌画一样的装饰品,力图用文学语言来雕琢出一种‘难以效仿’的生活”(见萨佩尼奥,《意大利文学史》)。

这种唯美主义的创作思想充分体现在邓南遮的一批文学作品中,从而揭示和捕捉蕴含在现实生活中美的内在实质:“生活是美和力量两种形式永恒的交替,是声音和色彩的交响乐,声音、色彩与大自然交融在一起时,人们就能从中享受无上的乐趣,领略狂热的激情。”(《在生活和艺术之中》)

所以,尽管后人对于邓南遮的作品有各种各样的争议,但有一点是谁也不能否定的，那就是意大利二十世纪的许多作家，不管其主观愿望如何，都直接或间接地受到邓南遮创作思想的影响。意大利当代现实主义作家维塔利亚诺·勃朗卡蒂曾这样评论过邓南遮的作品："我在青少年时期就拜读过邓南遮的作品，读后给我的第一个印象就是，它们像是一个奇妙的装置，大大地增强了人的听觉、嗅觉、视觉和触觉：芳香、光线、声音和触感一齐向你涌来，我小小的知觉犹如一根发疯的指南针似的胡乱地作着反应。"（《资产者与无限》，一九三八年）从这段评论可以窥见邓南遮作品的艺术魅力之所在。

小说《无辜者》的主人公图利奥·赫尔米是一个贵族的后裔，一个玩世不恭的丈夫。他多次私下与情妇幽会，背叛温顺善良的妻子朱丽亚娜，后来当他意外地发现朱丽亚娜与一位作家之间有隐秘的关系之后，精神上异常痛苦，接着他又进而得知妻子因与那位作家的关系而有了身孕的消息，内心深处悔恨、内疚、嫉妒、痛恨的感情交织在一起，他开始精神恍惚，甚至想自杀。不知内情的老母亲对已有身孕的儿媳妇却体贴入微，忙着为即将降生的婴儿准备衣物，婴儿出世后得到了"祖母"百般的宠爱，这越发使图利奥感到憎恶和反感，于是他暗中谋划，要害死新生婴儿。圣诞节前夕，图利奥趁全家人都去教堂做圣诞祈祷之机，支走了守护在婴儿身边的奶妈。当留下他独自一人时，他故意把婴儿的卧室门窗敞开，并把婴儿放在窗台上受冻。隆冬时节刺骨的寒风吹打着本已病弱稚嫩的婴儿，受了寒的婴儿因并发症不久就死了,全家人沉浸在悲哀之中。图利奥所刻骨仇恨的婴儿不存在了,然而他自己灵魂深处却笼罩着沉重的阴影,眼前不时浮现出婴儿握成拳头的小手,还有那半张着的发紫的小嘴……他突然觉得自己不再恨那个孩子了,因为他深知孩子是个“无辜者”!

《无辜者》是一部采用第一人称方式叙述的小说,风格朴实无华,文笔流畅,文辞优美,富有抒情性。由于当时作者想使此书的风格有所创新,使它有别于前一部小说《欢乐》刻意雕琢的文采,以突出“精神道德”方面的深度,所以着重描述了图利奥和朱丽亚娜追求“纯洁”爱情的悲怆、忧郁,以及折磨人的内心烦恼,并着力刻画主人公悔恨、痛惜既往的心理。然而,主人公图利奥“某些中枢神经的膨胀,使他无法对自己正常的精神生活予以必要的调节”,所以他时而令人厌恶鄙夷,时而又那么纯洁高尚,时而冷若冰霜,时而又那么亲切多情,时而暴跳如雷、怒不可遏,时而又那么冷静清醒、令人信赖,这种种表现正是他精神上失去平衡的表现。母亲、兄弟和管家的那种善良仁慈的心灵也没有能驱除图利奥罪恶的邪念,最后他动了杀机,扼杀了摇篮里的无辜的幼小生命。不过,事隔一年之后,图利奥很想忏悔,但这并不是他出于人性的反思,而是因为在脑神经高度紧张的状态下,竭力想为他昔日的淫荡和残忍行为寻找一个具体的归宿。正如作者后来在《夜祷录》中的《视觉神经》篇中所提到的:“它(指犯罪行为)进入到我前半生文化和生活中的所有的层面之中,并在我的视觉中反射出无数的形象。”

小说的故事发生的环境是罗马的一个贵族家庭，一所坐落在罗马市郊供贵人幽会的别墅、一个击剑比武厅和一间书房，主人公是拥有丰厚田产的富贵人家的阔少爷，他饱食终日，无所事事，精神极度空虚和失调，这与生性忠厚、心地纯洁的老雇工乔瓦尼形成了鲜明的对比。小说对罗马近郊优美景色的描绘很有诗意，充分体现了作者唯美主义的艺术风格。

《无辜者》以它独特的艺术风格，结合了科学与幻想，自然性与象征性，把人物感情上的激情和变态的心理尽善尽美地用富有音乐性的艺术散文形式表达了出来，既有仿古的风采，又有新颖的词语，既有人物形象的细腻刻画，又有反映复杂心理状态的独白和对话，而且故事结构严谨，情节紧凑，人物形象饱满，可以说，这部小说是邓南遮所有作品中最为优秀的一部。

在语言的运用上，《无辜者》充分体现了唯美主义的艺术特色，全书充斥了隐晦、神秘、虚无的形容词、副词和叹词，尽量回避使用具有实在含义的名词，使用了大量反映人物心理状态的抽象的哲学术语，使人产生一种深邃莫测而又虚幻的感觉，给予人一种梦幻，增强了作品的抒情色彩。

《无辜者》是邓南遮于一八九一年四月至七月幽居在距佩斯卡拉城不远靠海滨的弗朗卡别墅的一家修道院内写成的。七月十四日他告知出版家艾米利奥·特雷维斯书稿已就，八月五日即可发往米兰。邓南遮在给特雷维斯的信中写道：“我对作品是满意的，因为它能使一个要求严格的人满意。”

书稿封了七道铅封，于八月十日寄到了米兰。艾米利奥·特雷维斯在把书稿送至工厂排印之前，冒着炎夏酷暑，忍着身体不适，躺在床上仔仔细细地读了起来，因为此前邓南遮的《欢乐》一书出版后一度舆论哗然，尽管小说的出版在文学评论界取得了好评。在读完书稿之后，特雷维斯认为他的出版社无法出版这部小说，因为在当时的他看来，此书是极端伤风败俗的。于是，书稿又被封上七道铅封原封不动地寄回给了邓南遮。面对意想不到的退稿，邓南遮很有礼貌而又无可非议地回信责问道：

"亲爱的艾米利奥先生，贵体欠安我很难过，祝您早日康复……读了您的令我意想不到的来信，我也很难过。您对我的小说的评价是错误的，自相矛盾的，我的书是意大利近五十年以来所出版的书中算得上最有道德内容的，对列夫·托尔斯泰的作品（指《战争与和平》），我在书中只引用了一段，其余都是我自己写的，完全是我自己的创作……您把我的创作称为'老一套'玩意儿，可我在仔细地、准确地研究了一番之后，却觉得它是一部卓越的道德性小说，经过我的分析，它是一部新小说，没有什么'千篇一律'的东西……更谈不上什么'大同小异'，这是千真万确的。书的每一页都能明显地证实我的这种看法。这全然是真的。我为自己完成了一部充满良知和十分严肃的作品而感到自豪。书中的重复之处是我有意那样写的，那完全是出于艺术表现的需要……但愿我的书今后将会取得的成功，会使您因为没有及时将之付梓而感到惋惜。毫无怨恨之意的……"

"许多文人和朋友……都读了我的手稿，他们之中谁也没有发现有任何一句话是不能出版的。大家一致认为，我的书有着深刻的道德内容，而且是严肃的。”（一八九一年九月二十日给出版社的信）

但是，特雷维斯的出版社还是不予出版。

《无辜者》于次年在《那不勒斯晚邮报》上连载。小说连载引起了一位法国哲学教授乔治·赫雷尔的极大兴趣，他写信给邓南遮，建议把作品翻成法语。邓南遮阅信后十分高兴，他在回信中写道：“您昨日的来信对我是一件意想不到的圣诞礼物，它令我十分愉快。”一八九二年，以《闯入者》为书名的《无辜者》法译本问世，发表在法国《时代》杂志上；《无辜者》在法国的发表，把诗人邓南遮的名字带到了法国，尽管当时他遭到了意大利文学评论界的贬责和恶意中伤。小说的法译本发表后，引起了法国文艺界的极大兴趣，短短的两年之中，在法国的若干家文学杂志上，发表了十来篇重要的评论文章，几乎所有的文章中都提到了小说音乐般的艺术魅力。《费加罗报》还曾把《无辜者》列在给度假的人们推荐的参考书目的首位。小说首先获得了法国小说家保尔·布赫热的好评。一家态度严肃的杂志社（《两世界评论》）还约请邓南遮以《图利奥·赫尔米的新回忆录》为题继续写下去，或者另写一部小说，并要求他于一八九四年之内完稿。

《无辜者》在德国也引起了重视，有些评论家在《圆桌会议》杂志上，为意大利文学批评界的迟钝和低劣的鉴赏力而感到惋惜，并写道：“希望最终能出现对作者的公正的评论。”在《无辜者》问世后的最初两年中，各国发表的评论文章多达七十余篇。

以现实主义作家路易吉·卡普阿纳为代表的当时意大利文学评论界，曾说邓南遮的“语言和文句像是个充满狂想的寻欢作乐者的谈吐”，认为“那种想逃脱现实社会的浪漫主义的梦幻又重现了，小说既充斥了对华丽奢侈的室内装饰摆设的贪求，对娇艳浓妆的女人的追求，而且还把语言看作私人乐队”。卡普阿纳在一八九二年四月二十四日的《圆桌会议》杂志上激动地评论说：“艺术作品是活的形式”，而且“光这么说不行，得让人感受到这一点”，意即小说被认为“缺乏真挚性”，这对邓南遮来说，是个意料不到的打击；几个星期之后，另一位评论家艾乌吉尼奥·盖基在《星期日新闻》上论定该小说是“一个敏锐有余，深度不足的才华横溢的人的可爱的精神失态”。

当时的读者与评论家对《无辜者》的反应很不一致。大多数人认为，邓南遮对故事中人物的病态刻画和描写过于粗犷了。小说在妇女界曾风靡一时，令邓南遮颇感欣慰。小说《无辜者》的问世还引起了科学界的重视，一些专业性的刊物都提到了它，一八九三年十月一日的《新期刊》杂志上，一篇以《疯狂的罪人》为题的文章中，谈到有人认为邓南遮塑造的主人公图利奥“完全符合心理学和精神病学领域中最大胆的研究成果”。这是因为，从创作风格上，邓南遮的作品具有一种试验性心理学的特点，描述了人在“一时的激情支配下的情感冲动以致丧失理智，犯下令人意想不到的罪行，乃是心态失去平衡的人的反常行为”，而当时弗洛伊德关于“癔病”的研究文章还没有正式发表。所以，《无辜者》具有反映处于初步萌芽状态的尼采主义超人思想的特色。

“《无辜者》产生于痛苦，我是从痛苦中得到创作的启示和灵感的。”（《给乔治·赫雷尔的信》，一八九二年十一月）所以，可以说《无辜者》在《玫瑰三部曲》中，从思想意境上更富有深刻的道德内容。当时的邓南遮因感染了疟疾，时常发烧，而且因在罗马挥霍无度而负债累累，思想消沉，但作家以顽强的毅力写完了这部小说。

一八九〇年前后，邓南遮曾从事过广泛的科学实验和研究，从中得到了不少有益的启示。当时在意大利对神经病理学的研究很行时，人们通过观察、分析、推理的方法去认识人类的退化衰竭的心态。为了在小说《无辜者》中对婴儿的患病和死亡予以准确的描述，邓南遮还仔细地作了医学上的研究，并加以查实考证，所以从医学的角度来看，这些描述是无懈可击的。

《无辜者》在当时被普遍看成是一部资产阶级骑士小说，曾在欧洲轰动一时，就连原先拒绝出版此书的特雷维斯出版社也于一八九五年买下了小说版权，改变了封面和封底的装帧设计而出了第五版，从而应验了以前邓南遮曾就此书的出版写给特雷维斯的信中的风趣的话：“要是我被人看作是个引诱他人误入歧途的人，那就请你暂且忍耐一下，因为考虑到过五十年之后，我将被认为是一位训世者。”（见《加布里埃莱·邓南遮的生平》，一九八八年）

邓南遮的《无辜者》一书曾于一九三一年由查士元先生从英语译成汉语，译名为《牺牲》，由上海中华书局出版，并于一九三五年再版。但可惜的是，查氏译本始终难以找到，因而无法加以借鉴，实为遗憾。我们的译本是直接从意大利语译出的，译名为《无辜者》，于一九九四年七月由花城出版社出版。此次，我们又在花城译本的基础之上，对照原文仔细地进行校译，作了大量的修改，对译本所出现的错译和漏译之处，都进行了订正。邓南遮是一位博学多才的诗人和作家，语言造诣深厚，要翻译好他的作品，着实是一件艰辛的工作。我们之所以敢于和乐于这样做，旨在进一步向我国的广大读者推荐和介绍这位富有特色的意大利唯美主义流派的代表作家，以开拓文学创作领域的视野，从世界文学宝库中吸取精华。

鉴于我们的文学修养和语言水平所限，有些地方不能尽善尽美地表达出原著的风格和意境，对作品的翻译以及对作者的评介，也可能有失当或谬误之处，诚恳地希望广大读者提出宝贵的意见。

沈萼梅　刘锡荣

二〇〇二年春于北京

图书在版编目(CIP)数据

无辜者/(意)加布里埃莱·邓南遮(Gabriele d'Annunzio)著;沈萼梅,刘锡荣译.—上海:上海译文出版社,2020.6
ISBN 978-7-5327-8295-6

Ⅰ.①无… Ⅱ.①加… ②沈… ③刘… Ⅲ.①长篇小说-意大利-现代 Ⅳ.①I546.45

中国版本图书馆CIP数据核字(2020)第046512号

Gabriele d'Annunzio
L'innocente

无辜者

L'innocente

Gabriele d'Annunzio
加布里埃莱·邓南遮 著
沈萼梅 刘锡荣 译

出版统筹 赵武平
责任编辑 张 鑫
装帧设计 董茹嘉

上海译文出版社有限公司出版、发行
网址:www.yiwen.com.cn
200001 上海福建中路193号
山东鸿君杰文化发展有限公司印刷

开本 890×1240 1/32 印张 10.5 插页 5 字数 168,000
2020年6月第1版 2020年6月第1次印刷

ISBN 978-7-5327-8295-6/I·5087
定价:65.00元